Art Theories and Criticism
in the Modernist Era

黄文叡 著

反叛与继承

西方现代艺术理论与批评

华东师范大学出版社

图书在版编目（CIP）数据

反叛与继承：西方现代艺术理论与批评 / 黄文叡著
. —上海：华东师范大学出版社，2022
ISBN 978-7-5760-2795-2

Ⅰ. ①反… Ⅱ. ①黄… Ⅲ. ①艺术理论-理论研究-西方国家 Ⅳ. ①J0

中国版本图书馆CIP数据核字（2022）第069265号

反叛与继承：西方现代艺术理论与批评

著　　者　黄文叡
策划编辑　王　焰
责任编辑　朱妙津
责任校对　刘伟敏　时东明
装帧设计　左筱榛　储　平

出版发行　华东师范大学出版社
社　　址　上海市中山北路3663号　邮编 200062
网　　址　www.ecnupress.com.cn
电　　话　021－60821666　行政传真 021－62572105
客服电话　021－62865537
门市（邮购）电话 021－62869887
地　　址　上海市中山北路3663号华东师范大学校内先锋路口
网　　店　http：//hdsdcbs.tmall.com

印 刷 者　上海中华商务联合印刷有限公司
开　　本　787×1092　16开
印　　张　15.25
字　　数　290千字
版　　次　2022年9月第一版
印　　次　2022年9月第一次
书　　号　ISBN 978-7-5760-2795-2
定　　价　88.00元

出 版 人　王　焰

目 录

零

导论

一、现代艺术史中的理论与批评

《艺术字典》(*Dictionary of Art*)中“艺术批评”(art criticism)一词的加注者艾尔金斯(James Elkins)曾说道:“至今尚无可兹信赖的艺术批评史,而对‘艺术批评’一词更缺乏普遍且共通的定义。”[①] 加上长久以来艺术史学者往往将艺术史与艺术批评并列讨论,使得艺术批评的角色与定位,仍停留在史与理论的范畴中,而无法独立为一门专业。但随着20世纪几位重要艺评家的崭露头角,其锋笔利唇所展现的媒体效应,确足以转动整座现代艺术史的大法轮,举凡艺术潮流的兴衰、艺术风格的存废,甚且艺术史观的褒贬,皆操之其手。其实,凡涉“史”的领域,就非客观。艺术史家对艺术品或艺术家的选取标准,往往在“事实”与“主观”间形成拉锯,或因个别的好恶,或因理念的不同,或因所扮演角色的轻重,对整部艺术史的着眼点,便有所区别。但庆幸的是,艺术史界尚无一人治史的前例,尤其在20世纪纷扰的艺术环境中,艺术史家已无力就史论史,因为所涉及的现代艺术史观,已非艺术本身所能涵盖。随着辩证哲学、精神分析理论、社会学、符号学与人类学等学说的兴起与地位的奠定,使得现代艺术史家在治史的同时,不得不重新思考这些新思潮所造成的冲击与其在艺术史中所扮演的角色;而作为一个批评者,对当时人文环境的感知力与掌握度,便攸关着整部艺术史的架构与格局。鉴于此,有人将艺术史置于艺术批评的领域之下,认为艺术史只是艺术批评工程中的理论基础,然既为基础,便

① James Elkins, “Art Criticism”, *Dictionary of Art*, Vol. 2, ed. Jane Turner, New York: Grove Dictionaries, 1966, pp. 517-19.

不能否定它的重要性，否则批评也只能流于口舌之争。因此，理论与批评的相互搭配，才是建构艺术史的重要条件，缺一不可。但如果说艺术史家的责任在于替之前的艺术品或艺术风格作定位，而艺评家的责任在于对当代的艺术提出不同的视野与史观，以便作为艺术史家治史的依据，似乎又言过其实。因为艺术史家与艺评家的角色互有重叠，很难厘清彼此的责任范围。再且，批评往往不离史的范畴，唯有借古鉴今才能有所比较，才能知其不同。因此，当论及艺术批评与艺术史，孰轻孰重？便显得幼稚而流于唇齿相讥。

虽然艾尔金斯提及“至今尚无可兹信赖的艺术批评史”，但我们却不能一笔抹杀前辈艺术史家或艺评家所作出的努力。1936 年，艺术史家文杜里（Lionello Venturi）率先出版《艺术批评史》（*History of Art Criticism*）。他从柏拉图学院（Plato Academy）第三代传人赞诺芬尼司（Xenocrates）谈起，讨论了包括西塞罗（Cicero）在内的多位希腊、罗马哲学家的文、哲论述，紧接着是中古时期的圣·奥古斯汀（St. Augustine）及阿奎纳（Thomas Aquinas）的哲学及神学论，然后是文艺复兴（Renaissance）、巴洛克（Baroque）和新古典主义（Neo-Classicism），最后以立体主义（Cubism）和超现实主义（Surrealism）对传统美学的反叛作结尾。整本书的结构依着时间的进程而走，上溯公元前 4 世纪的古希腊，下至 20 世纪初的欧洲，纵横古今两千年。贝考克（Gregory Battcock）曾为该书作导言，虽极力厘清艺术批评与艺术史的差别，但文杜里中规中矩的论述方式，却很难让人分辨他的批评史与艺术史的不同。直到美国艺评家格林伯格（Clement Greenberg）的出现，艺术批评才逐渐站稳了它的脚跟。格林伯格曾被《纽约时报》*(The New York Times)* 的资深评论家所罗门（Deborah Solomon）誉为“最具影响力的美国艺评家……形式主义（Formalism）的守护神”[2]。他最为人称道的是，1940 年间大力提携马瑟韦尔（Robert Motherwell）等当时尚默默无闻的抽象表现主义（Abstract

② Deborah Solomon, “Catching up with the High Priest of Criticism”, The New York Times, Arts and Leisure, June 23 1991, 31-32.

Expressionism）画家，而其中以对波洛克（Jackson Pollock）的挖掘，促成了美国艺术走向世界舞台，使第二次世界大战后的艺术发展重心，由巴黎转向纽约。格林伯格一直寄望以一种前卫的艺术革命来带动整个社会的发展。对他而言，抽象表现艺术家在表现个人意识上的勇气，就是一种革命；但他却极力排斥资本主义在高质文化中所造成的负面影响，为此他创出了一个独特的语汇——“媚俗”（kitsch），用以解释高艺术（high art）在资本社会的污染下，转而依附低俗、粗鄙等不堪的一种文化现象。至今，他所独创的许多批评语汇，仍为之后的艺评家所沿用。而格林伯格在他艺评生涯中的另一大建树，就如所罗门所言，“是现代绘画法则的领订者”[3]，而此法则便是所谓的形式主义。虽然关于“形式”的辩论，可远溯至古希腊时期，但“形式主义”一词却往往与现代艺术脱离不了关系，特别是主张该理论最有力的三位艺术史评界的先驱——贝尔（Clive Bell）、傅莱（Roger Fry）及格林伯格，皆强调艺术创作应固守构成形式的基本视觉要素——色彩、形态、尺寸和结构，而不应掺杂创作者的意图或任何社会功能。贝尔在1914年出版的《艺术》（*Art*）论文集中，曾提出“重要形式”（significant form）的基础理论，但此理论在第一次世界大战前的艺术环境中，却没有激起太大的涟漪，很多人将之视为只是“艺术为艺术”（Art for Art’s Sake）的另一波陈腔滥调。直到格林伯格对抽象表现艺术家及“色域”（Color Field）画家的高度支持与赞誉，才使得“形式”在纯粹“抽象”的领域中找到了它的立足点。直至今日，格林伯格的理论与批评风格仍备受争议[4]，虽然许多现今的学者仍推崇他对现代艺术史的贡献，但他过于狭隘的形式主义，在20世纪的后半个世纪里，却遭受了严厉的考验与挑战。

其中与格林伯格持相反观点的英国艺评家劳伦斯·欧罗威（Lawrence Alloway），以发表《艺术与大众媒体》（The Arts and the Mass Media）一文，确立了波普艺术（Pop Art）的地位，而声名大噪。欧罗威于1961年来到美国，并于1962年至1966年间出任纽约古根汉美术馆（Solomon R. Guggenheim

③ 同注②，p. 32。

④ 格林伯格备受争议的部分，除了形式主义的理论之外，莫过于他的行事风格，往往超越了艺评家的责任范畴，如指导或建议艺术家该如何作画，模糊了艺评家的角色与功能；再且，他甚至接受艺术家馈赠的作品，不但令人质疑他的道德标准，更使他落入操控艺术市场以为个人牟利的指控。

Museum）的策展人，极力推荐美国的波普艺术家，如利希滕斯坦（Roy Lichtenstein）、安迪·沃霍尔（Andy Warhol）、奥登伯格（Claes Oldenburg）和贾斯培·琼斯（Jasper Johns）等人的作品。他的重要著作包括《美国波普艺术》（*American Pop Art*）、《专论一九四五年后的美国艺术》（*Topics in American Art Since 1945*）和《利希滕斯坦》（*Roy Lichtenstein*）等，与艺术批评相关的重要文章有——《正在扩张与消逝的艺术品》（The Expanding and Disappearing Work of Art）、《艺术批评的使用与局限》（The Uses and Limits of Art Criticism），和有关女性命题的论述——《七O年代的女性艺术》（Women's Art in the Seventies）、《女性艺术与艺术批评的不足》（Women's Art and the Failure of Art Criticism）等，皆是了解20世纪六七十年代艺术现象不可或缺的重要材料。欧罗威与格林伯格的艺术观点大为不同，他力主艺术必须与日常生活接连，他提道："我从不认为艺术可以完全跳脱我们的文化范畴。"[5] 此外，他更着眼于艺术家的社会角色、意识形态与其创作意图和观者的诠释之间所产生的互动，他认为："观众的功能性角色在于决定该如何诠释一件作品。"[6] 也就是说，当一件艺术品创作完成之后，它必须具备与观众沟通的语汇，如此才不至流于形式之争；他甚至力主艺评家大可参考或采用艺术家对自己作品的评论与观点，使一件作品的诠释更趋完整。而欧罗威与格林伯格这一前一后的不同论调，恰好搭起了20世纪40至70年代现代艺术史的骨架。

在欧罗威与格林伯格之后的艺评家，以克莱默（Hilton Kramer）的保守论调较受争议。克莱默早期为《纽约时报》撰写艺评，后来自创《新标准》（*New Criterion*）杂志，主张艺术的价值取决于美学上的自主；呼吁以"质"（quality）为艺术的共通法则；将艺术家视为与社会对抗的天才；强调必须发展以视觉挂帅的艺术典范。[7] 虽然这种以"质"为基准的论调，意在勾起人们对古希腊、罗马的古典情操，但鉴古却不论今，不但否定了人类几千年来在艺术上的努力，甚至把美学价值与道德价值分了开来。因此，许多之后的艺评家在不苟同其理论之余，大都认为克

⑤ Lawrence Alloway, quoted by Sun-Young Lee, "A Metacritical Examination of Contemporary Art Critics' Practices: Lawrence Alloway, Donald Kuspit and Robert-Pincus Wittin for Developing a Unit for Teaching Art Criticism", Ph.D. dissertation, The Ohio State University, 1988.

⑥ 同注⑤。

⑦ Suzi Gablik, Conversations Before the End of Time, London: Thames and Hudson, 1995, pp. 107-8.

莱默的论调只不过是一种过度膨胀的白人美学观；殊不知，世界上许多所谓大师级的艺术作品，乃社会知识下的产物，绝非独独基于美学上的考虑。纽约惠特尼美术馆（Whitney museum of American Art）的馆长罗斯（David Ross）曾说："克莱默是一个天赋异禀的新保守派（Neo-Conservative）批评家，他不喜欢任何新艺术，其品味老旧且乏善可陈。我真希望他能敞开心胸看一看当今社会的模样，试着了解其中各种不同的'质'，但他是不可能这样做的。"[8] 总括而言，克莱默可说是个脑袋长在古代的艺评家，但他却以替《纽约时报》撰写艺评的优势，在现代艺术史中掀起了不少惊涛骇浪，其间受其拔擢的艺术家有迪本科恩（Richard Diebenkorn）、弗兰肯赛勒（Helen Frankenthaler）和詹森（Bill Jensen），其著作包括《知识分子的曙光：冷战时期的文化与政治》（*The Twilight of the Intellectuals: Culture and Politics in the Era of the Cold War*）、《抽象艺术：文化史》（*Abstract Art: A Cultural History*）、《前卫的年代：1956至1972年艺术大事纪》（*The Age of the Avant-Garde: An Art Chronicle of 1956-1972*）及《庸俗者的复仇：1972至1984年的艺术与文化》（*The Revenge of the Philistines: Art and Culture, 1972-1984*）等，对当时的艺术环境与文化现象也不乏真知灼见的批评。

现代艺术在进入20世纪70年代之后，随着女性意识的高涨，女性主义（Feminism）一跃成为艺术批评的重心，而其中的艺评家以亚琳·雷玟（Arlene Raven）和露西·利帕德（Lucy R. Lippard）为首。雷玟于1988年出版的重要著作《跨越：女性主义和社会关怀艺术》（*Crossing Over: Feminism and Art of Social Concern*），意在跨越艺术史的藩篱，结合社会运动和美学观点，她说："跨越是进入一个新领域的途径，而这个领域存在了无数被女性主义和社会变迁所激发的美国艺术家。"[9] 为该书作导言的艺评家古斯毕（Donald Kuspit）极力推崇雷玟"以巨力万钧的内力，透过艺术来关怀女性的议题"[10]。雷玟认为："艺术的社会服务指标远大于它本身的美学价值……艺术应不只用来娱乐观众，它更应从影响、启发、教育观众起而行动。"[11] 她写过无

⑧ David Ross, quoted by Suzi Gablik, Conversations Before the End of Time, p. 108.

⑨ Arlene Raven, Crossing Over: Feminism and Art of Social Concern, Ann Arbor: UMI, 1988, xvii

⑩ 同注⑨，xviii。

⑪ 同注⑨，xiv。

数个女性主义艺术家，所涉及的主题包括艺术中的暴力、色情、强暴、女性在家中的角色，及女性表演艺术中的仪式和玄秘性，有时在同一篇文章中，时而以自己的声音，时而以他人的角度，来发表她对这些议题的看法。此外，雷玟更身体力行，与朱迪·芝加哥（Judy Chicago）和米瑞恩·夏匹洛（Miriam Shapiro）联手策划加州艺术学院（California Institute of the Arts）的女性主义艺术课程，且与布莱特维尔（Sheila de Bretteville）设立了一所专为女性的艺术学校及女性主义者的工作室。她于1983年回到纽约时说道："我今天的目的，只不过想把女性的议题带到艺术中来讨论，使这些艺术家能在享有个人充分自由与社会正义下，面对他们的观众，进而推动社会的改革。"[12] 至此，艺术投身社会改革的前线，在雷玟和其他女性主义者的努力下，使得原本微弱的女性气息，顿时大鸣大放，成为社会改革的主流声音。

而利帕德在女性议题之外，更把触角延伸到种族、肤色的议题上。她花了七年时间所完成的著作《混杂的祝福》（*Mixed Blessings*），讨论了涵盖北美、加勒比海和拉丁美洲地区艺术家的作品，作品中充斥着对当时社会现况的不满，尤其着眼于种族、肤色的议题在艺术上的表现。艺评家鲁宾斯坦（Meyer Raphael Rubinstein）曾预测："此书是美国艺评家继格林伯格的《艺术与文化》（*Art and Culture*）之后，影响美国未来文化、艺术发展最重要的一本书。"[13] 但并非所有的艺评家都抱持着与鲁宾斯坦一样的观点，如克莱默就直批"利帕德的批评理论简直就是一种直接的政治宣传"[14]。但利帕德并不排斥被贴上"宣传者"（propagandist）的标签，她在《为宣传而宣传》（Some Propaganda for Propaganda）一文中指出："宣传的目的可以是一种反宣传，就像对女性主义的宣传，在于遏止那些对女性不公、不实的宣传……而艺术世界往往受制于传统的压力，无所不用其极地将艺术与宣传分隔开来，逼迫艺术家认清政治关怀与美学价值的不同，迫使我们相信我们对社改的承诺，是人类弱点、缺乏智识与成功的借口。"[15] 但利帕德仍坚持她作为右翼分

⑫ 同注⑨，xviii。

⑬ Meyer Raphael Rubinstein, "Books", Arts Magazine, September 1991, p. 95.

⑭ Hilton Kramer, quoted by Lucy R. Lippard in "Headlines, Heartlines, Hardlines: Advocacy Criticism as Activism", in Cultures in Contention, ed. Douglas Kahn and Diane Neumaier, Seattle: Real Comet Press, p. 242.

⑮ Lucy R. Lippard, "Some Propaganda for Propaganda", In Visibly Female: Feminism and Art Today, ed. Hilary Robinson, pp. 184-94, New York: Universe, 1988, p.194.

子、女性主义者与社会改革者的角色，且穷其力替“宣传”一词平反，她不相信有所谓的批评中立，而她的努力也只是想较其他的艺评家更诚实地批评。

二、现代艺术的发展与美学基础

现代艺术的起始与现代主义（Modernism）脱离不了关系，而法国诗人兼评论家波德莱尔（Charles Baudelaire）的“现代性”（modernité）理论，更是现代主义的催化剂。一般而言，艺术的现代主义比哲学的现代性来得早。艺术的现代主义应始于19世纪中叶至末叶之间，或1880年代的十年间，依不同的学说认定而有时间上的差异。艺术史家罗伯特·阿特金斯（Robert Atkins）将现代主义的年代定在1860年至1970年间，且说道：“‘现代主义’一词，是用来指称这段时期特有的艺术风格和意识形态。”[16]

⑯ Robert Atkins, Art Spoke: A Guide to Modern Ideas, Movements, and Buzzwords, 1884-1994, New York: Abbeville Press, 1993, p. 139.

现代主义萌发的年代，正逢欧洲政治、社会革命之际。1848年，法王路易·拿破仑（Napoleon Bonaparte）建立第二共和国，革命思潮散布整个欧洲，此时以库尔贝（Gustave Courbet）为首的艺术家，感到浪漫主义（Romanticism）所强调的情感和幻想是逃避现实的借口，转而致力于日常生活题材的写实及对自然主义（Naturalism）的追求（图0–1），确立了写实主义（Realism）在艺术史上的地位，扭转了传统学院派长久以来对艺术界的主导。而追随其后的马奈（Edouard Manet），在1863年的作品（图0–2）中，更自觉性地加入了“现代性”（modernity）

图0–1 库尔贝 采石工人 油彩、画布 160 cm x 260 cm 1849 德累斯顿国立画廊藏（已毁于二战）

图0–2 马奈 草地上的午餐 油彩、画布 214 cm x 270 cm 1863 巴黎卢浮宫印象主义博物馆藏

的社会因子，替“现代主义”一词作了完美的批注。1874年，一群遭沙龙（Salon）拒绝的艺术家，集结独立展出自己的作品，设名为“印象派”（Impressionism），强调艺术的根本目的是以客观、科学、无我的精神去记录自然或人生的浮光片羽。他们反对学院派的训练且极端排斥想象艺术，倾心于对当代事物或真实经验的客观记录。此种反叛精神，在当时确实为现代艺术中的前卫（avant-garde）思潮立下了雏型。综观这些与法国19世纪艺术环环相扣的写实主义、自然主义、现代主义及前卫主义，皆或多或少主宰着20世纪初的艺术潮流。

自1880年以降，整个欧洲的政治气候笼罩在高倡殖民主义的歌颂声中。英国除继续苦心经营东印度公司外，又将非洲西部的尼日尔和尼日利亚纳入英联邦；德国也趁势并吞了非洲东部的坦桑尼亚；1885年，比利时国王里欧普二世（King Leopold II）更把非洲中部的刚果纳为私人财产。这一连串的殖民竞赛，不但激起了欧洲强权国家内部高度的民族主义思潮，更再度冲击了欧洲整个文化的进程，其中尤以理性主义（Rationalism）与唯物论（Materialism）的兴起，主导了19世纪最后20年的人文思维。而19世纪的法国，经历大革命及拿破仑的统治，在一连串的政治势力重组之后，处于世纪末的交替，不但在政、经上有着傲人的成绩单，在艺术的履历上，历经新古典主义（Neo-Classicism）、浪漫主义、写实主义、印象派、后印象派（Post-Impressionism）及新印象派（Neo-Impressionism）的洗礼，更是一路引领风骚。所以当我们谈论现代艺术的同时，无疑就是谈论着一部法国现代艺术史。而这并不意味着所有的现代艺术都是法国艺术，只是因为此时期的法国具备了成就现代艺术该有的文化内涵，不但在艺术词汇的揭橥与引用上，有着先师的地位，因其久经冲击而练就的文化洞察力，更成为那些自命“现代”的艺术家企欲靠拢的对象。

其中，印象派的反叛角色，虽可解释为写实主义的延续，但如以“采纳自然光法而加以现代化的写实主义”来形容，似乎更为贴切。在毕沙罗（Camille Pissarro）的作品中（图0-3），那种带有一点马奈及库尔贝对现代自然写生的风格及本身独具的光影效果，便是最佳范例。此外，不满印象派固有的限制，而另辟蹊径的后期印象派，其绘画中所表现出的强烈自主性笔法，加上心理学家弗洛伊德（Sigmund Freud）精神分析理论（Psychoanalysis）的提出，大大地加强了象征主义（Symbolism）原止于文学的理论基础，不但圆满解释了高更（Paul Gauguin）作品中的“原始”和“象征”元素（图0–4），更掀起了一股原始主义（Primitivism）的风潮，影响了20世纪初如马蒂斯（Henri Matisse）和毕加索（Pablo Picasso）作品中的原始意象。

象征主义第一次被明确地用来讨论视觉艺术，最早出现在1891年法国艺评家欧瑞尔（Albert Aurier）刊载于*Mercure de France*中对高更作品的评论。欧瑞尔认为一件好的艺术创作应具备：一、能清楚表达艺术家意念的观念性（ideative）；二、以不同形式来传达这个意念的象征性（symbolist）；三、以一种普遍认知的模式来表达这些形式与符号的综合性（synthetic）；四、具强烈主观意识的主观性（subjective）；五、一种如同古希腊或原始文化中所特有的装饰性（decorative）。[17] 象征主义者相信在外在形式与主观情境之间，存在着一种呼应关系，且认为一件艺术

图 0–3 毕沙罗
Louveciennes 的春天
油彩、画布
53 cm x 82 cm
约 1868–1869
伦敦国家美术馆藏

图 0–4 高更
雅各布与天使缠斗
油彩、画布
73 cm x 92 cm
1888
爱丁堡苏格兰国家画廊藏

---

⑰ Albert Aurier, “Essay on a New Method of Criticism”, quoted in Theories of Modern Art: A Source Book by Artists and Critics, ed. Herschel B. Chipp, University of California Press, 1968, p. 87.

品要引发人们内心的情境，并不在于借助所呈现的主题，而在于作品本身所传达的内在信息。象征主义（或后印象派）的风格，大体而言，是远离自然主义的，而它的创作理念更开启了法国艺术上的两大潮流：强调画面结构的立体主义，及强调色彩、线条动力的野兽派（Fauvism）。1907年，随着立体主义的第一次宣言，后期印象派的势力，便走入了历史。

艺术史在经历19世纪后半个世纪的纷扰，一跨入20世纪，便为一长串如恒河沙数的“主义”（-ism）所包围。实际上，没有人能数得清在20世纪里到底有多少主义。而这些被用来指称20世纪前半期艺术风格的主义，被艺术史家约翰逊（H.W. Janson）分为三大主流：表现（Expressionism）、抽象（Abstraction）和幻想（Fantasy）。表现主义强调直接表现情绪和感觉，为所有艺术唯一的真正目标。其中表现色彩浓厚的野兽派，在1905年于巴黎d' Automne沙龙作首次展出，为20世纪的现代艺术潮流揭开了序幕。为首的画家马蒂斯，在作品中所使用的平涂颜色、弯曲起伏的轮廓线及那种带“原始”气息的形态，明显地受到高更的影响（图0-5）。野兽派的画家，所努力的目标便是提升纯色（pure color）的地位，而这多少有着追随梵高（Vincent van Gogh）、高更及塞尚（Paul Cézanne）等后期印象派画家的味道。他们为了情绪及装饰的效果，恣意地使用色彩和强烈的纯色，如塞尚所做的一样，用纯色来架构空间感。

图0-5 马蒂斯 生命的喜悦 油彩、画布
171.3 cm x 238 cm
1905-1906
美国宾夕法尼亚州 Barnes 美术馆藏

在德国，野兽派对画坛的影响力远大于对巴黎的影响。1905年，一群住在德累斯顿（Dresden）的年轻艺术家，组成了“桥梁画会”（桥社）（Die Brücke），掀起了德国表现主义（German Expressionism）的风潮。“桥梁画会”的两位灵魂人物凯尔希纳（Ernst Ludwig Kirchner）和诺尔德（Emil Nolde），

从他们早期的作品中，不但可以看到马蒂斯那种简化有韵律的线条和强烈的色彩，并可很明显地感受到来自梵高和高更的直接影响。然而德国表现主义的画家在主题上的表现，远比马蒂斯大胆，作品中充满了狂暴的性欲表现、都市生活的恐怖与悬疑，或者神秘与自然结合的主题，将表现主义的基本精神表达得淋漓尽致。换句话说，德国表现主义艺术家承袭了马蒂斯鲜明的色彩及线条，以更直截了当的表现手法，来剖析情感及捕捉城市中的灰暗面。继野兽派之后，以来自俄国的画家康定斯基（Wassily Kandinsky）为首的“蓝色骑士画会”（Die Blaue Reiter），于1911年在德国慕尼黑成立。康定斯基应用野兽派强烈的色彩和自由而富有活力的笔触，抽离和简约绘画中的具体形象，创造出一种完全无实体的风格，重新赋予形式与色彩一种“纯精神上的新意”[18]，而康定斯基这种大胆的创意，便是“抽象”观念的原型。

⑱ Wassily Kandinsky, “On the Problem of Form”, quoted in Theories of Modern Art: A Source Book by Artists and Critics, ed. Herschel B. Chipp, University of California Press, 1968, p. 158.

如果说野兽派于1905年的首展，为20世纪的现代主义揭开了序幕，那么以毕加索为首的“立体主义”，更是整个现代艺术进程的枢纽。立体主义与野兽派一样，承袭了19世纪末后印象派所强调的平面色块，及来自象征主义者反自然主义的再现手法，尤其是来自对塞尚后期绘画的抽象视觉分析，和毕加索自非洲部落面具上所获得的原始主义信息。毕加索完成于1907年的《亚维侬姑娘》（*Les Demoiselles d'Avignon*，图0-6），便是撷取塞尚那种对体积和空间的抽象处理，加以“视觉分割”的作品。而这种由分割画面所构成的凹凸空间感，不但破坏了传统的视觉观念，更挑战了平面画布上三度空间的视觉效果。此种被称为“分析立体主义”（Analytical Cubism）的作品，在1910年后，又开辟出了另外一条路线，那就是毕加索

图0-6　毕加索　亚维侬姑娘　油彩、画布　243.9 cm x 233.7 cm　1907　纽约现代美术馆藏

图0-7 毕加索 静物和藤椅 拼贴 26.7 cm x 35 cm 1912 巴黎毕加索美术馆藏

受艺术家布拉克（Georges Braque）的影响，开始尝试“拼贴”（Collage）艺术的创作（图0-7）。拼贴立体作品的出现，激起了当时艺术界重新思考“艺术原像”的问题，因为在传统的艺术语汇里，所谓“高艺术”的媒材，指的是油彩和画布，而出现在毕加索和布拉克作品中的，却是与大众文化及日常生活息息相关的材料，如报纸、广告、标签及绳索等，打破了传统的艺术观点。从“大众文化”（mass culture）中取材的这种观念，其实早在19世纪末的前卫思潮里便已出现，如自库尔贝和马奈以降的19世纪艺术家，其作品“主题”便有部分直接取自大众文化，而毕加索与布拉克只是把这种日常生活的“主题”，加以“媒材化”罢了。

同一时期，受立体派的影响，一群以薄丘尼（Umberto Boccioni）和巴拉（Giacomo Balla）为首的意大利艺术家，开始尝试在创作中加入“机械动感”（machine dynamism）元素，企图营造出一种动态的“机械美学”（machine aesthetics）。1909年，随着诗人马里内蒂（Filippo Tommaso Marinetti）在法国的《费加洛日报》（*La Figaro*）中所发表的《首次未来派宣言》（First Futurist Manifesto），未来主义（Futurism）运动终告诞生，在1910年代的意大利和欧洲部分国家喧腾一时。未来主义者赞美机械之美及强调动感的韵律，无论是雕塑（图0-8）或绘画（图0-9），皆充满了对“速度”的追求。然此种美学观点，并没有在欧洲艺坛激起太大的涟漪，随着第一次世界大战的爆发，未来主义便告无疾而终。

图0-8 薄丘尼 空间中的连续形态
铜雕 126.4 cm x 89 cm x 40.6 cm
1913 私人收藏

1914年，第一次世界大战在欧陆爆发，整个欧洲在文化上所受到的重挫，是自14世纪“黑死病”以来最严重的一次。大战后的欧洲，政治势力再度重组，加上1936年西班牙内战爆

发，使得整个20世纪前半期的欧洲笼罩在一种无政府及不确定的氛围中。而这股政治、经济上的不确定性，影响了艺术创作上对“幻想”主题的追求。

图0-9 杜尚 下楼梯的裸体第二号
油彩、画布 146 cm x 89 cm
1912 费城美术馆藏

所有带有幻想色彩的艺术家，都有一个共同的信仰，那就是“内心的观照”远比外在的世界更为重要。而这种内心观照的概念，除了用来作为逃避战乱所造成的残酷和灾难的借口外，显然也受到弗洛伊德精神分析理论的影响，试图将人类潜意识里的梦境和幻想，以一种非主观意识控制的形象来表达（图0-10）。基里科（Giorgio de Chirico）、夏加尔（Marc Chagall）和克利，便是这一类型的画家。他们把艺术视为一种符号的语言，然后用这些符号去捕捉潜意识里的影像，借此唤起观者“类似经验”的记忆。然而这种符号式的创作语言，结合了之后由达达主义（Dadaism）所发展出来的“机会”（chance）理念，影响了“超现实主义”的形成，其中以达利（Salvador Dali）和米罗（Joan Miró）为此派的代表画家。

图0-10 夏加尔
我和村庄
油彩、画布
191.5 cm x 151 cm
1911 纽约现代美术馆藏

在战后，一群苏黎世的文人和艺术家，通过朗诵无意义的诗，以虚无、放纵的态度高歌或辩论时势，企图对“新机械年代”（New Machine Age）的科技所带来的“自我毁灭”，作一种“无厘头”的抗争，这便是达达主义。达达主义的精神就如同“达达”该词本身，从一本德法字典里随机选出，不但荒谬且不具任何特别思想或文化层面上的意义。因此，达达常被称为虚无主义者。这个运动的目的在于宣告大众，由于战争所带来的灾难，所有存在的一切道德或美学的价值显得毫无意义。也就是说，达达企图用一种仇视文化的态度，来宣扬无意义的胡说和反艺术的艺术。但达达主义并非完全否定艺术中的美学价值，因为在它的反理性行为中，仍存有一种解放的因素，一种向未知挑战的创造心态，这也就是达达一向奉行不悖的“偶然性”法则。其实早在1916年达达主义出现之前，杜尚（Marcel Duchamp）在巴黎和纽约就已尝试了这种带戏谑及反讽的创作方式——“现成品”（readymade）。很多达达主义的作品，都来自“现成品”的创作观念，就像杜尚为蒙娜丽莎（Mona Lisa）添上胡子一样（图0–11），是那么地随性与反理性。杜尚往往将日常生活中的物品解构后再创造，赋予现成东西新的意义。如1917年，他在一个陶瓷制的尿盆上面签上了“R. Mutt”，然后赋予这个尿盆一个新的生命——《喷泉》（*Fountain*，图0–12）。这种现成品的创作颠覆了传统的艺术形式，因为选择一个普通物品再赋予新意，也成了另一种艺术创作。

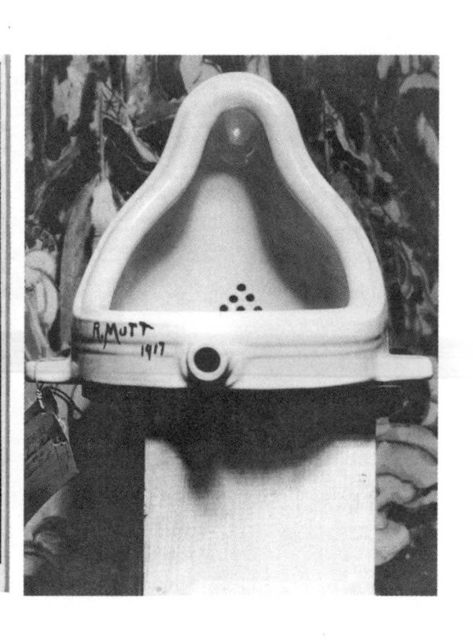

图0–11 杜尚
L.H.O.O.Q.
现成品
19.7 cm x 12.4 cm
1919 纽约私人收藏

图0–12 杜尚 喷泉
现成品装置，瓷制尿盆
23.5 cm x 18.8 cm x 60 cm
1917 史蒂格利兹摄，刊于《*391*》杂志

而此时的欧洲在经历两次大战的蹂躏之后，政、经动荡，民生凋敝；反观美国，避开了战火的摧残，趁着欧洲沦为一片焦土之际，一跃成为世界军事及经济强国。鉴于欧洲当时的艺术环境，为数不少的艺术家或为躲避战乱，或为寻求新的创作环境，纷纷来到了美国，使美国反而因大战而成为主导世界艺术潮流的另一重地，逐渐发展出具有自己文化背景的艺术风格。其中的“抽象表现主义”，涵盖了以波洛克为首的“行动绘画”

（Action Painting，图0-13），及罗斯科（Mark Rothko）的“色域绘画”（Color-Field Painting，图0-14），足以称为艺术在“美国制造”的代表。波洛克并不用画笔来创作，他将颜料直接对准画布投射下去，让颜料发挥出它们本身的力量。然而波洛克并不放纵颜料的自由发挥，他将所有的创作过程寄托在被达达主义者奉为圭臬的“偶然的机会”。波洛克和以前画家不同的地方，便是他将全部的精力都放在绘画的行动上，而他本人就是驾驭那些颜料的最大动源。而罗斯科承续了蒙德里安（Piet Mondrian）以来对“原色”的追求，在画布上大片涂上单一、不同的色彩，静谧而朴实，有别于行动绘画中韵动狂烈的颜色及线条，试图在色彩中寻找另一种形式与空间的组合。由于此派大部分的艺术家以纽约为根据地，因此又有“纽约画派”（New York School）之称。抽象表现主义的出现无疑宣告了美国艺术的来临，对欧洲当时的艺术发展造成不小的冲击，因为此时期的欧洲，在艺术上并无等量的创造力和新观点。原生艺术家（Art Brut）杜布菲（Jean Dubuffet），便是受此影响最大的法

图0-13　波洛克
秋天的韵律第三十号
油彩、画布
266 cm x 525 cm
1950　纽约大都会博物馆藏

图0-14　罗斯科
橘和红于红上
油彩、画布
235 cm x 162 cm
1954　私人收藏

国艺术家之一。

1950年代的美国，商品开始打入欧洲市场，1955年左右兴起于伦敦的“波普艺术”，便是受美国大众商品所影响的艺术潮流。波普艺术就是“大众艺术”（Popular Art），以商业文化及流行元素作为它的基本材料，是一种利用大众影像作为美术内容的活动。而美国波普艺术的发展，并未承袭自英国的波普，它可说是从抽象表现主义中慢慢地蜕变出来的。它之所以能在短时期内获得青睐，主要是因为波普艺术所表现的大众文化主题，符合了大战后人们逃避都市文明压力的心态，以最直接、最熟悉的形象，呈现人们生活中的大众文化。安迪·沃霍尔的《可口可乐》《玛丽莲·梦露》，及超级市场货架上的鸡汤罐头（图0-15）、利希滕斯坦的漫画、路旁的广告，甚至仿真日常生活形态的装置作品，都替波普艺术作了最明确的宣言。

图0-15　安迪·沃霍尔
康培浓汤罐头
油彩、画布
182.9 cm x 254 cm
1962　私人收藏

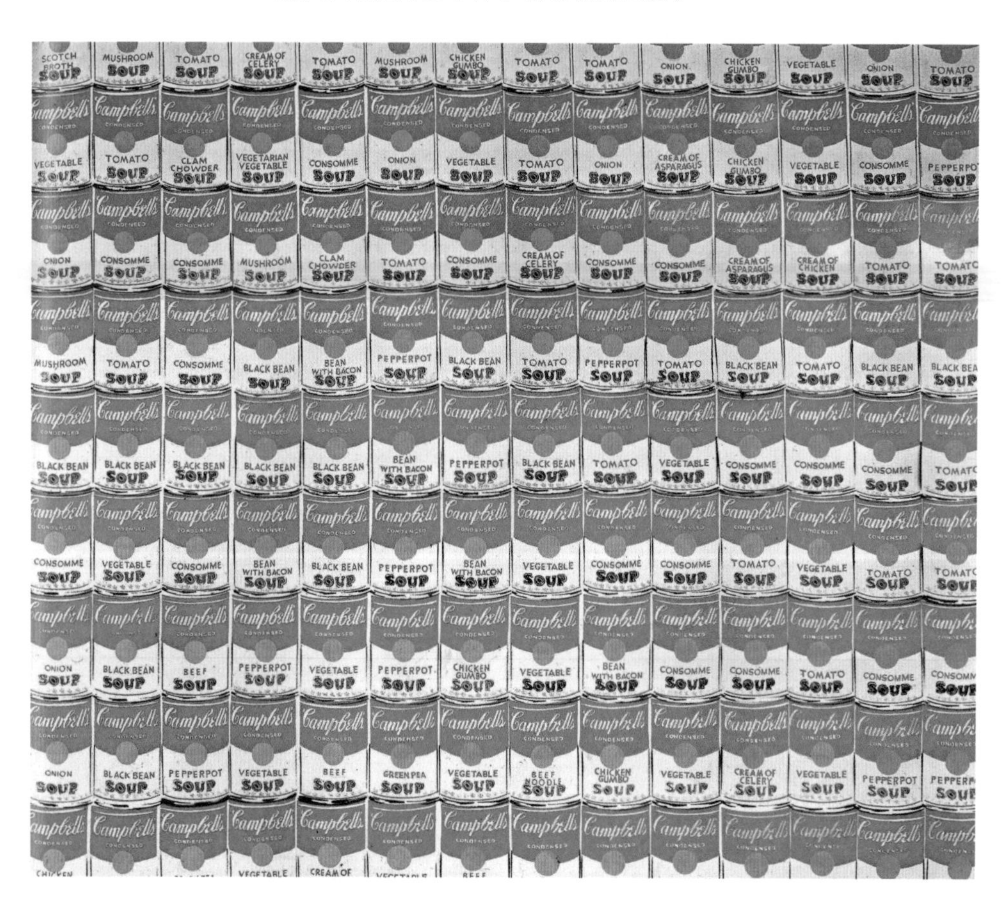

但这种以流行文化为要求的波普艺术，在20世纪70年代却遭遇了一股反扑势力，一种反对抽象表现主义的艺术风潮，造就了“极限艺术”（Minimal Art）的出现。极限艺术是一种简洁几何形体的雕刻艺术，所创造出的作品像工厂制造出来的成品一样，力求标准化而且毫无个性，因此对抽象表现主义中多变的表现形式不怀好感。俄国艺术家马列维奇（Kasimir Malevich）的“绝对主义”（Suprematism）作品（图0-16）中的简洁几何图形，便是极限艺术的原始雏型。后来，极限艺术被分为两大类：一为以单一形体为一单位的巨大作品，另一为重复同一单位形体的作品，借由单一元素的连续，塑造一种空间的韵律感。贾德（Donald Judd）及索尔·勒维特（Sol LeWitt）皆是此间的代表。

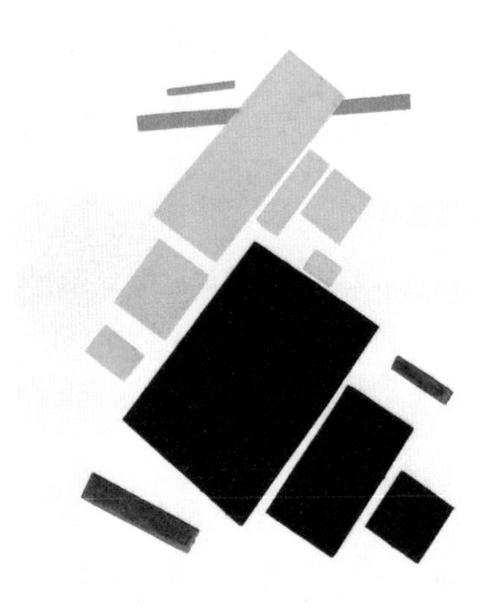

图 0-16 马列维奇
至上主义构图
油彩、画布
58.1 cm x 48.3 cm
1914 纽约现代美术馆藏

三、结语

走过了“极限”的年代，现代主义的步伐已逐渐趋缓，艺术的理论随着批评的不断演绎与辩证，在许许多多文史哲大师巨大身影的笼罩下，我们逐一品尝了他们学说的精髓，然在咀嚼之余，我们又往往慑于这些伟大学理的不可挑战性，在来不及反思之际，便已被吞噬得一无所有。史家作史，想当然尔，但在治史的同时，除了归纳与整理，却不能不主观，否则人云亦云，流于形式。然一旦涉及主观意识，便是所谓的批评，批评可是可非，取之弃之皆操之观者（或读者）。因此，一部艺术史的写定，不外乎艺术史家、艺评家及观者互动下的最终结论，但非该结论的最终。1975年，从“后现代主义”（Post-Modernism）一词被使用于建筑的风格上开始，艺术进入了另一个不同的史观，现代主义为现代艺术史画下了句点，在反叛与继承中，却又开启了“后现代”艺术的新纪元，举凡当代政经时势、女性主义、种族问题，甚至如波普艺术所一贯坚持的生活重现或艺术的复制与再复制，都成了后现代艺术中一再呈现的主题。现代艺术行走至此，身处21世纪的开始，回顾百余年来的艺术现象，思考着后现代主义之后的艺术进程，是否现代主义已死？是否“后后现代主义”（Post-Post Modernism）足以总结20世纪的艺术史，为21世纪的艺术另辟新局？确实值得我们再深思。

壹

现代艺术的“现代”论述

一、"现代"的文本与观照

"现代"(modern)一词，最早出现于公元5世纪末，被用来区分古罗马异教年代与基督教正式立教后的纪元，一为"过去"(the past)，另一为"现时"(the present)。"现代"一词的含义，虽因时而异，却往往用以表达一个新纪元的自觉意识，不但联系当今的"现时"与远古的"过去"，更把自己视为从"过去"过渡到"现时"的结果。[①] 在欧洲的历史中，每当"现代"一词重现之际，皆是一个新纪元急欲与过去划清界线之时，就如19世纪中叶以降，欧洲在历经工业革命之后，整个社会急剧都市化，宗教在先前日常生活中的重要性，湮没在人们逐渐高涨的自我意识中，一股破旧迎新的改革思潮，成为新社会、新希望的寄托，而其间所衍生出的"另类"(difference)、"颠覆"(disruption)，甚至"抛弃旧制度"的思维，更成了推动社会改革的原动力。也就因这股思维，促使了19、20世纪的艺术家、音乐家及作家，放弃了旧有的创作形式，寻求艺术史家贡布里希(E.H. Gombrich)所称的"新标准"(new standards)。[②]

在音乐的创作上，所谓的"现代音乐"，包括萨蒂(Eric Satie)及德彪西(Claude Debussy)早期的实验性作品；还有奥地利作曲家勋伯格(Arnold Schoenberg)对新音乐形式的追求，推翻了传统音乐中的和谐结构，放弃了构成音乐基本旋律的八个音符，另创十二个音符的新音乐旋律。之后，勋伯格的学生，美国作曲家约翰·凯吉(John Cage)，更于1950年代着手

① Jürgen Habermas, "Modernity: An Incomplete Project", quoted in The Anti-Aesthetic: Essays on Postmodern Culture, ed. Hal Foster, Bay Press, 1998.

② Ernst H. Gombrich, The Story of Art, Phaidon, Oxford, 1950, p. 395.

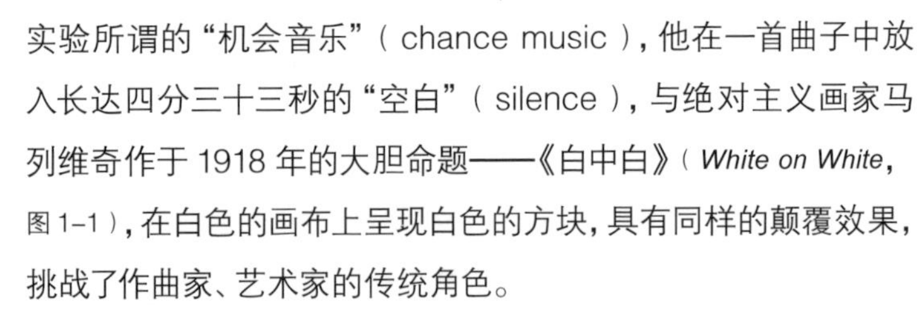

实验所谓的“机会音乐”（chance music），他在一首曲子中放入长达四分三十三秒的“空白”（silence），与绝对主义画家马列维奇作于1918年的大胆命题——《白中白》（*White on White*，图1–1），在白色的画布上呈现白色的方块，具有同样的颠覆效果，挑战了作曲家、艺术家的传统角色。

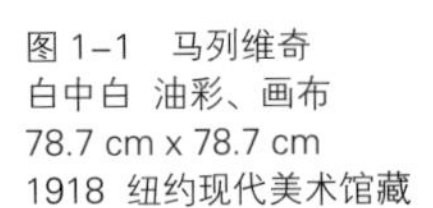

图1–1 马列维奇
白中白 油彩、画布
78.7 cm x 78.7 cm
1918 纽约现代美术馆藏

在文学上，有爱尔兰小说家乔伊斯（James Joyce）反传统叙述结构的“意识流”（stream of consciousness）作品，及美国前卫作家斯坦（Gertrude Stein）放弃当时文学和诗中的“写实主义”，另辟一种“反自然”（denaturalization）的写作语言。戏剧上，德国剧作家布莱希特（Bertholt Brecht）抽离了传统剧场中繁复的布景所营造出的视觉幻象，企图透过戏剧本身的张力，还剧场于原貌。电影中的“蒙太奇”（montage），更颠覆了以往电影呈现“生活片面”（a slice of life）的叙述法则，改以更接近人类意识活动的剪接手法，更真实地捕捉人性。而在建筑上，也放弃了几个世纪以来所传承的古典风格与繁复的装饰，走向线条与结构更趋简单的表现形式。

而“现代”一词表现在艺术上的，如以印象派时期的画作为例，其独特的速写（sketchy）笔法，描绘“当时”日常所见的人、事、物，有别于“过去”传统学院派所承袭的古典主题和画风，这等在当时具“反传统”及“呈现当代”的艺术，皆可视为“现代艺术”的基本雏型。毕加索的立体派，颠覆了传统二度空间的视觉构图；而杜尚的“现成品”，更将生活中平凡无奇的日常物品，解构后再重组，赋予物品新意，皆不只颠覆了传统艺术的表现形式，更打破了“现代”的藩篱。如此说来，这群在当时“反叛传统”的艺术家，其创作理念，多少与前卫的理念相符，因为他们往往走在时代及创作的先端，且不再是为特定对象而创作，而是回归到“为艺术而艺术”的创作初衷上。

二、"现代主义"的理论基础与其艺术命题

1863年，法国诗人兼评论家波德莱尔于法国《费加罗日报》中首度提出"现代性"一词，其实在此之前，德国哲学家康德（Immanuel Kant）早于1770年，便已替艺术的"现代主义"立下了哲学上的根基，在他独到的美学对应（aesthetic response）理论中强调，假如观众切实体验了艺术品的内在，他们便能获得与艺术品本意接近的诠释和判断。换句话说，当观赏一件艺术作品时，观者必须全然放弃个人的好恶与任何既定的意识形态，且超乎时空之上，把艺术品独立在牵涉任何目的或任何可兹援引的关联之外，而只就其中的美学来加以反应。康德这种超越个人情感的美学观点，更适用于19世纪中叶以降的艺术环境，因为此时的欧洲，正受到资本主义的冲击，中产阶级日益抬头，艺术的发展也逐渐脱离之前受赞助制度的束缚，艺术家相对地享有绝对的自由去选取自己的创作体裁，而无须再为歌颂某些特定的权贵或教会而创作，他们开始了各种不同于以往形式的实验，把自己定位在"前卫"的路上，力图在艺术的主题、形式与表现方式上求新、求变。而波德莱尔的"现代性"观点，正可用来阐释这种异于过去，且在当时求新、求变的时代风格，及这种风格所形成的现代特性。

1913年，美学家爱德华·布洛（Edward Bullough）又增加了"精神距离"（psychic distancing）的概念，来加强康德的美学和"现代性"的不足。他补充道，观者应以一种超然（detachment）的态度来凝视一件作品，而这种超然的态度必须是纯精神层面的，甚至是形而上的。[③]1920年代，更因两位英国评论家贝尔及傅莱所提出的"形式主义"，几乎主导了整个20世纪现代艺术的发展方向。他们认为，艺术家在创作之时应完全抛弃心中的创作意图，纯为创作而创作。而贝尔更进一步提出"重要形式"的理论，认为唯有固守构成形式的基本视觉要素——色彩、形态、尺寸和结构，才能达到纯创作的目标。[④]至此，现代主义所关注的焦点，便从观者转到创作者身上，再由创作者转嫁到形式的表现上。1930年代，在文学批评的领域上，由艾略特（T.S. Eliot）、理查德斯

③ Karen Hamblen, "Beyond Universalism in Art Criticism", in Pluralistic Approaches to Art Criticism, ed. Doug Blandy and Kristin Congdon, Bowling Green, Ohio: Bowling Green State University Popular Press, 1991, p. 9.

④ Robert Atkins, Art Spoke: A Guide to Modern Ideas, Movements, and Buzzwords, 1848-1944, New York: Abbeville Press, 1993, p. 107.

(I.A. Richards)和其他作家所提出的“新批评”(New Criticism),又把形式主义放到文学创作上来讨论,强调对作品本身的诠释,降低了作家对作品的支配色彩;也就是说,就作品的使用语言、想象和暗喻来分析作品,排除作者的背景、创作时空和创作时的心理状态,呼应了形式主义在艺术上的观点。二战结束后,因美国艺评家格林伯格的大力提倡,使得形式主义对美国“抽象表现主义”的发展,扮演着关键性的角色。而与格林伯格同时期的艺评家哈罗德·罗森伯格(Harold Rosenberg),甚至要艺术家“只要放手去画”(just to paint),他说:“一张画并不是一张图片(a picture),它只是一张画而已。”[5]把作品本身的附带价值剥得一丝不挂,把创作本体推到了极限。而这种“极限”因子,在1960年代,更被艺评家弗雷德(Michael Fried)所延续和发扬,使形式主义在“极限艺术”中找到了最终的归宿,风尘仆仆地替现代主义画上了句点。

虽然艺术史学者艾金斯把“现代主义”在艺术史上的分期,大约界定在1860年到1970年间,[6]但这并非意味着在此时期的所有艺术作品,都可堂而皇之地冠以“现代艺术”(modern art)之名,那么到底什么样的艺术才能称作“现代艺术”?譬如说,当我们把印象派画家莫奈(Claude Monet)与莫里索(Berthe Morisot)作于1870年代的作品(图1-2、图1-3)与当时学院派画家布奎罗(William-Adolphe Bouguereau)同时期的作品(图1-4)

⑤ Harold Rosenberg, quoted by Howard Singerman, “In the Text”, in A Forest of Signs: Art in the Crisis of Representation, ed. Catherine Gudis, Cambridge: MIT Press, 1989, p. 156.

⑥ Robert Atkins, Art Spoke: A Guide to Modern Ideas, Movements, and Buzzwords, 1884-1994, New York: Abbeville Press, 1993, p. 139.

图 1-2 莫奈 撑阳伞的女人
油彩、画布
100 cm x 81 cm
1875 华盛顿特区国家美术馆藏

图 1-3 莫里索 哺乳图 油彩、画布
50 cm x 61 cm 1879 私人收藏

图 1-4 布奎罗 母子图
油彩、画布
164 cm x 117 cm
1879 克里夫兰美术馆藏

进行比较，不难发现莫奈与莫里索的画，不论在主题、风格、布局及光影的掌握上，皆与布奎罗的画作有着极大的差异。布奎罗以极其细腻的写实手法，来勾勒人物的表情及不属于当时的古典风貌，且透过人物与古代建筑所建构的空间感，凸显人物为整个画幅的中心主题，不折不扣地呼应了威尼斯画家吉奥乔尼（Giorgione）作于1505年的《暴风雨》（*The Tempest*，图1-5），两者不仅有着相同的主题，且皆是以“圣母与圣婴”（Madonna and Child）为基本架构，就连构图和对光影的处理都如出一辙。而莫奈和莫里索的作品，却不约而同地模糊了被传统学院派画家奉为中心主题的人物脸部表情，而将画幅的重心转向人物表情以外的表现上，如莫奈画中撑阳伞的女人，在仰角的描绘下，充塞整个画幅的中、后景，莫奈为了舒解这种在结构上所造成的张力，便以主题人物身后天空的色彩，来勾勒女人和小孩的衣着，且利用闪动的光影来模糊人物脸上的表情，以缓和此画的色彩与布局，使整张画的视觉焦点分散而有层次感。而莫里索的作品，一样模糊了人物脸部的表情，将人物与风景在印象派惯有的光影技法处理下，融入同一平面中，虽不脱“圣母与圣婴”的主题，但其表现形式与技法，却与布奎罗的作品大相径庭。这种莫奈与莫里索在创作上所共同追求的“反传统”及“呈现当代”的时代风格，便是波德莱尔所说的“现代性”。而这种“现代性”，并非仅止于对人物表情或当代服饰的描写，更是画家体验“现代经验”的具体表现。

图1-5 吉奥乔尼 暴风雨
油彩、画布
79.5 cm x 73 cm
1505 威尼斯艺术学院藏

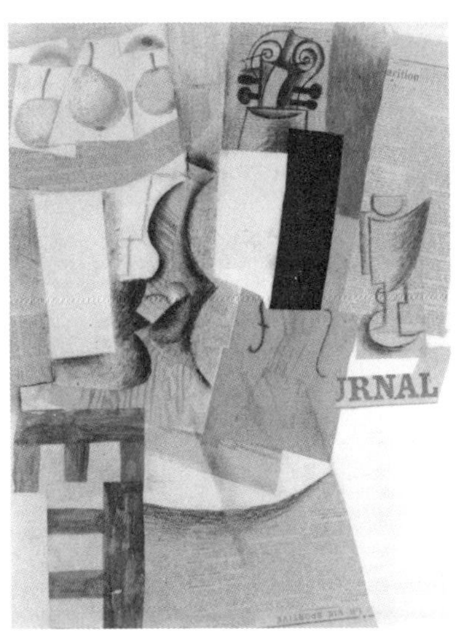

图1-6 毕加索 碗中的水果、小提琴和酒杯
拼贴及混合媒材
65 cm x 50 cm
1912 费城美术馆藏

然而，波德莱尔的这种“现代性”观念，是否可以更广义地适用于20世纪的艺术风潮？也许可以从以下的例子中看出一些端倪。毕加索作于1912年的拼贴作品《碗中的水果、小提琴和酒杯》（*Bowl with Fruit, Violin, Wine Glass*，图1-6），并无印象派作品中的“当代”人物或风景，只见一些报纸和图片的杂乱拼凑，因此

我们无法从他所选取的主题上获得一点“现代性”的信息。碗中的水果、小提琴和酒杯，虽是日常所见的物品，却彼此毫不相干；但当我们发现背景中几张切割的“报纸”时，原本毫无关联的拼凑，却因“报纸”的“时事性”，而使得这些原不相干的物品“现代化”了。因此这些日常的物品，就跟报纸一样，成了“呈现当代”的最佳符号，这便是毕加索在这件作品中所要传达的“现代性”信息，主题是如此地“前卫”，表现形式更是“反叛传统”。再看看绝对主义画家马列维奇作于1915年的《黑色方块》(*Black Square*，图1-7)中所要表现的“非具象世界”(The Non-Objective World)[7]，其简单的黑色方块更难让人联想到任何“现代性”信息，但当我们仔细推敲马列维奇在展览此画时所言：“让我们唾弃那些老旧的衣裳，替艺术换上一块新布。”[8] 其实马列维奇是借此画在暗讽另一位同时期画家古斯托第夫(Boris Kustodiev)的作品——《商人妻子》(*Merchant's Wife*，图1-8)。古斯托第夫画中人物的当代穿着及表现风格，若依照波德莱尔的“现代性”观点，当比马列维奇的《黑色方块》更具当代性。但当我们了解到马列维奇的《黑色方块》，便是他疾声呼吁要唾弃的那块穿在“商人妻子”身上的“旧”布时，《商人妻子》所具有的当代性，便间接地转到《黑色方块》的主题上，完美地解释了波德莱尔“现代性”中的“反传统”及“呈现当代”的特性。

图 1-7　马列维奇 黑色方块
油彩、画布
79.2 cm x 79.5 cm
1915　莫斯科 Tretiakov 艺廊藏

图 1-8　古斯托第夫
商人妻子
油彩、画布
204 cm x 109 cm
1915　圣彼得堡州立俄国美术馆藏

---

⑦ 马列维奇在一篇名为《非具象艺术和绝对主义》的文章中指出：“绝对主义者已捐弃对人类面貌的描写，企图寻找一种新的符号，描述直接的感受，因为绝对主义者对世界的认知，不是来自观察或触摸，而是凭感觉。” Kasimir Malevich, “Non-Objective Art and Suprematism”, quoted in Art in Theory 1900-1990: An Anthology of Changing Ideas, ed. Charles Harrison & Paul Wood, Blackwell, 1992, p. 291.

⑧ Kasimir Malevich, “Non-Objective Art and Suprematism”, quoted in Art in Theory 1900-1990: An Anthology of Changing Ideas, ed. Charles Harrison & Paul Wood, Blackwell, 1992, p. 291.

距波德莱尔百年之后，美国1960年代最重要的艺评家格林伯格，更语出惊人地提出，一件画作是否归类为“现代”，将取决于它是否具有“平坦”（flatness）的表现形式，而不像传统绘画中极力营造的三度空间感，因为平坦的画面最能凸显画作的“现代”特质。[9] 如此说来，波洛克作于1950年代的“行动绘画”（图0-13）与1870年代莫奈的“印象派绘画”，便一下子因格林伯格的理论基础，而拉近了百年的距离，因为两位画家的作品同是“平坦”“无空间感”，同具格林伯格所谓的“现代”特质。

⑨ Clement Greenberg, “Abstract, Representational and So Forth”, in Art and Culture: Critical Essays, Boston: Beacon Press, 1961, p. 133.

三、“现代”的争论

“另类”与“颠覆”确实是构成“现代”或“前卫”的重要元素，但也不全然意味着所有具“另类”与“颠覆”元素的艺术创作，都是“现代艺术”。殊不知，“现代艺术”是现代文化的产物，如脱离现代文化的轨迹，而只求标新立异，充其量也只不过是一种不平之鸣而已。因此，“现代艺术”创作中对“当代”主题的取舍及其表现形式，皆必须建构在文化的基础上，如此才能清楚地呈现当代的社会生活与互动。也就是说，在“反叛传统”的同时，也要有所“现代的继承”，因为这种基于文化的“现代继承”，便是用来评选“现代艺术”的美学标准。

而对于波德莱尔与格林伯格的“现代”论调，如以上述的美学标准论之，也许只能说是他们那个年代对“现代”的独特见解，不能以偏概全地作为定义“现代”或“现代主义”的基础。波德莱尔所处的年代，正值欧洲革命风潮，政局动荡、人心思变，对社会制度与文化的变革有着极大的期待，反映在艺术上的，长久以来支配欧洲艺坛的传统学院派风格，便成了新一代艺术家亟思改革的目标，波德莱尔便以此为立论点，提出了“现代性”的理论，因此其适用性在时空性上具有一定的局限，其论点并无法涵盖20世纪百家争鸣的艺术现象，更无法清楚地呈现不同艺术风潮的美学价值，充其量也只能以某些“特定类型”的作品，作为演练其理论的样板。因此，当我们把波德莱尔的论调拿来检视经"抽离"和"简约"后的"抽象"作品时，如波洛克的"行动绘画"，完全抽离画中的"具象"元素，纯粹以点、线的组合来捕捉画家内心的悸动，这种具有强烈"自我意识"的绘画语言，更无法用波德莱尔的"现代性"一言以蔽之。

20世纪的前半期，艺术风潮历经了"野兽派""立体主义""达达主义""超现实主义""抽象表现主义"，到后来的"极限艺术"。试问这些词尾带着"主义"的艺术风格，有哪一个清楚地实践着或延续了传统学院派的三度空间构图？即使是毕加索的"立体派"，也非传统三度空间构图的延续。因此，格林伯格在1960年代初期，以"平坦"作为选取"现代"画作的标准，也只不过是对过去半个世纪的艺术现象所作的一种回顾与归纳而已，其切入点虽称"前卫"，然立足点的不足却难免引起争论。就如波德莱尔所提出的"现代性"观点一样，两者虽都提出了对"现代"的认定标准，却忽略了评鉴艺术品好坏的"美学价值"（aesthetic value）所应有的定位。如此说来，波德莱尔和格林伯格的"现代"论调，也只是一种因应所处年代的主观意见，并非具有全面性的论述。再且，任何的艺术批评，都不能抛开"美学价值"的观点，来评断一件艺术品或一种艺术风潮；也就是说，不能仅凭个人片面的艺术史观，硬把"公式"强套在某一时期的艺术创作上，而把那些与"公式"不符的作品排除在外。要知道，艺术的进程并非是一种"公式"，而是一种"现象"的联结。

如以此回到问题的最初：那么到底什么样的艺术才能称作"现代艺术"？如依现代艺术史学家所言，"真实性"（authenticity）、"原创性"（originality）和"自主性"（autonomy）是构成现代艺术的三大元素，[10] 那么艺术家对创作和艺术本身的自觉和自省程度，将是决定其作品"现代"与否的最大基础。然而矛盾的是，往往这种基础建立之时，可能连艺术家本人都不自觉。1917年，当杜尚隐姓埋名地在纽约发表他的"现成品"——《喷泉》（图0-12）时，他不禁自忖："是否所谓的艺术就如同我所想的一样？"[11] 对杜尚而言，这是个疑惑，但当这份疑惑转为艺术家本身的自省

⑩ Pam Meecham & Julie Sheldon, Modern Art: A Critical Introduction, London & New York: Routledge, 2000, p. 1.

⑪ Calvin Tomkins, Duchamp, New York: Henry Holt, 1996, p. 182.

时，一种“自主性”的观照便悄然地转嫁到作品上，而这种杜尚所原创的观照，似乎替“杜尚之后”的现代艺术作了最佳示范。但如以杜尚作品中的这种“自主性”为范本，来解释之后的艺术现象，试问又有多少艺术家能超越杜尚的实验，而保有现代艺术所应具备的“真实性”和“原创性”？即使艺术进入“后现代”时期，杜尚的影响，却仍如鬼魅般纠缠着 20 世纪后半个世纪的艺术风潮。

四、“现代”之死?

20 世纪后半个世纪的艺术风潮，进入了所谓的“后现代”时期（post-modern）。如照“后现代”的字面解释，“后”（post-）所代表的是一种“结束”，而“后现代”便意味着“现代”的结束；然当我们试着替“现代”与“后现代”划清界线时，竟发现在艺术风格与表现形式上，两者非但泾渭不明，甚至有所传承。因此，我们不能把“后现代”视为另一种风格的形成，只能将之视为一种时间的分期。比如后现代艺术家勒凡（Sherrie Levine）于 1980 年翻拍史蒂格利兹（Alfred Stieglitz）拍摄杜尚《喷泉》的摄影作品，也就是说，一件“现代艺术”品照片的照片，成为另一件“后现代”时期的全新作品。姑且不讨论其中的“剽窃”问题，试问这样的“艺术品”，将如何与定位为“现代艺术”的原作或原作的照片作区分？因此，我们不禁要问：“现代”在进入“后现代”之后，“现代”是否已死？而处于 21 世纪的“现代”，对“现代”或“现代艺术”的定义及评选标准，甚至“后现代”中的“现代”现象，也很难有个完整的论述，其中的争论，也只能从 21 世纪后百年的艺术实践中，重新再检讨。

贰

现代艺术中的“裸体”主题

一、“裸体”在西方艺术史中的演绎

在西方艺术史中，不论在绘画或雕塑上，“裸体”（nude）一直被视为是一种“完美形式”（ideal form）的表现。自古希腊、古罗马文化以降，经15世纪的“文艺复兴”，一直到“现代”，甚至“后现代”，曾为艺术家钟爱的“神话”及“圣经”题材，渐渐被淡忘，对繁复甲胄的描写也渐被抛弃，而传统学院的临摹训练方式，更备受讥评，唯独“裸体”作为一种“美”的表现形式，被艺术家持续地以不同的媒材表现在各种主题上，历经几千年的演绎，至今仍是现代艺术史中不可或缺的美学元素。

“裸体”作为一种艺术形式，最早出现在5世纪的希腊，当时的表现除祭神用的男（Kouros）、女（Kore）雕像外，不脱古典神话、寓言中的英雄人物，如阿波罗（图2-1）、维纳斯（图2-2），及万能的天神宙斯（图2-3）。这些人体雕像在技法及三度空间的布置

图 2-1 阿波罗 大理石
高 230 cm 公元前 4 世纪
希腊

图 2-2 维纳斯 大理石
高 202 cm 公元前 4 世纪
希腊

图 2-3 宙斯 青铜
高 210 cm 公元前 5 世纪
希腊

上，虽属生涩，然在古希腊、罗马人的眼中，这些天神与英雄却蕴藏着一股“神圣之美”（the divine beauty），是那么地不可侵犯，又深深地令人着迷，而古希腊、罗马的文明，便是建构在这股潜意识里对“美”的移情作用上。

艺术的发展进入文艺复兴（Renaissance）时期，其精神不外乎是延续或模仿古希腊、古罗马的古典风格，或是有意识地回归古典的价值标准。此时期的艺术家在哲学辩证、科学发明及解剖医学的影响下，对“裸体”的诠释，更臻至完美的境地。如米开朗基罗（Michelangelo）的雕塑《大卫》（*David*，图2-4），一副充满挑战的眼神，配合满布肌肉的“裸体”仪态，把三度空间的真实人体，从顽强的石材中解放出来，其形式古典而简单，浑身充满一股和谐之美。又如意大利佛罗伦萨（Florence）画家波提切利（Sandro Botticelli）的《维纳斯的诞生》（*The Birth of Venus*，图2-5），寄寓神话，以三度空间的背景及古典的氛围，烘托出维纳斯的“裸体美”。而波拉约洛（Antonio del Pollaiuolo）的铜版画《十个裸体男人的杀戮》（*Battle of the Ten Naked Men*，图2-6），更挑战了裸露人体在动作中不同形态的描绘。这种对人体动感的捕捉，在当时还是个很新的尝试，且尚存许多肢体运动与空间运用的问题。

图2-4 米开朗基罗 大卫 大理石 高408 cm 1501-1504 佛罗伦萨学院画廊藏

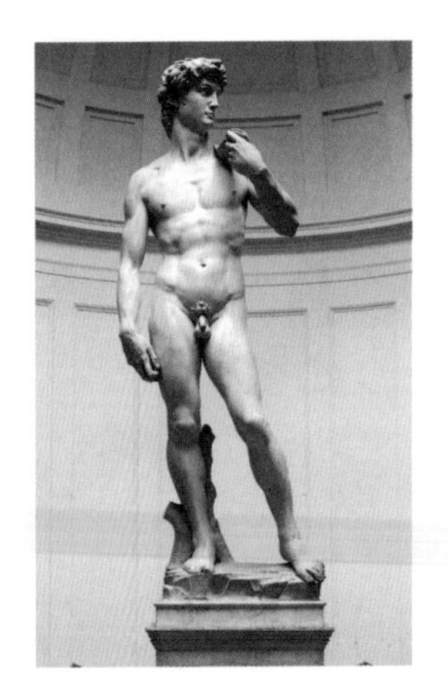

图2-5 波提切利 维纳斯的诞生 蛋彩、画布 172.5 cm x 278.5 cm 1485-1486 佛罗伦萨乌菲兹美术馆藏

图2-6 波拉约洛 十个裸体男人的杀戮 铜版 38.4 cm x 59.1 cm 1465-1470 纽约大都会博物馆藏

18世纪末19世纪初，受教权及法国大革命的影响，深具社会教化功能的历史画（History Painting）凌驾风景、写生及肖像等主题，成为学院派画家竞相选取的对象，而其中“理想化的裸体英雄”（the idealized heroic male nude）更是历史画中必备的元素，加上艺术赞助者及买家对“裸体”主题的青睐，迫使当时的艺术家全心投入与“裸体”相关的创作，以便获得买家及官方的认同。由此因应而生的“人体写生”及“古典雕塑的临摹”，便成了学院派画家最主要的训练课程之一。直到1870年，这种崇尚“古典裸体美”的画风，仍有形或无形地支配着学院派的画风及各类型的公共展览。19世纪70年代之后，“印象派”兴起，在艺术创作上，倾向以当时日常生活所见为主题，所以在“裸体”的表现上，便与当时忠实呈现生活的文学作品密切结合，而当时文学家笔下所钟情的“妓院”“妓女”题材，便一一成了艺术家画笔捕捉的对象，画家德加（Edgar Degas）、罗特列克（Henri de Toulouse-Lautrec）皆有不少以此为主题的作品（图2-7）。

艺术的发展在进入20世纪后，其主题时与哲学为伍，时与精神分析相偎，在表现形式上，流派杂陈，百家争鸣，而“裸体”作为一种艺术表现的主题，在不同形式的表现上，更是多样且百变。因此，出现了线条扭曲、色彩鲜丽的“野兽派裸体”（图2-8），分割画面且具三度空间的“立体派裸体”（图0-6），有反理性、反传统艺术语汇的“达达主义裸体”，更有精神分析层面的“超现实主义裸体”（图2-9），名目之多，前所未有。而20世纪的后半个世纪，科技的高度发

图2-7　罗特列克 红磨坊的女人 油彩、纸板
79.4 cm x 59 cm　1892
纽约现代美术馆藏

图 2–8 马蒂斯 跳舞 油彩、画布 258.1 cm x 389.9 cm 1909–1910 俄罗斯圣彼得堡赫米塔基美术馆藏

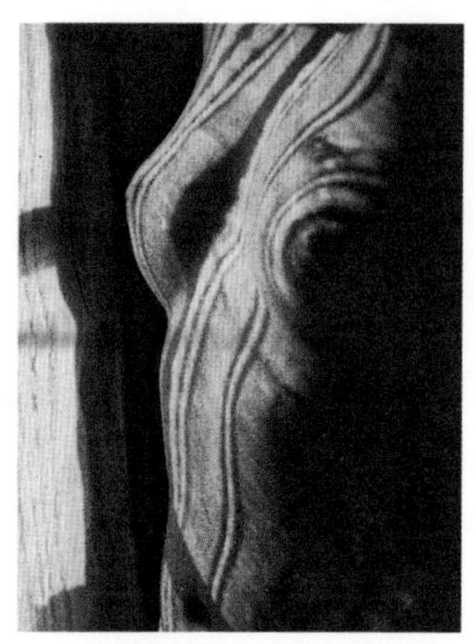

图 2–9 曼·雷（Man Ray）回归理性 16 厘米黑白影片 3 分钟 1923 芝加哥艺术学院藏

展，使多媒体加入艺术创作的行列，结合装置、行动艺术，让艺术家通过更多不同的媒材，对“裸体”有不同角度的诠释。而兴起于1970年代的“女性主义”，使得“裸体”在艺术上的表现，又多了一种不同的声音，而这种发自女性内心深处的“声音”，不但掀起了一场意识形态之争，更使“裸体”在世纪末的艺术创作中，尤显诡谲而多样。

二、“艺术”抑或“色情”

艺术创作在“裸体”的表现上，难免因表现的形式或社会文化结构的改变，而有“艺术”或“色情”的不同认定。当我们观赏自古希腊、古罗马以降的“裸体”雕塑或绘画作品时，除赞叹艺术家巧夺天工的技法外，更为作品中散发出的独特“古典美”所深深吸引；而这种线条优雅、韵律和谐的“裸体”语言，正如美国艺术史家克拉克（Kenneth Clark）所言，是一种“无邪念的美感”（disinterested aesthetic）[①]。这种“美”，是古希腊、古罗马时的人对天神及英雄人物的一种“虚拟情境”，是建构在一种崇高且不可侵犯的自我意识形态上，所表现出来的信息不啻为当时社会文化结构外的另一种道德标准，所以在“美”的形式上存在着意义非凡的精神内涵。

① Kenneth Clark, The Nude, Penguin, Harmondsworth, 1980, p. 1.

这种深具精神内涵的“裸体”表现方式，直到19世纪初起了革命性的变化。此时期的艺术家除持续临摹古希腊、罗马的古典作品外，另受人体写生的影响，在“裸体”的表现上，更显得大胆而多样化。如法国浪漫主义时期画家安格尔（Jean-Auguste-Dominique Ingres）作于1814年的油画作品《波斯宫女》（*Odalisque*，图2-10），虽企图保有侧卧裸女的“古典”形态，然带

图 2-10 安格尔
波斯宫女
油彩、画布
89.7 cm x 162 cm
1814 巴黎卢浮宫藏

“挑逗性”的主题（Odalisque意指土耳其的宫中妓女），加上人物与空间的煽情暗示，一个等待情郎归来的眼神，透露出无限的“情色”信息。法国写实主义画家库尔贝作于1866年的《世界的原象》（*L'Origine du Monde*），更完全抛弃了古典“裸体”形态中的矜持，以“性”语言作为全画的框架，露骨地描绘女性下体，作一种纯“色情”目的的表现，其中唯一无涉“色情”的部分，只有那深具哲思的画名。这种清楚勾勒女性私处体毛的手法，被克拉克视为只是一种描绘肉体“表象”的“裸露”（naked），远低于“裸体”（nude）在艺术上的表现层次。[②] 因此，这种直接裸露女性私处体毛的表现手法，便多少与“性”“猥亵”“色情”画上了等号。而此种“艺术”抑或“色情”的争论，发生在1917年的巴黎撤展事件，又是一例。该年，法国当局下令关闭画家莫迪利亚尼（Amedeo Modigliani）在巴黎的一项展览，理由是参展的画作中，有多幅直绘女性私处体毛的作品，涉公共猥亵之嫌。姑且不论女性主义者的看法，这种价值判断的标准，如从艺术史及当

② 同注①。

时社会结构的角度切入，确实值得争议。

19世纪的法国，作为现代艺术发展的重镇，在艺术主题的取舍、表现的形式，或美学标准的拿捏上，必有其指标性的地位。而法国在革命方歇、百废待举之时，又征战连连，一股压抑的民族情绪，使艺术家在无力批评内政之余，将创作的焦点转向描绘异国风情（如浪漫主义者），或深刻描写日常生活中贫困阶层的丑陋事物（如写实主义者）。加上长久以来由传统学院派所主导的艺术环境，艺术家为求认同，不得不在某一程度上追随学院派所认定的正统。因此，在历史画成为主流的当时，画中不可或缺的"裸体"表现，便成了艺术家竞相描绘的对象。而学院中，人体写生的训练，更让许多画家在临摹古希腊、古罗马的古典作品外，对"裸体"形态的创作产生了另一种追求。于是画家在不愿受传统束缚，又不能抛开当时艺术潮流的双重压力下，对于"裸体"的描绘，只能转而有限度地保有学院派所传承的"古典"形态，再大胆地加入从人体写生中所诱发的"另类思维"。

19世纪中叶以后，"裸体"在艺术上的表现，又加入了艺评家波德莱尔所谓的"现代性"因子，也就是当时艺文素材中所不可或缺的"青楼女子"。左拉（Emile Zola）的《娜娜》（*Nana*）和福楼拜（Gustave Flaubert）的《包法利夫人》（*Madame Bovary*）中的"妓女"角色，便成了当时艺术与文学创作上的"现代性"代表。艺评家狄德罗（Denis Diderot）在1865年的《沙龙评论》（*Salon Review*）中写道："你期待一个艺术家在他的画布上画些什么？我想取决于他的想象力。但一个大半辈子与妓女为伍的人，将会有什么样的想象力呢？"[3] 印象派画家中，就有不少描绘"妓院"或"妓女"的此类作品。如德加的《买春客》（*The Serious Client*，图2-11）、《梳发的裸女》（*Nude Woman Combing Her Hair*，图2-12），和马奈的《奥林匹亚》（*Olympia*，图2-13）。马奈的《奥林匹亚》明显受提香（Titian）《乌比诺的维纳斯》（*Venus of Urbino*，图2-14）的影响，在构图与取材上，几与提香的画作同出一辙，皆为"侧卧裸女"的古典形态，只不过马奈把提香画笔下

③ Simon Elict and Berverly Sten, The Age of Enlightenment, translated by Rosemary Smith, Ward Lock and OUP, London, 1979, p. 111.

图 2–11 德加 买春客
水彩、纸 21 cm x 15.9 cm
1879 私人收藏

图 2–12 德加 梳发的裸女
粉彩、纸 21.5 cm x 16.2 cm
1876–1877 私人收藏

的女神维纳斯，换成一介青楼女子奥林匹亚。而最令人不可思议的是，马奈的这幅《奥林匹亚》竟于1865年入选沙龙的展览，也许是奥林匹亚的适得其“手”，技巧地遮掩了女体的私处，不但舒缓了观者的尴尬，似乎也将此画作由“裸露”的边缘，提升至“裸体”的层次上。

对“妓院”“妓女”的描绘热潮，似乎继续蔓延至20世纪初的艺术创作，如毕加索的《亚维侬姑娘》(图0–6)，以立体派的分割手法描绘了五位裸裎相见的青楼女子。但这种打破19世纪以来以“肉体”形态为重心的“裸体”写实，无异说明了20世纪的现代主义画家渐渐地回归“裸体”的原象，把“裸女”视为“形式”实验中的一个元素，或仅仅是一个创作主题，不再凸显“它”

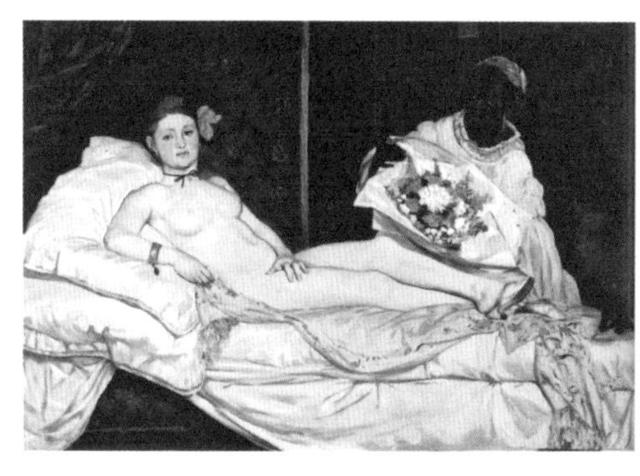

图 2–13 马奈 奥林匹亚 油彩、画布 130.5 cm x 190 cm
1863 巴黎奥塞美术馆藏

图 2–14 提香 乌比诺的维纳斯 油彩、画布 119 cm x 165 cm
1538 佛罗伦萨乌菲兹美术馆藏

图2-15 杜尚 给予：1.瀑布，2.照明气体 实景装置 高242 cm、宽177 cm 1946–1966 美国费城美术馆藏

图2-15-1（局部）旧木门，从门上右中上方的小孔可窥视门内的实景

（而非“她”）的社会性角色。杜尚花了20年（1946–1966）秘密创作的“虚拟现实”装置作品——《给予：1. 瀑布，2. 照明气体》（*Etant Donnés-1. La chute d'eau, 2. Le gaz d'éclairage*，图2–15），让观者透过门上的两个小洞，窥视他所虚拟的“情境”——一个真人实体大小的女模特儿，敞开双腿裸露地躺在杂草上，借由左手高举的煤气灯，隐约可见身后的流水瀑布。虽然杜尚生前对此件作品的主题并没多加解释，但他对视觉原象的“解构”，在触动观者心灵世界的同时，使现代主义的发展回到如“达达主义”所建构的“零”的基础上，是种“开始”，似乎也宣告了它的“结束”，而其中的“裸女”，也只是用以传达作品信息的“媒介”而已。因此，在认定一件“现代”作品是“艺术”抑或“色情”时，艺术家对其创作动机及创作过程的“自主性”，远比最终的“创作结果”来得重要。

三、“裸体”在女性主义中的论述

1949年，存在主义（Existentialism）哲学家西蒙娜·德·波伏娃（Simone de Beauvoir）的女性主义专论——《第二性》（*The Second Sex*）于法国出版，深入探讨女性在社会上所受的压抑与性别歧视，唤醒了女性对“两性平权”的要求，使女性主义的启蒙运动，如燎原之火，在欧、美炙热地燃烧着。而女性主义对艺术的影响，除了重新检讨女性在艺术领域所扮演的角色外，更负起监督及审视这个仍由男性所主导的创作环境的责任。尚且不论成效的多寡，至少女性主义者的努力，使20世纪后30年的艺术环境，增添了一分以前所欠缺的“女性自觉”。

女性主义者在审视19世纪以来的艺术环境时，对其间的歧视，多抱不平。18世纪末19世纪初的人体写生训练，确实对艺术创作中有关“裸体”的表现带来不少冲击，然在19世纪的百年间，“女性”作为艺术创作中的“无声”角色，却不曾改变，不管在社会的大环境中或由“男性”艺术家主导的艺术环境中，“女性”永远居于“附庸”的地位，尤以“历史画”为主流的19世纪，“女性”艺术家被禁止接受人体写生的训练，直接抹杀了她们在“裸体”主题上的创作成就。而这群被刻意遗忘的“女性”艺术家，直到1900年，被允许踏入“人体写生”的课堂时，才稍获发展的机会。

而“裸体”作为艺术创作中的一种主题，在女性主义的论述中，其观点当与传统艺术史学派有所不同。如上述克拉克对“裸体”与“裸露”所作的差异论，认为“裸体”之于“美”的表现层次当高于“裸露”中所释放出的“猥亵”信息。然而女性主义艺术史家伯格（John Berger）认为，“裸露”之所以不见容于早期的传统社会，应归咎于社会结构在男性的主导下所产生的“歧见”，况且“裸露”并不全然与“猥亵”画上等号，相反地，可能是女性呈现自我的最佳语言。[4]但另一位艺术史家尼德（Lynda Nead）却认为伯格的观点，只是将“裸露”视为一种女性自我情感的表现，并未将这种自我情感置于更深层的文化结构下加以审视。她进一步强调，其实“裸露”在艺术上的表现已超越了“文化仲裁”（cultural intervention）的范围，其定义应回归到“美学标准”的讨论上。[5]而这种不同于以往艺术史家“就艺术论艺术”的女性主义观点，在重新检视过去艺术的进程时，更掀起了不少涟漪。

其中，马奈作于1863年的《草地上的午餐》（图0-2），对于

④ John Berger, Ways of Seeing, BBC Books, London, 1972, P.54.

⑤ Lynda Nead, The Female Nude: Art, Obscenity and Sexuality, Routledge, London, 1992, pp. 14-16.

图 2-16 雷蒙迪 巴黎审判 铜版 1525-1530

画中“裸女”的角色，女性主义者便有不同的诠释。此画以雷蒙迪（Marcantonio Raimondi）翻制拉斐尔（Raphael）《巴黎审判》（*The Judgment of Paris*）的版画（图2-16）为蓝本，但马奈为《巴黎审判》中的两位“裸男”穿上了当时的服装，以朋友及妹夫作模特儿，重新建构以当时时空为背景的“现代复制”。马奈对画中“裸女”的安排，其实是一种对“古典”的颠覆，他故意错置背景中“沐浴少女”与中景“裸女”的角色，颠覆过去传统作品里以“裸体的沐浴少女”（Bather）为主题的安排。但这种安排，在女性主义者的眼里，无异把“女性”视为男人的一种“陪衬”，丧失了“裸女”作为追求“美感”过程中的一种精神内涵，更遑论它所应扮演的“功能性”角色，充其量也只是“沙文主义”作祟下的另一种“美体结构”，或者只是用来满足创作者或男性社会体系的“性幻想”。

另一件意大利雕塑家马佐尼（Piero Manzoni）发表于1961年的作品“活体雕塑”（*Living Sculpture, Milan*），不但颠覆了传统的雕塑创作，更挑战了女性主义的“基本教义”。马佐尼在一位年轻的裸体少女身上，签上了自己的名字，完成了他所谓“活体雕塑”的创作。以艺术史家的观点而言，这着眼于艺术家将“现成素材”化为“创作元素”的概念，与杜尚的“现成品”——《喷泉》（图0-12）实有异曲同工之妙[⑥]，并不刻意探讨作为“创作元素”的“女性裸体”；但女性主义者艾维兹（Catherine Elwes）却认为，此举已把“女性”视为一种“性商品”，模糊了“女性裸体”在艺术创作中的“功能性”角色[⑦]；而另两位女性主义艺术史家帕克（Rosika Parker）和格里塞尔达·波洛克（Griselda Pollock）更指出：“艺术不是一面镜子，应是社会关系的一种体现。”[⑧]很明显地，女性主义者企图扭转传统艺术史家所坚持的原则——“裸体”仅是艺术创作中的一种主题而已。她们极力想跳脱“男权”的阴影，赋予“女性”更多的“社会功能”，但这种

⑥ 1917年，杜尚在一个陶瓷做的尿盆上面签了R. Mutt，然后赋予这个尿盆一个新的生命——《喷泉》（*Fountain*）。

⑦ Quoted in Sarah Kent & Jacqueline Moreau, Women's Images of Men, Pandora, London, 1985, p. 64.

⑧ Rosika Parker & Griselda Pollock, Old Mistresses: Women, Art and Ideology, Pandora, London, 1989, p. 119.

以女性主义观点重新设定的“美学标准”，是否会因过分强调的“女性自觉”或顽强的意识形态，而自我设限，皆是女性主义者在检视整个艺术进程时所应注意的盲点。

四、“裸体”在艺术表现上的主客辩证

在艺术创作的过程中，“创作者”及“被创作的对象”，往往是创作中不可或缺的两个对等元素，两者除相互依存外，却又脱离不了“主”“客”的辩证关系。因此，当我们把“裸体”作为“被创作的对象”时，创作者便居于“主动”的位置，主导了“裸体”作为被呈现物的“被动”角色。然而有趣的是，在艺术家创作完成之后，“观者”作为第三者的角色便适时地介入，他们通过个人不同的美感经验来诠释作品，成为作品的“再创作者”，而顺理成章地取代了创作者的“主”位。这种继“创作者”与“被创作的对象”之后，以“观者”为“主”、以“作品”为“客”的关系，便形成一种新的辩证体系。吊诡的是，一旦“主”“客”相等的情形发生时，创作者的自我观照，便如镜子一般，直接反射在“被创作的对象”身上，如同“意识流”小说的表现方式，让“主”“客”处于暧昧的状态，只能依赖“观者”，成为创作后此一暧昧角色的仲裁者。

当艺术家把“裸体”作为“被创作的对象”时，所要直接面对的便是表现“裸体”的“媒介”，也就是所谓的“裸体模特儿”，如以现代艺术中的“裸女”为例，女模特儿的角色，往往在“媒介”之外，身兼艺术家情人、心灵导师的身份。因此，“模特儿”已不仅仅是艺术家表现“裸体”所需的“媒介”，其中加入的情感因素，已使上述的“主”“客”关系产生了微妙的变化。这种变化，可能使艺术家在捕捉“裸体”的形态时，为求表现眼前的“情感对象”与“其他对象”的不同，或受制于这层与“情感对象”间的暧昧关系，而从“主”转为“客”的位置。但是从另一个角度而言，艺术家如果缺少了这层来自“情感对象”的感情激素，其创作是否就此枯索无味？我想此问题已非“观者”的角色所能揣摩，即使“观者”在创作完成后取代了“创作者”的

主导地位，但“观者”却无法在创作完成前与“创作者”有任何交集，更无从掌握“创作者”在创作的过程中所面对的“心理”冲击。

但当我们仔细观察印象派画家德加的一系列“沐浴少女”画作时，“观者”和“创作者”的关系，又画上了等号。德加以“沐浴少女”为主题的画作（图2-17、图2-18），其异于传统的透视点，让“裸女”的角度时而隐晦、时而遮掩，有些甚至抛弃“静态”的描绘，改采用对“瞬间动作”的捕捉，使人有一种“偷窥”的快感。不只“创作者”处在一个偷窥的角度创作，“观者”也能轻易地感受与“创作者”相同的“创作经验”，而这种被当时艺评家波德莱尔称为“从钥匙孔中偷窥的角度”与“如相机快镜头对瞬间动作的捕捉”，却成了德加跻身“现代”艺术之林的法宝。所以当“观者”（不论是“创作者”还是“观众”）注视画中的“裸女”时，他们无异处于同一个位置，同样能感受到那股“偷窥”的快感，而这种快感，就好比法国精神分析学家伊利格瑞（Luce Irigaray）所言：“如电影院中的观众，在黑暗中观看三级片，在‘自娱’外，根本不用担心被人看见，是一种‘看’而‘不被看’的双重快感。”[9]这句话也正解释了“观者”（或创作者）和“被创作的对象”（或裸女）在“裸体”表现上的“主”“客”关系。

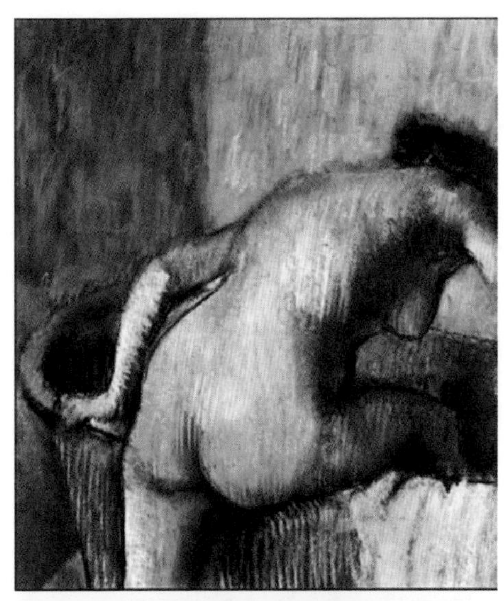

图2-17 德加 早晨沐浴的少女 粉彩、纸 55 cm x 57 cm 1890 巴黎奥塞美术馆藏

图2-18 德加 浴盆 粉彩、纸 60 cm x 83 cm 1886 巴黎奥塞美术馆藏

⑨ Luce Irigaray, Speculum of the Other Woman, translated by G.C. Gill, Cornell University Press, Ithaca, New York, 1985, p. 62.

五、结语

20世纪的后30年，“裸体”在艺术上的表现，已逐渐跳脱传统的模式，然而现代主义艺术家不但没放弃“裸体”作为艺术创作的一种形式，更试着在作品中加入自己对作品的批判，企图收回以前“观者”作为作品“批判者”的角色，减少上述“主”“客”关系所造成的牵制。讽刺的是，那些打着“后现代”旗帜的行动艺术、装置或多媒体，虽一再宣称要弥补现代主义在“性别”的课题上所造成的“歧视”问题，而自己却成了扩大此问题的唆使者，甚且把“女性”作为艺术创作过程中的“实验”对象。如新加坡华裔女子钟爱宝（Grace Quek, aka Annabel Chong）与90多个男子在24小时内连续性交的“纪录片”，以自己的身体作为创作过程的“实验对象”，集“创作者”与“被创作的对象”于一身，进而宣称创作的目的只想忠实地记录自己的“性经验”。这样的尝试，确实为女性主义写下新页，然如此草率的宣言，在试图替自己的作品加入批判的同时，是否忘了考虑自己身心的承受度，以及其他参与者在参与创作时所抱持的心态？“艺术”与“色情”只是一念之隔，如强辞为“女性主义”的实践，那么“裸体”在现代艺术中的情结，似乎在21世纪的艺术创作中，更显纠结难解。

叁

现代艺术中的“原始”况味

一、“原始”与“原始主义”的概念与发展

早期人类学及社会学对“原始”(primitive)一词的定义，深受达尔文(Charles Darwin)“进化论”的影响，暗含了“野蛮”“落后”“未进化”等负面的文化意涵。而这种“原始”的观点，在18、19世纪殖民风潮盛行的西欧，正好被用来掩饰民族意识高涨下的掠夺行为。其将那些“非西方”(non-Western)的文化，如非洲、中南美洲及大洋洲的土著文化，视为与“文明”对抗的一种“野蛮”，尤其是19世纪西欧的中产阶级，普遍鄙视与“原始”相关的任何文化议题，认为除了西欧以外，没有任何地方能以“文明”一词自居。因此有批评家指出，西欧人所指称的“原始”概念，其实只是一种民族优越感作祟下的自我膨胀。之后，编纂于1897年至1904年的*Nouveau Larousse Illustré*，正式将“原始主义”一词列为艺术史的专用词汇，最初用以专指那些文艺复兴以前，如中古世纪的拜占庭或罗马式(Romanesque)那种粗糙中带点野蛮、厚实而不精致的文化，或者受此文化影响的欧洲绘画和雕塑。然19世纪末，随着欧洲国家日益扩张的殖民风潮，一件件“非西方”的文物，不但成了这些国家炫耀国力的战利品，更成为博物馆收藏的新项目。1882年巴黎人种博物馆(Musée d' Ethnographie du Trocadéro)的开幕，加上1889年及1900年在巴黎举行的世界博览会，大量引介非洲的部落面具与雕像，促使许多当时的艺术家在苦思新的艺术风格之时，开始倾慕于这种线条简单、造型奇特且具爆发力的“部

落”文物，不但竞相收藏，更有甚者远渡重洋亲至非洲寻找此一“原始”文化的根源。[1]当时的艺术家，如毕加索、马蒂斯及乌拉曼克（Maurice Vlaminck）便在创作上大量采用此一“原始”元素，增进了艺术家及艺术史家对此种“原始”文化更深一层的了解，重新认识了原始文化的精华与成熟，扩大了“原始主义”一词先前所涵盖的范围，使“原始主义”一词的定义，由欧洲内部对中古世纪文化的倾慕，向外扩及至“非西方”文化的冲击。

然而这股外来的冲击，却随着艺术家对“原始”元素的滥用，逐渐将“原始主义”一词的含义局限在对“部落面具”的模仿上。在巴黎，“黑人艺术”（art nègre）一词甚至被用来解释此“部落艺术”（tribal art），使“原始主义”一词在艺术上的诠释范围一再缩小，几乎无涉先前的定义，更遑论探讨“部落艺术”本身的精神内涵或文化本质，只停留在西方人对“原始”人、物所产生的一种兴趣和反应而已。而这种对“原始”文化的倾慕心态，就如同法文中“日本化”（japonisme）一词，并无涉日本文化或艺术的内涵，而只是19世纪末部分欧洲艺术家倾心日本文化的一种态度，梵高画中常见的日本“浮世绘”（Ukiyo-e）风格，便是其中一例。至此，“部落艺术”一词成了20世纪艺术的新潮流。而1934年，“原始主义”一词第一次出现在韦伯（Webster’s）词典里，美国人更扩大了它的原意，将之解释为“对原始生活的一种倾慕与信仰”[2]，影射了“回归自然”的原始情怀，甚且指出“凡是针对‘原始’的任何相关响应”[3]，皆可视为“原始主义”的相关议题。此种“泛原始主义”的概念，不但深深地影响了自1890年的“象征主义”至1940年美国“抽象表现主义”的艺术表现形式，更为“抽象表现主义”之后的当代艺术预设了更多元的表现空间。

二、“原始”的模仿

“原始艺术”开始在欧洲的艺坛掀起涟漪，应始于高更在大溪地（Tahiti）的艺术行旅。虽然在高更之前也许早有艺术家

① 马蒂斯于1906年，曾亲赴北非，寻找部落面具的文化根源。

② 英文原文：“a belief in the superiority of primitive life.”

③ 英文原文：“the adherence to or reaction to that which is primitive.”

关注原始社会的艺术，而高更却是第一个完全融入原始社会生活、体验其精神内涵的艺术家。高更于1891年移居大溪地，此时期的作品，极力摆脱早期受法国印象派的影响，以简单的线条、平面却鲜丽的色彩，来建构他独特的艺术语言，借着描绘岛上原住民的风情，抒发他个人的人生观与宗教情怀，因此，在作品中不时流露出对生命的困惑与对死亡的恐惧。其中作于1892年的《死神的觊觎》(*Spirit of the Dead Watching*, 图3-1)，延续了先前所倡导的“象征主义”的理念，企图以一种普遍认知的形式（如平铺直叙的画名），来解决精神世界的冲突（如恐惧）。高更相信在外在形式与主观情境之间存在着一种呼应关系，即使不受文明污染的岛民，也无法挣脱这层来自主观意念的束缚，他自己更将这种束缚与对生命的困惑，表达在创作于1897年的《我们从哪里来？我们是谁？我们往哪儿去？》(*Where do we come from? What are we? Where are we going?*, 图3-2)的巨幅油画中，似乎欲借着画中原住民无助、彷徨的眼神，转而思索内心的矛盾。高更在完成此画之后不久，曾企图自杀，部分受到爱女死亡的打击，部分源于自身精神的苦闷与心灵的困顿。然而当我们注视着伫立于画幅背景的神明时，似乎已感受到高更对“我们往哪儿去？”的苦思，给出了他自己的答案。

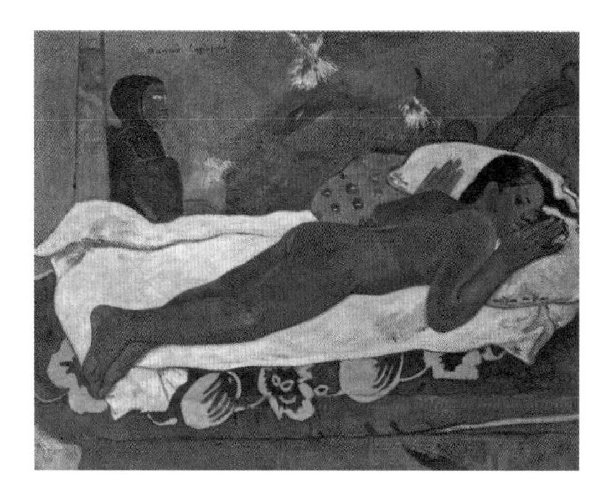

图3-1　高更　死神的觊觎 油彩、画布
72.4 cm x 92.4 cm
1892　纽约私人收藏

图3-2　高更　我们从哪里来？我们是谁？我们往哪儿去？
油彩、画布
141.1 cm x 376.6 cm
1897　波士顿美术馆藏

高更这种以大溪地原住民为描绘对象，却借以抒发自身情感的“原始艺术”，至今仍受艺术史界的质疑：是否以原住民为描绘对象的任何主题，皆可视为“原始艺术”的一环？就在学界热烈讨论此问题之际，非洲及大洋洲的面具与雕塑的发现，让学界在为先前的问题得出结论之前，又胶着于下一个“部落艺术”的问题。20世纪初的野兽派及立体派艺术家，除深受19世纪末后印象派画家如梵高、高更的影响外，更钟情于非洲土著雕刻的粗犷与野蛮，和蕴藏其间的生命力。加上受近东装饰艺术的刺激，发展出色彩狂暴、形式创新、带有浓厚“原始”意味的艺术风格。当我们将野兽派画家马蒂斯作于1913年的《马蒂斯夫人肖像》（*Portrait of Madame Matisse*，图3-3）与非洲部落面具（图3-4）作比较时，不难发现画中的脸部描绘与面具的类同性。而安德烈·德朗（André Derain）的石雕《屈膝的男人》（*Crouching Man*，图3-5）更不脱“原始”的古朴风貌。马蒂斯晚期的作品《女黑人》（*La Negrésse*，图3-6），更是大洋洲部落图腾（图3-7）的一种转借。之后，立体派的翘楚——毕加索早期的作品更处处与“原始”结合，其中作于1907年的《亚维侬姑娘》（图0-6），在分割的画面当中，五位裸女的举手投足不但具有古希腊、古罗马雕塑中的古典仪态（图3-8、图3-9），其脸

图3-3 马蒂斯 马蒂斯夫人肖像（局部） 油彩、画布 146.4 cm x 97.1 cm 1913 列宁格勒美术馆藏

图3-4 面具 非洲Gabon王国Shira-Punu族 加彩木雕 高31 cm 瑞士苏黎世私人收藏

图3-5 安德烈·德朗 屈膝的男人 石雕 33 cm x 26 cm x 28.3 cm 1907 维也纳20美术馆藏

图3-6 马蒂斯 女黑人 纸上拼贴 453.9 cm x 623.3 cm 1952 华盛顿特区国家美术馆藏

图3-7 面具 巴布亚新几内亚Namau 加彩布、藤 高244 cm 爱尔兰国家美术馆藏

部表情更不脱部落面具的“原始”色彩（图3–10、图3–11，图3–12、图3–13，图3–14、图3–15）。在《亚维侬姑娘》完成后的同年，毕加索更将《亚维侬姑娘》中的“举背裸女”（图3–8）加以完全“原始”化，不管在表情或仪态上，已十足是一个“非洲女黑人”的形象（图3–16）。

图3–8　毕加索　亚维侬姑娘（局部）油彩、画布
243.9 cm x 233.7 cm
1907　纽约现代美术馆藏
图3–9　米开朗基罗
垂死的奴隶　大理石雕
高226 cm
1513–1516　巴黎卢浮宫藏

图3–14　毕加索　亚维侬姑娘（局部）油彩、画布
243.9 cm x 233.7 cm　1907　纽约现代美术馆藏
图3–15　面具　非洲 Zaire　加彩木雕、纤维和布
高26.6 cm　比利时皇家非洲文物美术馆藏

图3–10　毕加索　亚维侬姑娘（局部）油彩、画布　243.9 cm x 233.7 cm　1907　纽约现代美术馆藏
图3–11　面具　非洲科特迪瓦 Dan 族　木雕　高24.5 cm　巴黎人种博物馆藏

图3–12　毕加索　亚维侬姑娘（局部）油彩、画布　243.9 cm x 233.7 cm　1907　纽约现代美术馆藏
图3–13　面具　非洲刚果 Etoumbi 地区　木雕　高35.6 cm　日内瓦 Barbier–Muller 美术馆藏

图3–16　毕加索
举背裸女
油彩、画布
63 cm x 42.5 cm
1907　瑞士
Thyssen–Bornemisza
收藏

除了上述野兽派及立体派在作品中的“原始”表现，20世纪的艺术家始终无法忘怀这股“原始”的风味。受立体派影响甚巨的法国艺术家雷捷（Fernand Léger）的《鸟》（*Bird*，图3-17），其灵感来自对西非部落发饰（图3-18）的研究；达达主义艺术家曼·雷（Man Ray）的《黑与白》（*Noire et blanche*），即以非洲黑人面具和白人模特儿作为“现代”与“原始”强烈的对比（图3-19）；超现实主义艺术家恩斯特（Max Ernst）的《鸟头》（*Bird Head*，图3-20）源出非洲渥塔族（Volta）的面具（图3-21）；保罗·克利（Paul Klee）童真带点幻境的作品《恐惧的面具》（*Mask of Fear*，图3-22），明显受到美国新墨西哥或亚利桑那州印第安图腾（图3-23）的影响；法国原生艺术家杜布菲的《狂欢者》（*Reveler*，图3-24）颇具大洋洲巴布亚新几内亚人形木雕的神态（图3-25）；意大利艺术家莫迪利亚尼的石雕《头》（*Head*，图3-26）与非洲马卡马里族（Marka Mali）的面具（图3-27）倒有几分神似；美国艺术家柯尔达（Alexander Calder）的《微风中的月光》（*Moonlight in a Gust of Wind*，图3-28）更直接抄袭自大洋洲鲁巴族（Luba）的面具（图3-29）……即使在美国“抽象表现主义”之后的年代，仍有艺术家忘情不了这股耐人寻味的“原始”风，如美国“色域绘画”先趋诺兰德（Kenneth Noland）对*Tondo*（图3-30）的构想，仍深深受到阿拉斯加爱斯基摩人面具（图3-31）的影响。由此可见，“原始主义”在现代艺术中的影响，确实无远弗届，但当我们仔细审视这股由“原始”掀起的艺术旋风，其背后所依据的理论基础，似乎稍嫌太弱，所有依附“原始”的创作动机与表现形式，往往无源可寻且零星片段，更遑论用来断其优劣的美学标准。因此，这种援用“原始”元素所建立的个人“原始”风格，成就不了一个特定的艺术潮流，充其量只不过是“新鲜感”作祟下的一种“模仿”模式罢了，其间所衍生出的问题与争议，都必须重新回到“原始”与“原始主义”的基本定义上，再次检讨这个横跨半个世纪、席卷各大艺术流派的“原始”崇拜，在现代艺术中所应扮演的角色。

图3-17 雷捷 鸟 水彩 34 cm x 22.7 cm
1923 斯德哥尔摩 Dansmuseet 收藏

图3-18 羚羊形头饰 西非马里王国 Bambara 族 木雕 刊载于 Mariusde Zayas 所著《*African Negro Art: Its Influence on Modern Art*》, 1916

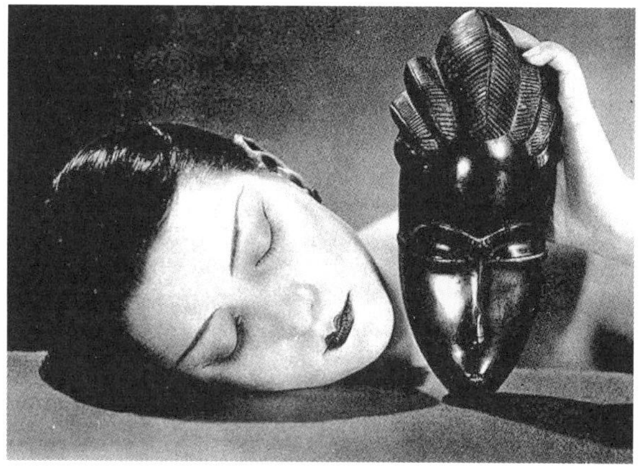

图3-19 曼・雷 黑与白 银版照片
21.9 cm x 27.7 cm
1926 纽约 Zabriskie 艺廊藏

图3-20 恩斯特 鸟头 铜雕 53 cm x 37.5 cm x 23.2 cm
1934–1935 法国 Beyeler 艺廊藏

图3-21 面具 非洲渥塔族 木雕、纤维和种子 高 67 cm
日内瓦 Barbier–Muller 美术馆藏

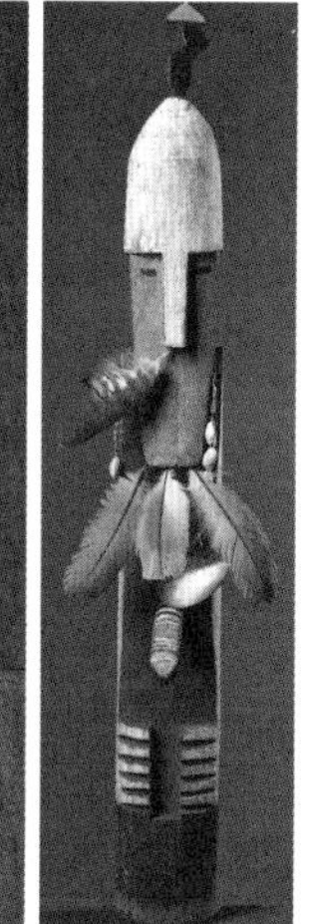

图3-22 保罗・克利 恐惧的面具 油彩、画布 100.4 cm x 57.1 cm 1932
纽约现代美术馆藏

图3-23 战神 美国新墨西哥或亚利桑那州印第安 Zuni 族 加彩木雕 高 77.5 cm
柏林 Fur Volkerkunde 美术馆藏

图 3-24 杜布菲 狂欢者 油彩于亚克力板上
195 cm x 130 cm 1964 美国达拉斯美术馆藏

图 3-25 人形木雕 巴布亚新几内亚 Gulf 省 木雕
高 63.5 cm 纽约私人收藏

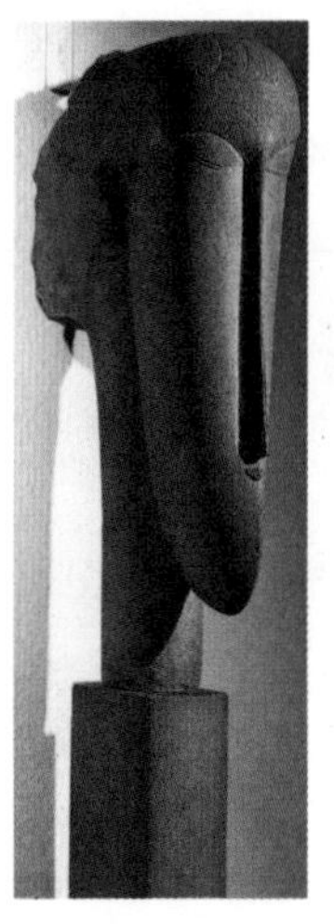
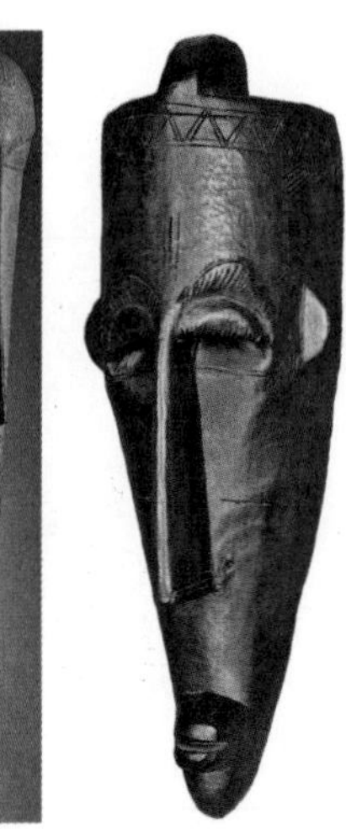

图 3-26 莫迪利亚尼 头 石雕
88.7 cm x 12.5 cm x 35 cm
1911 伦敦泰德美术馆藏

图 3-27 面具 非洲马卡马里族 木雕
高 36.8 cm 私人收藏

图 3-28 柯尔达 微风中的月光 加彩版画
47.5 cm x 65 cm
1964 纽约私人收藏

图 3-29 面具 大洋洲 Zaire 鲁巴族 加彩木雕及混合媒材
高 43.8 cm
西雅图美术馆藏

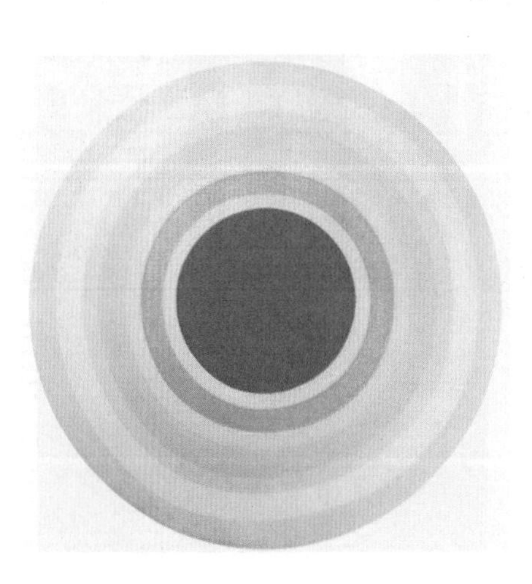

图 3-30 诺兰德 Tondo 亚克力画布 直径 148.6 cm
1961 多伦多私人收藏

图 3-31 面具 阿拉斯加爱斯基摩人 加彩木雕 高 18.4 cm 华盛顿特区国家美术馆藏

三、“原始”的争论

如从美学或文化的角度来审视“原始主义”在现代艺术中所扮演的角色，这股“反文明”“反都会”的意识形态，其实与19世纪末出现的“现代性”观点是并置的。许多被我们贴上“现代”标签的艺术家，对当时资本主义社会下的工业化与都市化极端反感，因此其创作思维与出现在同时期的“原始主义”，都是“反现代”的，加上非洲、大洋洲的文物在此时适时地介入，成了这些“反现代”艺术家寻求“现代性”的最佳媒介，由此奠定了“原始主义”在20世纪的发展。所以，艺术史家罗伯特·高华德（Robert Goldwater）在《现代艺术中的原始主义》（*Primitivism in Modern Art*）一书中写道：“20世纪的艺术对‘原始’的兴致，并非突如其来，其实在19世纪就已做好了准备……”[④] 他更进一步指出，在毕加索于1906年、1907年把“原始”元素纳入他的画布中之前，19世纪的艺术家，如高更者，早已把“原始”视为艺术文化的一环，其受西方艺坛重视的程度，与当时“现代主义”艺术家所追求的“现代性”，实不分轩轾。换句话说，毕加索的艺术风格是建立在一种以高更作品中的“原始”为导向的“现代”艺术。

④ Robert Goldwater, *Primitivism in Modern Art*, Harvard University Press, Cambridge, 1938, p.3.

但值得争议的是，在众多的“原始”元素当中，为何只有部落的面具与雕像，受到艺术家的青睐？而这些面具与雕像在艺术中的地位，是一种依附的角色，还是具有“开创”现代艺术的作用？其实在非洲、大洋洲的文物被引介至欧洲之前，欧洲人对“原始”的向往，早在1580年法国作家米歇尔·德·蒙田（Michel de Montaigne）的著作《野蛮人》（*On the Cannibals*）中便已出现。他在描写巴西人时写道：“这是一个国家……里面没商业行为，没数字概念，没政治高官……没财产制度，只有个人的随身物品，没特定的信仰，只有最基本的人际关系，没有衣服，没有农作，没有金属，没有可食的玉米或酒。且不曾有谎言、背信、欺骗、毁谤、忌妒、羡慕和原谅等情事。”蒙田将这个国度称为“新世界”（the New World），且把生活在这里的人称之为“高贵的野蛮人”（the noble savage）。此后，欧洲掀起的航海探险热潮，多少与蒙田的著作有些许关联。而兴起于18世纪的启蒙运动和殖民风潮，更把此种对“新世界”的向往逐渐具体化，直到19世纪末，非洲、大洋洲文物的出现，终于使欧洲人亲睹这些“高贵的野蛮人”的“原始”文化，一偿多年来的夙愿，配合当时的“反现代”潮流，一股对“原始”的倾慕，便直接宣泄在艺术的创作上。

而“原始主义”在20世纪艺术中所扮演的角色，一直是备受争议的问题。在艺术的进程中，一种新艺术形式的出现，往往很难厘清是来自“反叛”后的“创新”，或只是“融合”旧有元素后的“再造”。因此，当我们讨论“现代”的艺术家在“原始”的取材上，是“借用”此一“原始”元素，还是受此一元素的“影响”，其间的主、客关系自是不同。但迨我们了解，“原始主义”并不像一般的艺术潮流，有着明确的宣言，或一群较有组织的艺术家，或者鲜明可辨的艺术风格，更非为了“反叛”先前的艺术理念而存在，只是在此一时期内，不同流派的艺术家对“原始”概念所作的不同美学反应而已，所以，“原始主义”在“现代”艺术中所扮演的角色，其作为“依附”的地位实大于对艺术的“开创”作用。也就是说，“原始”其实是衍生自现代艺术之内的一种艺术倾向，并非造就现代艺术的功臣。而这样的观点，更暗示了当时的“前卫”艺术家，在创造“现代”的同时，正摸索着一种来自“体制内”更单一且更直接的艺术表现。

毕加索的《亚维侬姑娘》一直是“现代原始主义”（Modernist Primitivism）的最佳范本，但一样存在着上述争论。画中分割的画面，无疑宣示了它的“立体派”风格，但在以“裸女”为主题的此画中，我们却无法理解非洲面具在此主题中的真正用意为何。是否只是一种对传统的颠覆，还是画家倾慕“原始”文化的一种表现？如果只是一种倾慕行为，那部落面具与巴塞罗那妓院中的五位裸体妓女，又有何关联？虽然毕加索宣称，《亚维侬姑娘》完成于他首次造访巴黎人种博物馆之前，他所言是否暗示了《亚维侬姑娘》的创作并未受到博物馆中非洲文物的影响？但身处“原始”意识高涨的年代，毕加索却无法撇清周遭的“原始”风对其创作的影响。假设毕加索所言不假，那《亚维侬姑娘》中的部落面具，只能勉强说是毕加索建构“原始”与“现代”的桥梁，或者是画家对“原始艺术”的一种“自觉式”反应，异于之后许多“现代”艺术家对“原始”文物的直接模仿。而这种推论，更符合了艺术史家柯克·瓦内多（Kirk Varnedoe）在《20世纪的原始主义》（*Primitivism in 20th Century Art*）序中所言：“‘现代原始主义’的发展，主要奠基于‘原始’元素的自主性力量，及部落艺术传达创作者意图时的包容性。”⑤

⑤ William Rubin, ed., Primitivism in 20th Century Art, The Museum of Modern Art, New York, 1984, p. x.

四、“原始”的现代延伸

当艺术经历了“抽象表现主义”的年代，进入20世纪的后半个世纪，艺术家更扩大了“原始”一词的意涵和用来代表“原始”的元素，他们不再以“部落艺术”为主要的表现形式，转而以抽象的手法，来传达一种神奇且带点神秘的“原始”信息。然这种转变，并没有因此切断当代艺术与原始艺术间的互动，反而更完整地涵盖了“原始”一词在当代的多元意义。罗伯特·史密森（Robert Smithson）作于1970年的地景艺术*Spiral Jetty*（图3-32），约瑟夫·博伊斯（Joseph Beuys）的《我爱美国，美国爱我》（*I Like America and America Likes Me*，图3-33）及多如繁数的当代艺术作品，开始以原始或史前社会的思维、信仰、仪式，甚至

图3-32　罗伯特·史密森
Spiral Jetty
长1,500呎、宽15呎
1970　美国犹他州大盐湖区

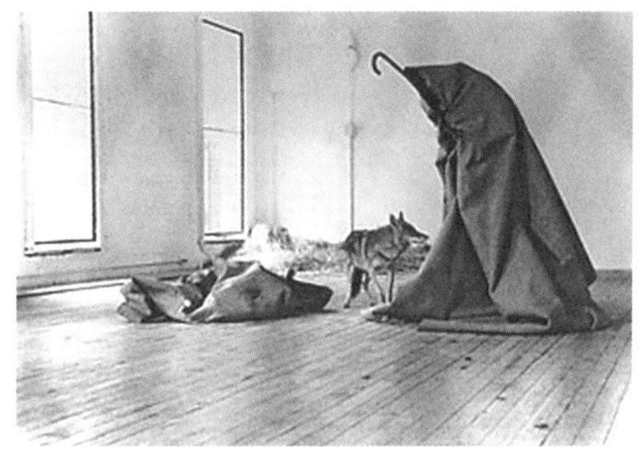

图3-33　约瑟夫·博伊斯　我爱美国，美国爱我　在纽约René Block艺廊为期一周的表演艺术　1974

舞蹈与建筑，如英国的史前石柱群（Stonehenge，图3-34），来建构一套较有组织的“原始”观，抛弃先前仅止于部落面具或雕像的取样与模仿，进入较深层的精神层面，去重新探索此一“原始”文化的内涵。

1960年代兴起的艺术家，由于背景多元，或来自中产阶级，或受学院的严格训练，对艺术的感知能力不尽相同。因此在艺术形式的表现上，多而纷杂，但其共通的方向，却是创作出迥异于先前现代主义风格的作品，其间的观念艺术、行动艺术、地景艺术及装置艺术，其目的无非是借此新的艺术表现形式，挑战人类的视觉感官，再创艺术新风格。姑且不论一般大众（观者）对这些高原创性的艺术风格接受度如何，至少他们的勇于尝试，替先前既定的格局，重新塑造了符合那个年代的艺术语言。而“原始”在此“前卫”的环境中，作为一种“新”的艺术元素，难免有“体制外”的另类演出，不管直接或间接地涉入艺术创作，它所释放出来的“原始”信息，绝不像毕加索部落面具式的人物（体制内）那样具体，因为此时的“原始”，在艺术创作中，不再是一种元素，而只是艺术家创作过程中的一种概念而已。迈克尔·黑泽尔（Michael Heizer）的《双重否定》（*Double Negative*，图3-35），是一种如艾略特《荒原》（*The Waste Land*）诗中的“原始”，理查德·朗（Richard Long）的《冰岛之石》（*Stone in Iceland*，图3-36），是一种呈现大自然原相的“原始”，而沃尔特·德·玛利亚（Walter De Maria）的《线画长里》（*Mile Long Drawing*，图3-37），是一种

图 3-34　史前石柱群　英国威尔特郡 Salisbury 平原

图 3-35　迈克尔·黑泽尔
双重否定
1600 呎 x 50 呎 x 30 呎
1969-1970　美国内华达州弗吉尼亚河台地

图 3-36 理查德·朗 冰岛之石 1974

图 3-37 沃尔特·德·玛利亚 线画长里 1968 Mojave 沙漠

人与大地交互的“原始”，而纽约地铁站的涂鸦，更是一种沟通理念与洞穴壁画结合的“原始”。至此，任何取自大地、自然界，或者日常生活中的一景一物，甚至脑海中掠过即逝的概念，都依稀可见“原始”的身影。

在20世纪的百年间，从“原始”到“文明”，“原始艺术”由最初作为一种外来文化，逐步融入西方的整个艺术进程中，虽不能说是艺术史上的“革命”，但它却是唯一横跨整个现代艺术的“桥梁”，在20世纪的各大艺术流派中，它不但没被吞噬，更有形或无形地支配着艺术的“个人”或“时代”风格，而这股如魑魅般的“原始”身影，在21世纪初的此时，将继续威胁、挑战，甚至重塑我们的艺术感知。

肆

现代艺术中的“机械美学”

一般而言，欧洲自18世纪的启蒙时代开始，“科学”便一跃成为社会发展的主轴，“科技”一词更被诠释为“发明”“创造”和“机械的发展”[①]。而凭着这股对“科学”的追求热忱，更造就了欧洲两次的工业革命，拜机器之赐，不但加强了产品的生产力，更提升了产品在市场上的竞争力，使欧洲社会在文明的进程上，更加快了它的脚步。然而，在“科学”成就人类文明之际，却难逃人们对其“反自然”的疑虑，人们开始质疑“科学”的发展所造成的“物化”（materialized）现象，是否能满足人类在精神上的需求。更不得不担心英国作家玛丽·雪莱（Mary Shelley）的小说《科学怪人》（*Frankenstein*）有朝一日是否成真，人类进而自取灭亡？因此，这股交织着“救赎”与“毁灭”的“科学”认知，便不时地冲击着普罗大众的思考模式，在“崇尚”与“排斥”中，建构出一种独特的文化“矛盾”。而这种“矛盾”对艺术的影响，更趋两极化，如19世纪末的后印象派画家高更，毅然离开了当时的工业、文化重镇——巴黎，展开他的大溪地艺术行旅，影响了之后的艺术家对“原始”风味的追求，转而品尝非洲、大洋洲等“处女地”的纯朴风情。但当这股“原始”风吹过了“后印象派”“野兽派”及“立体派”之后，另一股崇尚“机械”的反动势力，在第一次世界大战前，已悄然形成。该群艺术家竞相以“机械”为主题，甚至将“机械拟人化”（mechanthropomorph）表现在绘画、雕塑、装置、多媒体，甚至情境写实（virtual reality）的艺术创作中，企图通过艺术语言，营造出一种刻意的“机械美

① Tim Benton & Charlotte Benton, Form and Function: A Source Book for the History of Architecture and Design 1890-1939, Open University Press, London, 1975, p. 95.

学”，用以追求现代艺术中的“机械”美感。而这群掀起“机械”革命的艺术家，当首推追求“机械动感”的“未来主义”者。

一、“机械动感”的时空架构

1909年，意大利诗人马里内蒂在法国的《费加罗日报》中，率先替“未来主义”作了一般性的宣言，他在《首次未来派宣言》（图4–1）一文中大力赞美“机械动感”的“速度”所带来的新美感，比之古希腊、古罗马雕塑的静态古典美，更胜一筹②，正式揭开了现代艺术的“机械”年代。随后，几位意大利艺术家联合发表于次年的《未来派画家宣言》（Manifesto of the Futurist Painters）及《未来主义画作技巧宣言》（Technical Manifesto of Futurist Painting），更明确宣示了以“机械动感”来重塑艺术表现的观点，希望借由持续运动的机械或人物，一改传统艺术表现中对物体的静态描写。1913年，意大利未来派艺术家鲁索罗（Luigi Russolo）更以名噪一时的装置作品——《杂音机械》（*noise machines or intonarumori*）来宣扬他所谓的“杂音艺术”（The Art of Noises）。此装置由大小不同的木箱组成，内藏精密设计的机械装置，借着转动箱外的把手来带动箱内的装置，以发出各种不同的声响。艺术家强调，这种借由“转动机械”而发出的“杂音”，是一种艺术，也就是说，没有“转动”的动作，便产生不了“杂音”，更无法创作出所谓的“杂音艺术”。因此，整件作品的“艺术”认知，主要建立在“转动”的动作上，而这种“动作”，便是未来派艺术家在创作上不可或缺的“机械动感”元素。再者，这等以“机械”为主、辅以“动感”的表现方式，所释放出的“新奇”（novelty）与“颠覆”信息，似乎又与“现代主义”的精神不谋而合，在“反叛”传统之外，以新的元素“再造”艺术新风格，于20世纪初纷杂的艺术潮流中，形成一种独树一帜的“艺术运动”（art movement）。但当我们反过来从“现代主义”的角度重新

LE FIGARO

Le Futurisme

Échos

图4–1 《首次未来派宣言》 法国《费加罗日报》头版 1909

② ed. Charles Harrison & Paul Wood, Art in Theory 1900-1990: An Anthology of Changing Ideas, Blackwell Publishers, 1992, p. 145.

审视“未来主义”所崇尚的“机械美学”时，两者似乎又无法画上等号，因为“现代主义”自始至终并不涉“科学”或“机械”等意涵，即使是“现代主义”先趋波德莱尔也不曾将其所倡导的“现代性”与“机械”混为一谈，甚至影响未来派甚巨的立体派，也不曾将风格转至与“机械”相关的表现上。因此，对于“未来主义”运动的形成，我们只能将之视为现代艺术潮流中，在改变中寻求再改变的一种“自觉式”艺术运动。

其实“未来主义”对“速度”“动感”的追求，与伯格森（Henri Bergson）的哲学理论一直互为辩证。伯格森认为：“生活就是一种运动，与物质性（materiality）的被动与静制互为对立；因此，在时间和空间同等质的架构上，人的直觉要比理智来得深奥。”[③] 虽然伯格森的这种时空架构，是建立在一种假设性的人为机制上，但此种强调直觉的动态机制，不但弥补了纯哲学和常识在解释时空问题上捉襟见肘的窘境，更颠覆了“人”对“空间”的静态认知。未来派大师薄丘尼曾依伯格森的理论，提出他对当时艺术发展的观点，他说道：“像抽象派大师的作品，往往着重于狂暴、分割的手法，然在表现上却是静态且刻意脱离宇宙的共通法则。但我们的艺术并不在于反自然法则，而是反艺术；也就是说，我们反对几个世纪以来支配艺术发展的静态描写。”[④] 薄丘尼这种声东击西的观点，看似批判抽象派的静态表现及其反自然的法则，其实是以抽象派为样本大加挞伐传统派对前卫艺术的排斥，不但道出了未来派的发展方向，更把伯格森的动态的“时空”概念，巧妙地运用到艺术的发展架构上。

伯格森的理论早在1890年代便已被引介到意大利，1909年出版了包括著名理论《形而上哲学概论》（*Introduction to Metaphysics*）在内的意大利版论文集，而该论文集的意大利文译者帕匹尼（Giovanni Papini）和索非西（Ardengo Soffici）更是薄丘尼的挚交，这层关系更使得伯格森的理论对未来主义的发展造成极大的影响。最明显的例子，应是1910年由薄丘尼、卡拉（Carlo Carrà）、鲁索罗、巴拉和塞维里尼（Gino Severini）等艺术家所联名发表的《未来主义画作技巧宣言》，宣言中提道：

③ Henri Bergson, Creative Evolution, trans. A. Mitchell, Macmillan, London, 1912, p. 263.

④ Umberto Boccioni, cited in Futurist Manifestos, ed. Umbro Apollonio, Thames and Hudson, London, 1973, p. 94.

“所有的事物都不断地在运转，都不停地在改变。在我们的眼前，这些事物的轮廓从没静止过，它们持续地出现和消失。如以视觉停留的理论来解释，移动中的物品将造成一种持续性的多重影像，它们的形态往往在快速的震动中不停地改变。因此，一只快跑的马就不止四只脚，而是二十只，且脚间的行进呈现三角形……当我们的身体坐在沙发上，我们的身体压迫着沙发，而沙发也同时压迫着我们的身体。当一辆车子疾驶过一间房子的瞬间，我们将感到房子似乎跟着车子在跑。”⑤ 这种对“动作”（motion）的强调及对瞬间直觉过程的捕捉，皆与伯格森的理论相互契合，尤其是其间所提及的视觉停留理论，更暗示着这种对信息的瞬间感知，不光只是来自不停改变的动作上，更是建立在惊鸿一瞥后，那种永恒且持续的视觉后效。伯格森认为，一件物体与所处环境间的关系，将因物体的移动而改变，但其间的改变，却是渐近的，而非截然的，而最后都将融合为一。换句话说，所有的“静”与“动”都将因一方的改变，而牵动另一方的存在状态，就如车子的速度打破了房子的静止状态，最后两者融合在瞬间的速度中。禀此观念，未来派的艺术创作，便从未让观者的眼睛停留在作品的固定一点上，他们要观者在二度空间的平面画作上，或三度空间的雕塑作品上，体验物体在运动下的速度美感。

⑤ 同注④，p. 27。

二、“机械美学”的艺术实践

“机械”，一种以金属零件拼凑而成的非生命体；“美学”，用以陈述视觉艺术、诗和音乐的美感范畴。“机械美学”，顾名思义，便是以“机械”陈述“美感”的一种表现方式，将冰冷、无情的器械化身为各种深具“美感”的不同形式。“机械美学”一词，表现在艺术上，并非一种艺术运动，只是20世纪初期，个别艺术家或少数艺术团体对“机械”的一种崇拜行为，或者说是1910年至1920年间，艺术创作中为颠覆传统或歌颂“工业”所衍生出的一种追求“动感”的美学。其间与之相关联的运动，尚包括俄国以马列维奇与塔特林（Vladimir Tatlin）为首的“至上主义”和“构成主义”(Constructivism)、法国由尚瑞(Charles Édouard Jeanneret, 又名Le Corbusier)和欧珍方(Amédée Ozenfant)所领导的“纯粹主义”(Purism)、荷兰以蒙德里安为主所创设的“风格派”(De Stijl),及美国以席勒(Charles Sheeler)为代表,巨幅描绘工厂与都会景象的“精确主义”(Precisionism),这些作品不管在具象或抽象的表现形式上,皆直接或间接受到“机械美学”的影响。

其实早在马里内蒂发表《首次未来派宣言》之前,19世纪末的法国生理学家马瑞(Etienne-Jules Marey)便开始研究血液循环、肌肉运动,以及昆虫、鸟类飞行等不同的运动形态,如为科学实验而作于1887年的《海鸥的飞翔》(*The Flight of a Gull*, 图4-2),便清楚地呈现了鸟类飞行时的分解动作。而同时期的英国摄影师缪布里几(Eadweard Muybridge),对动态物体的描绘与马瑞的科学目的便大为不同,他致力于镜头下连续动感的捕捉,如以多个镜头捕捉马匹奔跑的连续动作(图4-3),试图制造出如电影般的影像运动效果。在绘画方面,值得一提的是挪威画家蒙克(Edvard Munch)作品中所释放出的瞬间张力以及颤动扭曲的人物容貌,如作于1893年的《呐喊》(*The Scream*, 图4-4),画中虽充满了象征主义特有的神秘性,但随着主题人物发自内心的一声呐喊,人生无限的苦楚尽现扭曲的脸庞,就连周遭也一并陷入无助的挣扎与晕眩中。1899年,瑞士艺术家贾科梅蒂(Augusto Giacometti)的绘画作品《音乐》(*Music*, 图4-5),更力追蒙克的《呐喊》形式,但他抛弃了蒙克惯用的忧郁主题,改以明亮、轻快的颜色来描绘跃动的旋律。背景中圆滑滚动的彩带,衬以金色的波纹或绿色的彩片,将画幅中间拉小提琴的小女孩淹没在一片繁华似锦的烟花中,不

图 4-2 马瑞 海鸥的飞翔 铜雕 16.4 cm x 58.5 cm x 25.7 cm 1887 E.J. Marey 美术馆藏

图 4-3 缪布里几 马匹奔跑连续动作 黑白照片 22 cm x 33 cm 1887 纽约私人收藏

但扩大了观者对主题的想象空间，更使得静态的画幅充满了音效与动感。而薄丘尼作于1911年的《心境系列》（*States of Mind*，图4-6），便是以类似的手法来描绘内心的激荡与感受。对未来派的艺术家而言，外在环境的动态描述往往远胜于对人物内心的静态刻画，即使像是薄丘尼的《心境系列》，也只能以狂烈的外在线条来表达内心的悸动，因为过于含蓄、隐晦的静态描写，并不符合未来主义者追求动感的目标。

在1909年之后，随着未来主义宣言的发表，“机械美学”逐渐在艺术表现上确立了它的发展方向。虽然未来主义宣言发表于法国，但却在意大利生根茁壮，而其间的艺术家以意大利的薄丘尼与巴拉为代表。薄丘尼于1910年联合其他意大利未来派艺术家，签署了两项未来主义的重要宣言后，更于1912年独自发表《未来主义雕塑技巧宣言》（*Technical Manifesto of Futurist Sculpture*），在绘画之外，再辟“机械美学”于雕塑中的另一片天地。他作于1913年的铜雕作品《空间中的连续形态》（*Unique Forms of Continuity in Space*，图0-8），延续了杜尚在油画作品《下楼梯的裸体第二号》（*Nude Descending a Staircase no. 2*，图0-9）中连续的动感效应，放弃了正常的透视法则和自然主义对物体原

图 4-4　蒙克 呐喊 蛋彩、纸板
91.3 cm x 73.7 cm　1893
奥斯陆国家画廊藏

图 4-5　贾科梅蒂　音乐
炭笔、油彩、画纸
186 cm x 109 cm　1899
私人收藏

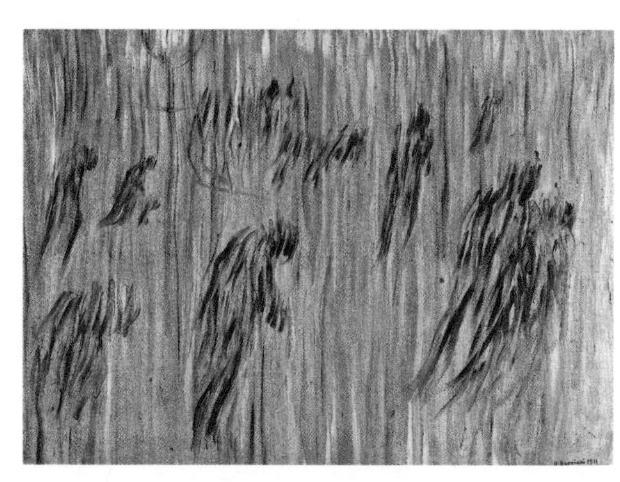

图 4-6　薄丘尼 心境系列 I 油彩、画布
70 cm x 95.5 cm　1911　私人收藏

貌的再现，改以流动性的多点透视，融合抽象的技法，来描绘物象的动力特性，使物体在行进间所造成的“风速感”，更趋逼真，不但瓦解了静态雕塑的古典迷思，更将运动物体的最大潜能推到极至。而薄丘尼的绘画技巧，更试图解放平面空间的静制感，他以新印象派的色彩错觉理论为基础，以互补的色点来建构一个变动的、闪烁的彩色网状组织，如作于1910年的《艺廊暴动》(*Riot at the Gallery*, 图4-7)，便是以新印象派细点的设色技法，来制造人群沓杂、推挤纷乱的场面。薄丘尼这种对新印象派色彩技法的援用，主要得自巴拉的引介。巴拉于1900年将此技法引介给薄丘尼和塞维里尼，他自己在1912年以前，更乐此不疲地以此色彩技法创作出为数可观的未来派前期作品，如1912年的《在阳台上跑步的女孩》(*Girl Running on a Balcony*, 图4-8)，清楚可见承续修拉(Georges Seurat)点画的色彩风格。

图4-7　薄丘尼　艺廊暴动　油彩、画布　76 cm x 64 cm　1910　私人收藏

图4-8　巴拉　在阳台上跑步的女孩　油彩、画布　125 cm x 125 cm　1912　米兰市立现代美术馆藏

1911年起，因立体派多点透视的技法符合未来派对动感的捕捉，在未来派的作品中便逐渐出现立体语汇，其中尤以肖像主题为最，如薄丘尼作于1912年的油画作品《水平构成》(*Horizontal Construction*, 图4-9)及木雕作品《头像》(*Head*, 图4-10)、塞维里尼的《自画像》(*Self-Portrait*, 图4-11)，皆明显受到毕加索的铜雕《女人头像》(*Woman's Head*, 图4-12)及油画《沃拉德肖像》(*Portrait of Ambroise Vollard*, 图4-13)的影响。然此时期的未来派艺术家，却示意他们的创作在于终结立体主义，企图以立体派所欠缺的“速度”及“动感”来反制立体派对其造成的冲击，但其间的界线及从作品中所显现的证据，却很难让人在观看一件未来派作品时，把立体风格排除在外，而独自品味作品中完全的速度与动感。因此，未来主义的作品，说穿了便是一种加上速度的动感立体主义。虽然在第一次世界大战爆发后不久，未来派的风潮已近日薄西山，然此种动感立体主义，却或多或少影响了1910年代意大利以外欧洲他国的艺术创作。如俄国以马列维

图 4-9 薄丘尼 水平构成 油彩、画布
95 cm x 95 cm 1912
私人收藏

图 4-10 薄丘尼 头像 木雕
高 32 cm 1912
私人收藏

图 4-11 塞维里尼 自画像 油彩、画
55 cm x 46 cm 1912—1913
私人收藏

图 4-12 毕加索 女人头像
铜雕 高 41 cm 1910
斯德哥尔摩现代美术馆藏

图 4-13 毕加索 沃拉德肖像
油彩、画布 92 cm x 65 cm 1910
莫斯科普希金美术馆藏

奇为首的至上主义，其早期的作品可说是未来派的俄国版，如完成于1913年的《磨刀机》（*The Knife Grinder*，图4-14），在立体分割的画面中，释放出一股强烈的动感与绝对速度。而构成主义大师塔特林完成于1920年的《第三世界纪念碑设计模型》（*Project to the Third Communist International*，图4-15），更是一个具备全然动感的建筑方案，他让整个建筑物随着地球转动的速度逐渐转动，将未来派的动感理论应用到实质的建筑设计上。这与意大利未来派建筑师圣埃里亚（Antonio Sant' Elia）在1914年所设计的

图4-14 马列维奇 磨刀机
油彩、画布
79.5 cm x 79.5 cm
1912–1913 耶鲁大学美术馆藏

图4-15 塔特林
第三世界纪念碑设计模型
木材、铁、玻璃 高470 cm
1920 斯德哥尔摩现代美术馆藏

融合前卫科技与超现实的未来都市——《新都市》（*The New City*，图4-16），有异曲同工之妙。圣埃里亚以钢筋水泥所设计的梯形摩天大楼，大肆采用悬空的廊柱及如蜘蛛网般的管状天桥，再佐以当时尚未发明的科技，其间所具备的“动感”与“未来”观，甚至让当今科技都望尘莫及。然而，此项空前绝后的都市计划，就如塔特林的建筑模型，仅止于纸上作业，或见于科幻电影中的场景。由此可见，“未来主义”之所以定名“未来”，除对“机械动感”的崇拜外，似乎又隐藏了一股对“未来”的深切期许。

图4-16 圣埃里亚 新都市
墨水、铅笔、黄纸
52.5 cm x 51.5 cm
1914 意大利Como市立美术馆藏

三、大战后的反璞归真与“机械”的延伸

第一次世界大战后，“未来主义”虽已逐渐销声匿迹，但其对“机械”与“速度”的追求，对战后的艺术环境却有着极深远的影响。大战后的欧洲，民生凋蔽，经济萧条，处处满目疮痍，在法国及意大利便兴起了一股“秩序重建运动”（call to order），希望重建社会机制，恢复大战前的原貌。然而这股由政府发起的社会经济改革运动，却被艺术家们解释为对大战前表现主义及前卫艺术的反制，纷纷抛弃表现主义者惯用的鲜丽色彩及夸张

的线条表现，转而追求一种简明的风格。如马列维奇后期的至上主义作品（图4-17），以一种新的象征符号（如简单的几何构图），来呈现内心的直接感受，是一种极简约的美，其一笔一画的线条，蕴藏着无限的韵律，与“未来主义”所崇拜的“机械美学”，实有异曲同工之妙。于荷兰，由艺术家蒙德里安及其妻杜斯伯格（Theo van Doesburg）所创办的《风格派》杂志，在艺术及建筑领域上曾引领一时风骚。他们偏爱平滑的表面及简洁的线条，试图在封闭的空间或画面上，制造一种无限延伸的效果，因此，在构图（或结构）上，中规中矩，绝不花俏，通过“机械”般的组合，塑造一种新的“空间”观念，其中李特维德（Gerrit Rietveld）的建筑与家具设计（图4-18、图4-19），便是风格派的标准实例。在风格派之后，欧珍方和尚瑞于1918年出版《立体主义之后》（*Après le Cubisme*），受到机械所具有的完美形式的启发，提出一种全新的艺术规范，认为艺术创作须向机械的单纯和简明看齐。而此项观念所发展出的“纯粹主义”却只停留在理论阶段，对于绘画作品的影响并不比对建筑的影响来得显著，但仍可从尚瑞的建筑与绘画风格中（图4-20、图4-21）一窥端倪。

图4-17 马列维奇 至上主义 油彩、画布 87.5 cm x 72 cm 1915 德国科隆路德维希美术馆藏

而这股如机械般的简明风格，更掠袭了1920年代的德国包

图4-18 李特维德 席勒德屋 1924 荷兰乌得勒支

图4-19 李特维德 红、蓝、黄三原色椅 木材 高 87.6 cm 1917 纽约现代美术馆藏

图 4-20 尚瑞
高地的圣母院
1950-1954 法国朗香

图 4-21 尚瑞 静物
油彩、画布
1922 巴黎现代美术馆藏

豪斯（Bauhaus）。包豪斯在1919年设立之初，也只不过是一所地区性的艺术、手工艺学校，着重于“表现主义”风格的训练，然于1923年，包豪斯学派的先趋，德国建筑师古皮尔斯（Walter Gropius）发表了《艺术与科技的结合》（*Art and Technology: A New Unity*）演说，一改包豪斯在创作上对“表现主义”的执着，转而提倡科技与艺术结合的新创作方向。此种转变，或许可解释为学校面对拮据预算的抒困之道，因为德国在一战后所组成的魏玛临时政府（Weimar Germany），致力于科技的发展，以振兴凋蔽的经济，而包豪斯的适时转向，不但可配合政府的政策，又可获得政府实质的补助。而转向的另一种可能，应与“未来主义”以降，对“机械美学”的追求不无关系，时势所趋，加上配合欧洲战后的政、经复苏计划，“机械”势力顿时抬头，暂时取代了战前盛极一时且不切实际的“表现主义”风格。为彻底贯彻此项转变，古皮尔斯更把“工作室”（Studio）改名为“实验室”（laboratory），且大量雇佣有科技背景的艺术家，倾力于创造与“科技”（或“机械”）相关的任何作品。因此，1920年代的包豪斯，在古皮尔斯、谢勒莫（Oskar Schlemmer）及莫荷利·聂基（László Moholy-Nagy）的努力下，成功地转型为反叛“表现主义”的艺术风格。其中莫荷利·聂基自创的“机动艺术”（Kinetic Art）《光谱调节器》（*Light-Space Modulator*，图 4-22），便是此时期的代表作。如将此件作品归类为艺术家实验性的“雕塑”，倒不如将之视为一件“科技”的发

图 4-22 莫荷利·聂基
光谱调节器
铬、钢、铝、玻璃及木材
1920-1923 美国哈佛大学 Busch-Reisinger 美术馆藏

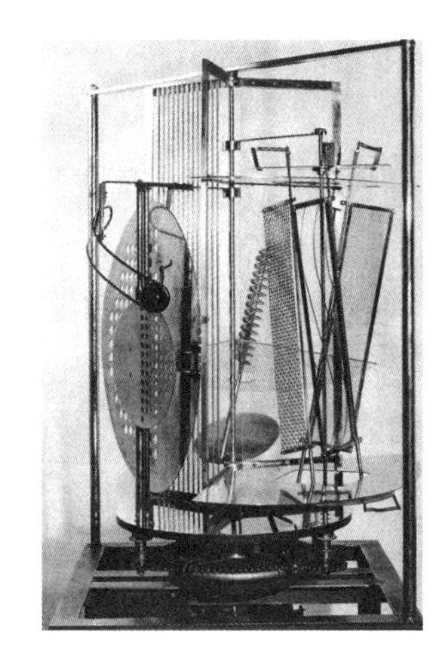

明。⑥但不论是“科技”或“艺术品”，先前古皮尔斯所倡导的科技与艺术结合论，在此件作品中得到了最佳的实践。

包豪斯艺术家这种透过“发明”（invent）、“制造”（produce）的艺术创作方式，大大地影响了革命后的俄国艺术环境，催生了俄国“制造主义”（Productivism）的出现，打着“艺术生产路线”（Art into Production）⑦的旗帜，以“实践”与“实用性”为艺术创作的最终目标，而罗德钦寇（Aleksandr Rodchenko）和斯特帕洛瓦（Vavara Stepanova）便是此“制造主义”的主要代表。罗德钦寇于1921年正式宣布放弃传统画笔、画布的创作，改以机械为创作的工具，他强调，艺术如不通过“机械”来实践，它将从现代生活中消失；他更进一步标榜他具实验性的照片艺术，如通过机械在照片上作特效处理，制造出他所谓的“准角度照片”（acute-angled photographs，图4-23），是一种反传统美学的艺术，因为，未经“机械”特殊处理过的照片，只是一种生活片段的反映，并不能代表整个时代的风潮，唯有与“机械”结合，才能使艺术成为时代的主流⑧，清楚地承袭了古皮尔斯的观点。“制造主义”虽仅仅持续三年（1920-1923）的光景，然在俄国的前卫艺术史中，仍存有不可小觑的影响力。而此时期的构成主义大师塔特林，更于作品中大肆宣扬“生活新方式”（New Way of Life）的观点，把艺术家喻为“工程师”（或“创造者”），在画室里从事着工程再造，他强调艺术的创作不在于用笔画或用凿刀雕塑，而是在于“建

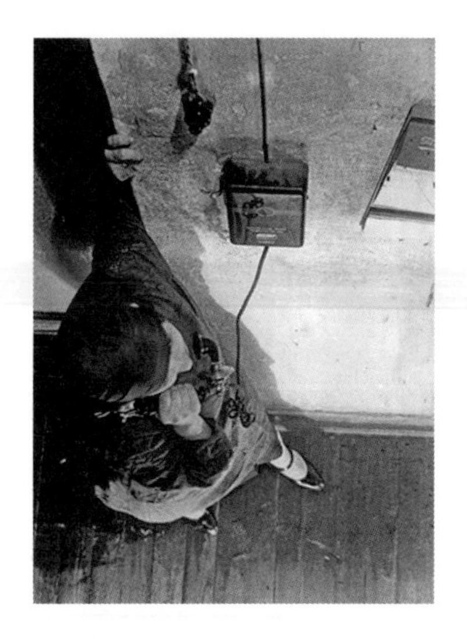

图4-23 罗德钦寇 打电话
胶质银版照片
39.5 cm x 29.2 cm
纽约现代美术馆藏

⑥ 此件《光谱调节器》，是Moholy-Nagy与德国AEG工程公司合作的作品，是一件由金属和镜子所制成的光谱仪，但假以艺术词汇，便成了一件“机动艺术”的“雕塑”作品。

⑦ “艺术生产路线”的理念首次出现于Aleksandr Rodchenko和Vavara Stepanova1920年所合著的《生产主义路线》(Programme of the Productivist Group)一书。

⑧ Tim Benton & Charlotte Benton, Form and Function: A Source Book for the History of Architecture and Design 1890-1939, Open University Press, London, 1975, p. 92.

造"（construct）或"拼装"（assemble）。此后，有不少艺术家受塔特林和塔拉布金（Nikolai Tarabukin）的《从画架到机械》（*From the Easel to the Machine*）宣言的影响，或变装为"工程师"（如莫荷利·聂基），或将自己描绘为"工人"［如瑞斐拉（Diego Rivera）］，以便与"机械""工业"的主题密切结合。

而在"机械"转化成"美学"的过程中，除了发表于1923年的《从画架到机械》宣言外，艺术史上出现了为数不少的"机械美学"宣言，如1914年马里内蒂的《几何与机械宣言》（*Manifesto of Geometrical and Mechanical Splandour*）、1922年塞维里尼的《机械论》（*Machinery*）、1924年雷捷的《机械美学：制造品、艺匠与艺术家》（*Machine Aesthetic: The Manufactured Object, the Artisan and the Artist*）、1925年Kurt Ewald的《机械之美》（*The Beauty of Machines*），和1926年古皮尔斯的《当艺术家遇见技术师》（*Where Artists and Technician Meet*）。然而这些与"机械"相关联的宣言，在当时也只是纸上谈兵或只是一种纯理念的抒发，直到1934年，纽约现代美术馆（Museum of Modern Art, New York）推出名为"机械艺术"（Machine Art）的展览，始将这些"机械"理念付诸具体的实践。展场中，展出各种机械引擎、活塞、推进器及螺旋桨，且将这些器械零件或置于放雕塑的台柱上，或以画框嵌于墙上（图4-24），以布展绘画、雕塑等艺术品的方式来呈现"机械"的另一种"美学"风貌，且在展览结束后，将展品纳为馆方的永久收藏，此举无疑宣告了这些展品的"艺术性"与"美学价值"。

图4-24
纽约现代美术馆《机械艺术》展览一景 1934

而这股"机械"风潮，在1930年代之后，更直接与"人"的主题产生互动，进一步将"机械"以拟人化的手法，放入创作构思或艺术形式的表现中。美国精确主义大师席勒，就经常以摄影、素描或油彩等不同媒材来呈现"机械"的"人性"观点，其作于1931年的《机械芭蕾》（*Ballet Méchanique*，图4-25），便是一张复制美

图 4-25 席勒 机械芭蕾
油彩、画布
1931 美国罗彻斯特大学
纪念画廊藏

图 4-26 艾帕斯坦 钻岩机
青铜 1913-1914
71 cm x 66 cm
伦敦泰德美术馆藏

国底特律福特汽车制造厂照片的蜡笔画。此张作品完成于美国经济大萧条的1930年代，但它不仅仅是一张歌颂工业的复制品，其极具诗意的画名，更把机械转动的韵律化身为舞姿曼妙的芭蕾，柔性化了机械的冰冷与呆板。而这种将机械动感化、舞蹈化的表现，更被具体地引用于包豪斯艺术家谢勒莫的剧场创作中。他将舞台设计成一座大引擎，由演员装扮成引擎内的零件（如活塞、阀门及齿轮），透过演员的肢体动作来表现机械的运转，此举除宣示了机械运转的美感外，更将机械的动感拟人化了。之后，法国艺术家雷捷融合了席勒的《机械芭蕾》及谢勒莫的剧场创作，以电影蒙太奇的剪接手法，于1934年创作出《没有剧本的电影》（*Film without Scenario*），在影片中快速呈现机械零件与人类肢体的运动，试图借由影片的速度来串联“身体”与“机械”的平行关系，从“机械”的运动来重新诠释人的肢体语言，或从人的肢体运动来重新思考“机械”在艺术中所扮演的“美学”角色。自此，“机械拟人化”便成了与“机械”相关的艺术表现中一种固定的表现模式。英国雕塑家艾帕斯坦（Jacob Epstein）作于1913年至1914年的《钻岩机》（*The Rock Drill*，图4-26），将“人体”与“机械”作大胆的结合，便是此种“机械拟人化”的最佳示范，更暗示了半个世纪后“机器人”的问世。

至此，“机械美学”在艺术的表现上便成了一种时代精神，成为某些特定艺术家在艺术创作上的美学基础。加上1937年夏匹洛（Meyer Schapiro）发表的重要论述——《抽象艺术的本质》（*The Nature of Abstract Art*），联结了瑞斐拉的工厂绘画、达达主义者对机器人的讽刺性模仿，及未来主义者所强调的“动力”与“速度”，替此时期艺术风格的传承与转变作了总结。他将此“机械年代”又名为“爵士年代”（Jazz Age），认为爵士乐独特的节奏与韵律，深深地影响着以“机械”为主题的艺术、电影和设计作品，如蒙德里安受断断续续的爵士鼓音启发而创作出的《百老汇爵士乐》（*Broadway Boogie-Woogie*，图4-27）。

四、迎接科技新文化的来临

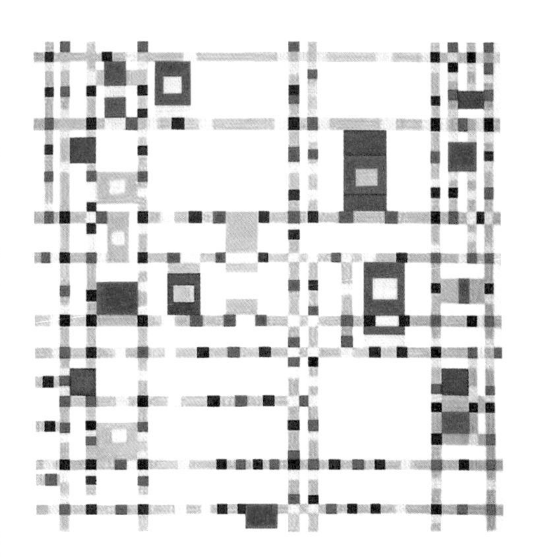

图 4-27 蒙德里安
百老汇爵士乐
油彩、画布
1942–1943
127 cm x127 cm
纽约现代美术馆藏

20世纪的后半个世纪，随着计算机的发明，“人”与“机械”的关系，从先前的单向沟通走入了两者互动的年代，然“人”与“机械”的主、客关系，却从之前的“机械拟人化”转为“人的机械化”，电影《机器战警》（*Robocop*）便是“人脑”与“机械体”结合的例证。再且，随着计算机日新月异的发展，“人类”由“机械”发明者的角色，逐渐变成“使用者”“被支配者”，最后退居为“被制造者”。如近几年来，人类在基因工程研究上的突破，可通过仪器对染色体作精确的筛选，控制生男育女，或作试管婴儿的培养。加上计算机在走入家庭后，互联网不但缩短了人类的沟通距离，在知识的取得上，更引发了一连串革命性的速度效应。电动玩具更从先前二度空间的设计，进入三度空间的情境写实，让操作者能深入其境，从“旁观者”的角色进入“第一主观”位置。综观这些高科技的发明，不但改变了人们基本的生活形态，运用在艺术的表现上，更扩大了创作媒材的选取，从以前传统的画布、画笔的静态表现⑨，进入到仿真实境的计算机装置与动画设计等数字化的艺术创作。

⑨ 即使“未来主义”绘画中所谓“机械动感”的描绘，也只是一种让人看似动的感觉，并非真动。

艺术的发展一旦从“机械”年代，进入“科技”或“新科技”年代，已完全改变了几百年来传统艺术史所建构的视觉沟通模式，而以一种“间接沟通”（indirect communication）的方式，重整创作者、创作媒材及观者间的互动关系。也就是说，“科技经验”已取代了传统的“视觉经验”，使艺术家在创作的过程中，逐渐退居被动的角色，因为创作过程中所不可或缺的“自主性”思考（autonomous thinking），已为“科技”所凌驾。因此，艺术家在“乐”于接受“科技”作为一种新的表现方式的同时，更应“自觉式”地“忧”于如何在21世纪以“科技”挂帅的环境中“自处”与“自省”。

伍

现代艺术中的“荒谬与幻境”

一、前言

1914 年，第一次世界大战于欧陆爆发，随着两次工业革命对科技的提升，先进武器所造成的杀伤力，让人类沾满血腥的双手，重写了战争史中的残酷与灭绝，更将人类辛苦建立的规章与制度，化为残缺不全的瓦砾堆。当一个文明的社会变得满目疮痍之时，不管人民是沐浴在胜利的喜悦中，或战败的颓丧里，面对残破的家园，一股无所适从的失落感，在烟硝中蔓延了开来，想寄寓未来，却无从着力，此时唯有反映时势最烈的文学与艺术作品，才是疗伤止痛的最佳良方。因此，大战期间及战后的艺文氛围，便无可避免地被笼罩在这股“颓废”（decadence）及“虚无主义”（Nihilism）的意识中，不时冲击着这些艺文创作者的内心思维，试图在残破的制度中，寻找新的创作题材与异于往常的表现方式，以期真实反映当时的个人心情与社会现象。因此，在文学创作上便衍生出了所谓的“意识流”创作结构，颠覆了传统小说平铺直叙的叙述手法，以一种“自觉式书写”（automatic writing）的方法，将潜意识中那种奇幻而渺无边际的世界，以最直接、不加修饰的语言重呈出来，如爱尔兰小说家乔伊斯的《尤利西斯》（*Ulysses*）及美国诗人艾略特的《荒原》等。在艺术的表现上，受文学“自觉式书写”方式的影响，“自觉式绘画”（automatic drawings）便因应而生，造就了“达达”（Dada）与“超现实主义”等艺术流派的出现，此派艺术家秉持着反战、反审美、反传统、反逻辑，甚至反艺术的态度，尝试结合现实观念与人类的本能，来呈现潜意识及梦境的经验，就如同超现实主义先师布勒东（André Breton）所言，其目的在于“化解原本存在于梦境与现实间的冲突，进而达到一种绝对的真实（absolute reality），一种超越的真实（super reality）”[①]。然而，在追求此一绝对的真实或超越的真实过程中，一连串冲突与挣扎所制造出的似是而非的假象，却摆脱不了“荒谬”的本质，而这种本质，也许只是一种对人类高度思考力的调侃与讥讽，但涉及内心意识的部分，却是真假难辨。因比，在艺术家的创作思维与观者的诠释中，便展开了一系列“荒谬与幻境”的心灵之旅。

① André Breton, “Surrealism and Painting 1928”, quoted in Art in Theory 1900-1990: An Anthology of Changing Ideas, ed. Charles Harrison & Paul Wood, Blackwell, 1992, p. 443.

二、“达达”世界中的“荒谬”原象

“达达”一词的出现，在时机和动机上确实是一种“荒谬”。1916年春天，正值大战期间，一群漂泊苏黎世的艺术家和诗人，包括德国诗人胡森贝克（Richard Huelsenbeck）、罗马尼亚诗人查拉（Tristan Tzara）、艺术家扬科（Marcel Janco），和来自法国的艺术家阿尔普（Jean Arp），齐聚在一家由德国演员兼剧作家波尔（Hugo Ball）所经营的伏尔泰酒店（the Cabaret Voltaire），据说由查拉从一本德法词典里随机选出“达达”一词，作为酒店歌手乐洛伊夫人（Madame le Roy）的艺名；之后，胡森贝克还在其手札中赞扬“达达”一词的简洁和暗示性。[②]就语音学而言，“达达”应是拟声词，取自如马蹄般的声响，音节短而重复，故曰简洁；但其法文原意为“木马”的“达达”，到底与歌手乐洛伊夫人有何关联？而其后在艺术上又有着什么样的暗示？难道只是文人、艺术家在酒酣耳热之余，一时兴起之作？或只是对大战浩劫的“无厘头”反应？因此，胡森贝克所言的暗示性，确实叫人搜索枯肠而不得其解，但此种令人摸不着头绪的动机，似乎已隐隐地暗示了“达达”的“荒谬”本质。

② Richard Huelsenbeck, “En Avant Dada: A History of Dadaism”, quoted in Theories of Modern Art: A Source Book by Artists and Critics, ed. Herschel B. Chipp, University of California Press, 1968, p. 377.

这些在苏黎世的文人和艺术家，透过朗诵无意义的诗，以虚无、放纵的态度高歌或辩论时势，企图对“新机械年代”[③]的科技所带来的“自我毁灭”，作一种“无厘头”的抗争，而这种抗争行为，很快就成了一种以伏尔泰酒店为据点的“最新艺术”（newest art）[④] 活动。起初这种“最新艺术”所指便是“抽象艺

③ 请参考第四章“现代艺术中的‘机械美学’”。

④ 同注②，p. 378。

术”，但其后随着“达达”运动在不同国家所扮演的艺术，甚且政治角色的不同，慢慢地与抽象艺术区分了开来。因为，“达达”并不是一种“风格”（style），而是处于当时艺文界的一种世界观，它既没有领导者，更无理论基础或组织，直到1918年，查拉才对此运动拟订了宣言，然宣言中却无意解释此运动的形成动机。“达达”就在这种偶然且几近荒谬的时空里，制造了它在艺术史中的“机会”。其中，如阿尔普“得自机会”（chance-derived）的构图（图5-1），便是完全取自“随机”的拼贴，如同从字典里随机选取“达达”一字那般，带点谐谑、好玩、自觉与颠覆的味道。

图5-1 阿尔普
根据机会法则的安排
纸张拼贴
48.5 cm x 34.6 cm
1916-1917 纽约现代美术馆藏

其实早在1916年“达达”成立之前，杜尚在巴黎和纽约就已尝试了这种带戏谑及反讽的创作方式——“现成品”，其中1913年创作于巴黎的《脚踏车轮》（*Bicycle Wheel*，图5-2）和1915年初访纽约所作的《在断臂之前》（*In Advance of the Broken Arm*，图5-3），皆替“达达”的兴起作了预告。其中的《脚踏车轮》，杜尚在接受访谈时说道：“当我把脚踏车轮倒置在这张圆凳上时，并非全然是一种‘现成品’的表现，只不过是一种自我消遣而已，并不为任何特殊理由而作，也没有展出的意图，或想用来描述任何事情。”[5] 两件平凡无奇的物品，在随机重组后，并没有任何美的价值，它的“功能”只是“自我消遣”，这便是“达达”的基本

⑤ Cabanne Pierre, Dialogues with Marcel Duchamp, New York: Viking, 1971. p. 47.

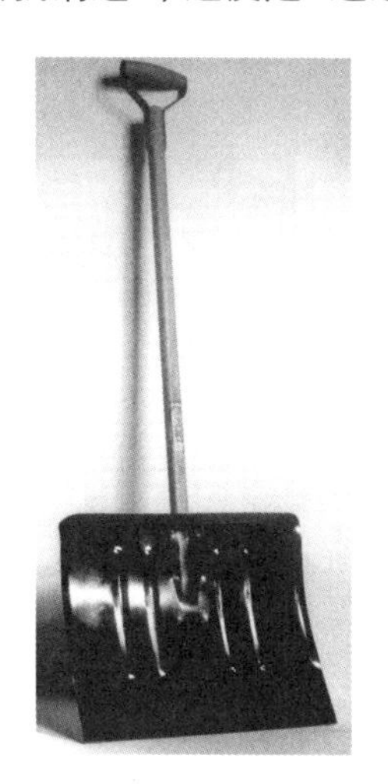

图5-2 杜尚 脚踏车轮
现成品装置，脚踏车轮及木凳
车轮直径 64.8 cm、木凳高 60.2 cm
1913 纽约现代美术馆藏（第三版本）

图5-3 杜尚
在断臂之前
现成品装置，木柄、铁制雪铲
高 121.3 cm 1915 美国耶鲁大学艺廊藏

图 5-4 不公开的笑话
单元格纸上漫画

教义；而从一张描绘《脚踏车轮》的单元格漫画作品里（图5-4），我们更能清楚地意会到，此作品在杜尚用作自我消遣之余，仍不失其谐谑的本色。而《在断臂之前》中透露出来的信息，并不在于"雪铲子"本身，而是当此"铲子"被赋予不同名称时所寄寓的联想。此种颠覆传统艺术语言，在解构与重组的过程中所架设的联想机制，于1917年的《喷泉》（图0-12）中，更是表露无遗。杜尚的作品说明了不同对象的"机会性"，其重组后所形成的意象，已超越语言或符号的限度，进而将艺术表现推向一种"虚无""荒谬"的境地，印证了胡森贝克所诠释的"达达"——"不具语言符号意涵的东西"（ne signifie rien）[6]；而这种超越语言符号的艺术张力，更被之后游走于"幻境"与"真实"间的"超现实主义"者奉为规臬。虽然以布勒东为首的"超现实主义"文人及艺术家，在意识形态上大大地受到弗洛伊德"精神分析"理论的影响，但用来呈现梦境的唯一"语言"，却离不开达达主义者在创作中所使用的"机会意象"。此外，这种达达式的语言，更对20世纪后半期的电影及小说创作模式产生了巨大的影响，如1960年代法国"新浪潮"（New Wave）的电影及语言学家福柯（Michel Foucault）的写作语言。"达达"宣告后的杜尚，其作品更结合了"现成品"与"达达"的元素，如作于1919年的《L.H.O.O.Q.》（图0-11），不但清楚承续着源自苏黎世的嘲讽、谐谑的精神[7]，更企图解开500多年前达芬奇（Leonardo da Vinci）画笔下的《蒙娜丽莎》之谜。[8]

⑥ 同注②，p. 380。

⑦ "L.H.O.O.Q."的法文谐音"elle a chaud au cul"（she has a hot behind），为一具性暗示的语汇。

⑧ 弗洛伊德曾于1910年出版《达芬奇和他的童年记忆》（*Leonardo da Vinci and a Memory of His Childhood*），试图以精神分析的方法剖析《蒙娜丽莎》，最后得出达芬奇是同性恋的结论。此结论在当时引起艺文界一片哗然，更造成一股研究达芬奇的热潮。近来，更有人以电脑扫描分析达芬奇本人与蒙娜丽莎的相似度，得出蒙娜丽莎其实是达芬奇的自画像。对于以上种种可能，杜尚的《L.H.O.O.Q.》不也就是达达主义者所一贯追求的"任何可能"。（"anything was possible"-Richard Huelsenbeck, Psychoanalytical Notes on Modern Art: Memoirs of A Dada Drummer, Berkeley: University of California Press, 1991, P. 138.）

1923年，杜尚为了忠于达达主义者消灭绘画的誓言，放弃了绘画的传统媒材，而从事另一种更具颠覆性的艺术创作，如完成于同年的《甚至，新娘被她的男人剥得精光》（*The Bride Stripped Bare by Her Bachelors, Even*，图5-5）。此作品为一个透明结构，将线和上色的金属箔片夹在故意弄脏的玻璃板里，以意象及幻想来创造作品和观者间的联想空间，而这种在作品中对“幻想”元素的塑造，更是超现实主义者架构“梦境”与“真实”的桥梁。杜尚一生的创作极少，然而他过人的智慧结合他知性与感性的细腻，使他的每件作品都充满了丰富的联想意涵，不但是推动当时艺术潮流的主力，更影响了之后的艺术创作风格，如达利模仿《L.H.O.O.Q.》的创作理念而重新设计的《自画像》（图5-6），甚至毕加索作于1943年的由脚踏车椅垫和把手组成的《公牛头》（*Bull's Head*，图5-7），还有1960年代盛极一时的“波普艺术”，皆离不开杜尚的影子。

图5-5 杜尚 甚至，新娘被她的光棍们扒得精光 玻璃、铅箔、银箔、油彩 276 cm x 176 cm 1915-1923 美国费城美术馆藏

图5-6 达利 自画像 现成品 (Photo: Philippe Halsman, 1954)

图5-7 毕加索 公牛头 现成品，铜制脚踏车椅垫和把手 高41 cm 1943 巴黎 Louise Leiris 画廊藏

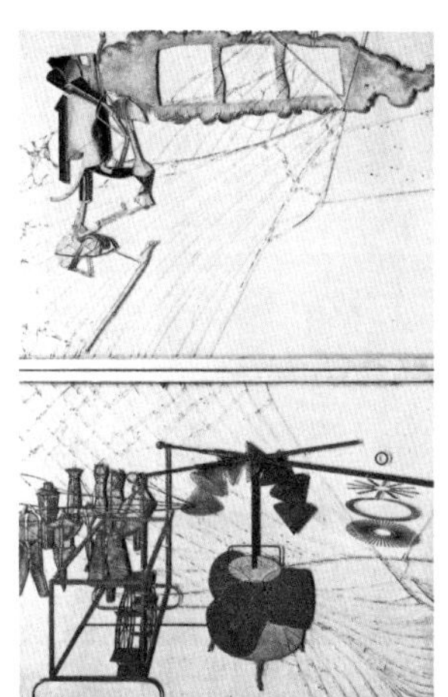

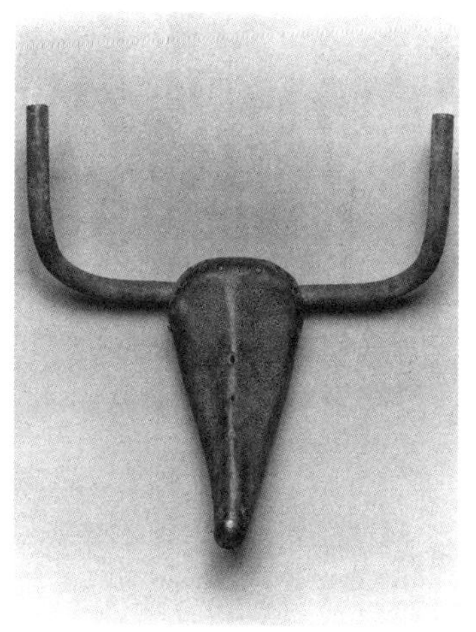

“达达”起始于苏黎世，因杜尚而名噪于纽约。大战结束后，以国际狂热主义分子为主的达达运动，在欧洲迅速蔓延开来，世界上的几个重要城市，如巴塞罗那、柏林、科隆、汉诺威和巴黎，皆可见达达的身影。1919年，阿尔普协助恩斯特在科隆创立了达达，此时的达达曾援引立体派的拼贴及马里内蒂的“机械理论”，因此作品中便经常出现拼贴手法的“机械般”构图，如恩斯特的《以帽制人》（*The Hat Makes the Man*，图5-8）。但细究此

图5-8 恩斯特 以帽制人
拼贴、铅笔、水彩于纸上
35.6 cm x 45.7 cm 1920
纽约现代美术馆藏

作品的构成意象与主题，观者不禁要问：何以帽能制人？除了充分表现达达的荒谬外，其实已将整个作品主题导向超现实主义的“虚拟幻境”中。后来达达主义者认为马里内蒂的立场是倾向写实的，而加以反对，但1919年至1924年巴黎时期的达达作品，最初仍受“机械”与“拼贴”表现手法的影响，如1921年毕卡比亚（Francis Picabia）的《恶毒之眼》（*The Cacodylic Eye*，图5-9）和《内燃器小孩》（*The Carburettor Child*，图5-10），皆是此时期的代表。在此之后，毕卡比亚的创作风格才慢慢转入偏向超现实主义的幻境描绘，如作于1923年的*Optophone II*（图5-11）。然在达达的欧洲之旅即将告一个段落之时，却从美国来了位不速之客——曼·雷。曼·雷与杜尚于1921年同时从纽约来到了巴黎，在杜尚决定转身钻研西洋棋后，曼·雷从纽约带来的达达，又为行将就木的欧洲达达，注射了一剂强心针。曼·雷的作品（图5-12）除延续杜尚的“现成品”外，更创造了所谓“雷氏摄影风格”（Rayographs）的达达摄影作品（图5-13），将“现成品”通过胶卷影像化，此项风格虽得到达达先驱查拉的背书，但似乎暗示了换汤不换药的达达已走到穷途末路之境。1924年，苟延残喘的达达，以布勒东为

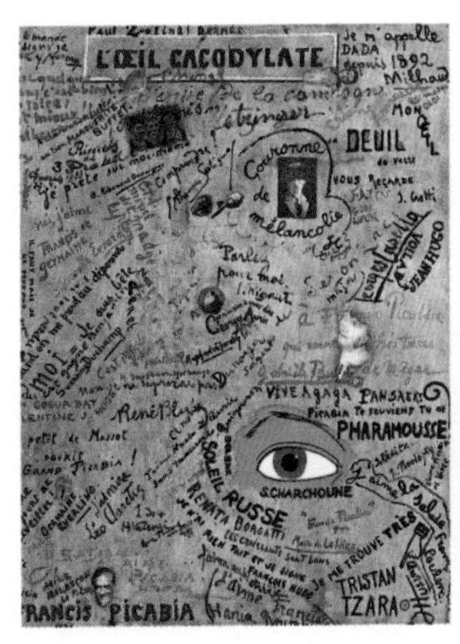

图5-9 毕卡比亚 恶毒之眼 拼贴、油彩于画布 148.6 cm x 117.5 cm 1921 巴黎蓬皮杜现代美术馆藏

图5-10 毕卡比亚 内燃器小孩 油彩、画版 126.3 cm x 101.3 cm 1919 纽约古根汉美术馆藏

图5-11 毕卡比亚 Optophone II 油彩、画布 116 cm x 88.5 cm 1922-1923 巴黎现代美术馆藏

中心重整旗鼓，在巴黎发表“超现实主义”宣言，从此将艺术的进程带入了如梦般的“幻境”中。[9]

⑨ 其实“超现实主义”一词，早在1917年便为法国诗人阿波利奈尔首次用来作为自己剧作《蒂荷沙的乳房》（*Les Mamelles de Tirésias*）的副标题“drame surréaliste”，取代了惯用的“surnaturaliste”。

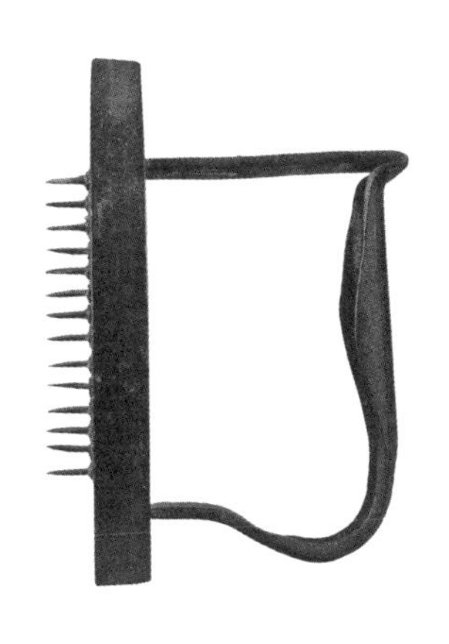

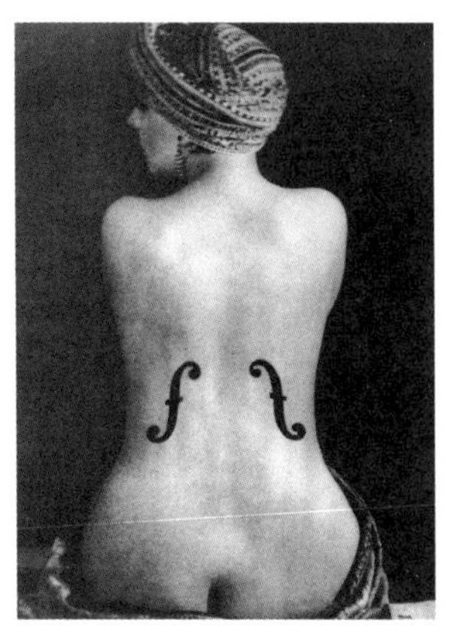

图5-12　曼·雷　礼物
现成品，熨斗、钉子
高15 cm　1921　私人收藏

图5-13　曼·雷
安格尔的小提琴
银版照片
38 cm x 29 cm
1924　洛杉矶　保罗·盖蒂美术馆藏

三、摆渡于“幻境”与“真实”之间

以布勒东为首的“超现实主义”，虽是达达旧势力的重整，但在结构和观念上却迥异于达达的“机会”崇拜，其追随者在布勒东个人意念的掌控下，有着强烈的认同感，他们服从纯理论，且借由弗洛伊德的精神分析理论来激发创作意念，在结构上较达达的“无厘头”来得严谨，但在思考空间上却显得比达达拘束。也就是说，超现实主义者运用了达达在创作上的“意象联想”，来刺激潜意识里如幻象和梦境般的影像；他们尊崇科学，尤其是心理学；他们接受形体世界的真实，更相信自己已深入地超越了这个世界，也相信他们的艺术和社会彼此间的关系。[10] 因此，布勒东把文学家洛特雷阿蒙（Compte de Lautréamont）、精神分析学家弗洛伊德和社会学家托洛斯基（Leon Trotsky），视为该运动意识形态上的导师。

⑩ Herschel B. Chipp, ed., Theories of Modern Art: A Source Book by Artists and Critics, University of California Press, 1968, p. 369.

布勒东在超现实主义的宣言中说道：“我相信在未来，梦境和真实这两种看似矛盾的东西会变成某种绝对的真实……”[11] 布勒东的这种观点，其实是建构在弗洛伊德的精神分析理论基础上，不但给了艺术家探讨自我内心的机会，更为他们打开了一个潜意识里幻想形象的新世界。然而，当此派艺术家为了想更深入地探索这个潜意识的新世界，他们不惜否定艺术的价值，而将

⑪ 同注①，p.444。

艺术当作达到这些目的的手段，这与达达的反艺术有着异曲同工之妙，因为两者皆认为艺术只是用来记录“意象”的方法而已。1925年，超现实艺术的首展聚集了达达艺术家与后来主要的超现实主义艺术家，如米罗、马松（André Masson）、达利、基里科和马格里特（René Magritte）。但之前的达达艺术家在此次的展出中，却一改达达的风格，在布勒东理论的催眠下，进入一个完全属于精神层面的梦幻世界。如恩斯特的《两个被夜莺所胁迫的小孩》（*Two Children Are Threatened by a Nightingale*，图5-14），梦境般的场景笼罩在诡谲的氛围中，敞开于画幅外的栅门、浮凸于画板上的房子，似乎在门铃声响后，一切的真实都将消失在梦幻中。在恩斯特早期的超现实作品中，其实还存在着达达的身影，达达所惯用的伎俩，经常在平凡的描述之外，替所描述的对象取上一个耸动的名字，而《两个被夜莺所胁迫的小孩》便是达达与梦境结合的最佳示范。此后，恩斯特的作品便一路追寻着梦境而走，甚至蒙上一层神秘主义的色彩，如作于1937年的《来自炼狱的天使》（*Angel of the Hearth*，图5-15）与作于1943年的《沉默之眼》（*L'Oeil du Silence*，图5-16），即存在着一股如波希（Hieronymus Bosch，图5-17）与戈雅（Francisco de Goya，图5-18）画中所透露出的幻想与不安。而另一位跨越达达与超现实的艺术家曼·雷，其独具个人风格的摄影作品，除挑战观者的视觉经验，更试图借蒙太奇的剪接技巧，再现镜头所捕捉的隐晦意象，挑逗观者潜意识中的幻想世界（图5-19）。此种意识流式的蒙太奇电影语言，于1963年在意大利导演费里尼（Federico Fellini）的电影《八部半》中再次被呈现。而之后法国导演尚·雷诺（Jean Renoir）、亚伦·雷奈（Alan René）及高达（Jean-Luc Godard）的意识流电影语言，更不脱曼·雷先前所创的风格。

图 5-14　恩斯特
两个被夜莺所胁迫的小孩
油彩、画板、木料
69.9 cm x 57.1 cm x 11.4 cm
1924　纽约现代美术馆藏

图 5-15 恩斯特 来自炼狱的天使 油彩、画布
114 cm x 146 cm
1937 私人收藏

图 5-16 恩斯特 沉默之眼 油彩、画布
108 cm x 141 cm
1943-1944 美国华盛顿大学美术馆藏

图 5-17 波希 人间乐园 油彩、画板
219.7 cm x 195 cm
约 1500 马德里 Prado 美术馆藏

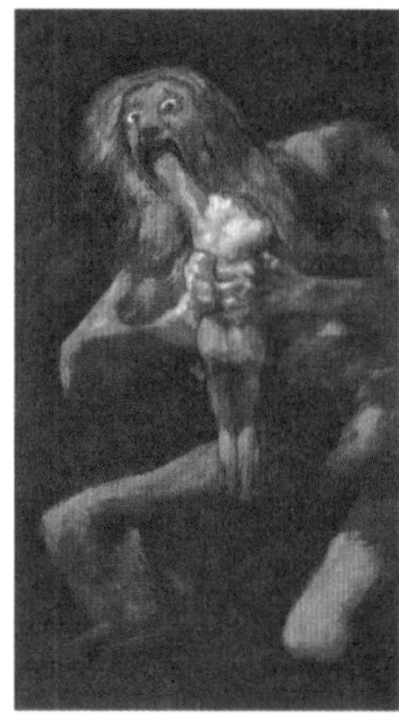

图 5-18 戈雅 撒坦吞噬自己的儿子 油彩、画布
146 cm x 83 cm 1820-1823
马德里 Prado 美术馆藏

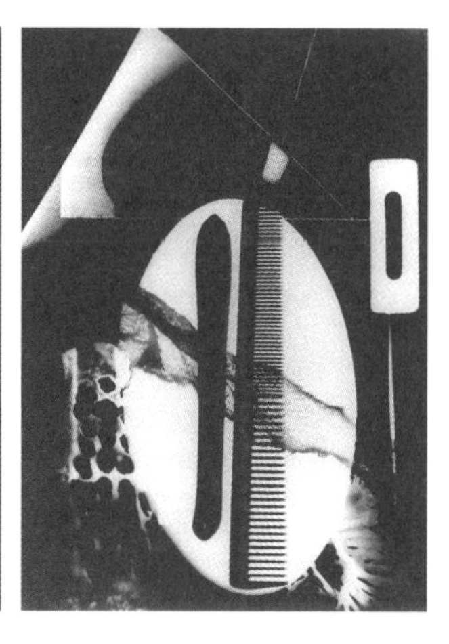

图 5-19 曼·雷 空间的悸动
银版照片
1922 巴黎蓬皮杜艺术中心藏

其实，早在布勒东成立超现实运动或达达出现之前，基里科在1911年至1917年间的绘画作品，便可作为超现实主义的绝佳范例。他习惯于在画里描绘意大利空无一人的城市，且将城市中的广场和拱廊置于一种似梦境又带点恶兆的空气中（图5-20），让人在勾起儿时的回忆之时，又畏惧于那股几乎让人窒息的冷绝氛围。而作于1915年的《一个秋日午后的谜》（*Enigma of an Autumn Afternoon*，图5-21），他曾经这样记载着：“在一个晴朗的

图 5-20 基里科 神秘与忧郁的街 油彩、画布 87 cm x 71.5 cm 1914 私人收藏

图 5-21 基里科 一个秋日午后的谜 油彩、画布 84 cm x 65.7 cm 1915 私人收藏

秋日午后，我坐在佛罗伦萨圣塔克罗齐广场中的一张长凳上。这并不是我第一次看到这个广场……在广场中伫立着一尊但丁的雕像，他身穿长袍，紧挟着作品，戴着桂冠的头若有所思地向下低垂……温暖但没有爱意的秋阳照在雕像和教堂的正面。然后我有一种奇怪的印象，好像我是第一次看到这一切，从此这幅画的构图便浮现在我的脑海里。现在每当我再次看到这幅画，当日独坐广场的刹那便会再现。然而那一刹那对我而言却始终是个谜，因为我无从解释，而我也乐于把这件由此刹那激发出来的作品称之为谜。”[12] 从这段记载中，我们了解到基里科画中的超现实元素，并未受到弗洛伊德学说的影响，而比较偏向尼采（Friedrich Nietzsche）或叔本华（Arthur Schopenhauer）对象征梦境的诠释。他在《神秘和创造》（*Mystery and Creation*, 1913）一文中，开头便道："一件艺术品要能不朽，必须摆脱凡俗的一切限制及逻辑和常识所造成的干扰。一旦去除了这些障碍，就会重现孩提时的影像，进入梦境般的世界中。"[13]

1917年，形而上绘画运动（Pittura Metafisica）开始，基里科画中幻象街景里的无人广场，开始出现了怪异拼凑、无面孔的"人偶"（Manichini）。如作于该年的《心神不宁的缪斯》（*La Muse Inquietanti*，图5-22），即以此手法表现广场上的神话人物，整个画幅充塞着一种尼采哲学中的虚无色彩。基里科这种摒弃

⑫ 同注⑩，p. 398。

⑬ Giorgio de Chirico, "Mystery and Creation", quoted in Theories of Modern Art: A Source Book by Artists and Critics, ed. Herschel B. Chipp, University of California Press, 1968, p. 401.

自然主义，运用新的心理学法则，将客体当成独立现象的观念，冲击着当时的达达主义及刚发轫不久的超现实运动，恩斯特（图5-23）、汤吉（Yves Tanguy，图5-24）、马格里特（图5-25）和德尔沃（Paul Delvaux，图5-26）的作品都曾使用过此种表现技法。但由于基里科过度封闭的性格，显然与后来重要的超现实主义艺术家都没有过任何接触，且很难和超现实主义者喧闹、好事的性格产生任何个别关系。尽管如此，布勒东仍大言不惭

图 5-22　基里科　心神不宁的缪斯　油彩、画布　66 cm x 97 cm
1917　私人收藏

图 5-23　恩斯特　摇晃的女人　油彩、画布　130.5 cm x 97.5 cm
1923　私人收藏

图 5-24　汤吉　不确定的分割　油彩、画布
101.6 cm x 88.9 cm
1942　纽约 Albright-Knox 艺廊藏

图 5-25　马格里特　强奸
油彩、画布　73.4 cm x 54.6 cm
1934　私人收藏

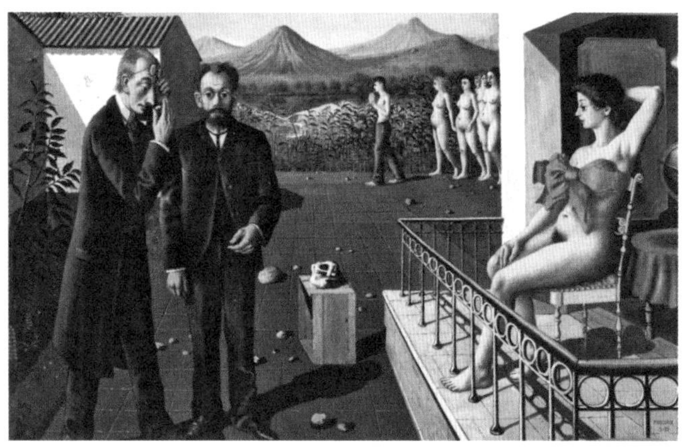

图 5-26　德尔沃　月的盈亏　油彩、画布
139.7 cm x 160 cm
1939　纽约现代美术馆藏

地声称："绘画里的基里科与文学的洛特雷阿蒙，是超现实主义的两个支点。"[14]且在他1928年出版的《超现实主义和绘画》（*Surréalisme et la Peinture*）一书中，选入了15张基里科的绘画作品，但基里科却不领情地于1933年否认他所有早期的绘画与超现实主义间的关系。

⑭ 同注⑩，p. 374。

另一位与基里科同于1911年来到巴黎的俄国艺术家——夏加尔，其早期风格仍不脱立体派的影响，然他过于错综复杂的审美观，又往往使他作品中的主题徘徊在古怪与幻想的体裁之间（图5-27）。1914年，他来到了柏林，在此认识了法国诗人阿波利奈尔（Guillaume Apollinaire），此后逐步跳脱立体派的分割构图，转而醉心于梦境的描绘。但夏加尔画中所描绘的梦境，却不同于超现实主义中的反逻辑和反叙述的手法，而是一种"记忆"的重组与再现，不断地唤醒他对俄国老家及亲人的记忆。夏加尔的作品，不论在主题或形式上，皆带着一股强烈的个人色彩，是一种属于自己梦境的底层描绘，很难将其作品归属在超现实主义中，就如同法国画家鲁索（Henri Rousseau）的作品，带点神秘的氛围，却又封闭得让人无法洞悉画中的情境（图5-28）。虽然弗

图5-27 夏加尔 七根手指的自画像 油彩、画布 54 cm x 44 cm 1913-1914 私人收藏

图5-28 鲁索 梦 油彩、画布 200 cm x 300 cm 1910 纽约现代美术馆藏

洛伊德曾提出"梦往往是反逻辑"的观念，但梦一旦成真，是否这种反逻辑的假设，便无法成立？再且，梦境并非一定是超现实的，如古语所示："日有所思，夜有所梦。"那么梦境可以只是一种记忆的重现，至于重现的方式与过程，便依个人潜意识的活动形态而有所不同。夏加尔与鲁索作品中的"梦境"，虽与超现实

主义中的“幻境”有所距离，但两者在艺术上的表现，却往往因观者的诠释角度与认知上的误差，而模糊了其间的界线。

超现实运动的发展，直到米罗和达利的加入，便起了风格上的变化。米罗于20世纪20年代中期投效超现实主义，且在1924年的宣言上签名。在此之前，他曾是野兽派画家，1919年在巴黎结识了毕加索后转为立体派，参与1922年达达的最后一次展览时则是达达，直到加入超现实运动，之后一直是个地道的超现实主义者。但米罗的作品开始超越超现实主义者所一贯追求的梦境与不确定性，他将所有外界的存在转化成一种“抽象的生物形体”（biomorphic abstraction），以阿米巴变形虫的形态（图5-29），刻画人类善变且独立的个性，其完全抽象的绘画语言，创造了一个诗境般的全新视界，更加大了观者的幻想空间。他在1936年的访谈中说道：“以画来表达的诗则会有它自己的语言……一千个文学家之中，给我一个诗人。”[15]而达利则是最后一个加入超现实运动的艺术家，他在1929年来到巴黎加入超现实运动的行列之前，就已经实验过将梦境一成不变地转换到画布上，且受到早期基里科、恩斯特和汤吉的影响，作品中存有强烈的实验性和一种从外在世界抽离出来的“偏执狂”（图5-30），文评家傅利（Wallace Fowlie）将这种“偏执狂”解释为“疯人的想法”。[16]达利也曾试图颠覆超现实主义者所一贯追求的梦境主题，他认为超现实主义第二阶段的实验，应是强调与日常生活相关且密切的任何可能性，不应一味追求潜意识中不着边际的幻想。在作于1929年的《欲望的涵盖》（*Les Accommodations des désirs*，图5-31）中，他便成功地将超现实主义对梦境的表现，转换成仅是场景的安排，且把这种安排置于“主题”之下，通过这种主、客异位的方法，来凸显蜷伏在潜意识中的各种“欲望”（主题）。而同样强调绘画主题的米罗[17]，在作于1927年的《绘画》（*Peinture*，图5-32）中，

图5-29 米罗
丑角的狂欢
油彩、画布
66 cm x 93 cm
1924–1925 纽约Albright-Knox艺廊藏

⑮ Joan Miró, from an Interview with Georges Duthuit.

⑯ Quoted in J.H. Matthews, Languages of Surrealism, University of Missouri Press, 1986, p. 170.

⑰ 同注⑯，p. 81。

图 5-30 达利 永恒的记忆
油彩、画布 224 cm x 33 cm
1931 纽约现代美术馆藏

图 5-31 达利 欲望的涵盖
油彩、拼贴、画板 22 cm x 35 cm
1929 纽约大都会博物馆藏

图 5-32 米罗 绘画 油彩、画布
97 cm x 130 cm
1927 伦敦泰德美术馆藏

却有全然不同的表现方式——细如游丝的线条游走在鲜亮的蓝色表面，而那些从真实世界完全抽离且看似不成形的有机形态，却象征着女体的结构（如画幅右边的胸部）。全然的抽象表现，暗示了无限的遐想空间。反观达利的《欲望的涵盖》——以幻境来铺排清楚描绘的形态，制造出一种不合逻辑的空间幻觉效果；虽然所描绘的狮子、蚂蚁、形状古怪的石头及形体扭曲的人物，皆清晰可辨。但其间的关联性却晦暗不明，如同梦境里的破碎、不连贯。超现实主义至此一分为二：达利写实风格（realist style）的幻境和米罗完全抽象（highly abstract）的超现实主义。超现实运动的另一位重要艺术家马松的绘画（图5-33），便是延续了米罗此种“抽象生物形体”的风格。而这种风格，在第二次世界大战前的低气压下，由欧洲来到了美国纽约，影响了以高尔基（Arshile Gorky）为首的“抽象表现主义”的出现。

图 5-33 马松 在森林中 油彩、画布 56 cm x 38 cm
1938 私人收藏

四、“虚无”和“幻境”的延续与重组

现代艺术的进程不外是“破坏”后再“建设”，“颠覆”后再“创新”，然在破坏与颠覆的过程中，却不时夹杂着一连串的重组，而重组后的艺术新面貌，可能是另一种“主义”的出现，或另一种运动的开始，但之后的建设或创新却难免延续先前艺术运动落幕前的掌声或批判。如“纯粹主义”因反对立体主义的“单纯装饰”风格而生，但在标榜纯粹主义的作品中，却不难看到立体派的影子，这是一种将敌人作为错误示范的“再制造”。然偏爱立体派平滑表面及简洁线条的风格派，不论在绘画、家具设计或建筑风格上，皆把立体派奉为上尊。这种顺应时势，却取决于不同思维方式的艺术进程，便是在这种主观判断的环境下“有条件”地重组、再生而延续。

虽说“达达”和“超现实主义”运动随着第二次世界大战的结束而落幕，但在20世纪后半期的艺术环境中，二者却仍不时地左右着艺术家的创作思维，如兴起于50、60年代的“波普艺术”，60、70年代的“观念艺术”（Conceptual Art）和80年代后期的艺术创作——其将艺术视为“商品”（commodity）的概念，便是根基于达达的理念。而战后的超现实主义，除了造就了以高尔基、德·库宁（Willem de Kooning）、波洛克为首的美国抽象表现主义，更间接影响了法国杜布菲“原生艺术”的创造。在绘画之外，超现实主义甚至对装置、多媒体、摄影和电影，皆有举足轻重的影响，就连电动玩具中的“虚拟现实”，其实与达利“写实幻境”的观念如出一辙。另外值得一提的是，达达与超现实主义对服装设计的影响：阿尔普的雕塑（图5-34）启发了贾德利（Georgina Godley）的“臀垫设计”（图5-35），曼·雷的《安格尔的小提琴》（*Le Violon d'Ingres*，图5-13）成了设计师拉克鲁瓦（Christian Lacroix）服饰上的装饰（图5-36），

图 5-34　阿尔普　人的凝聚形态　青铜　56.3 cm x 55.8 cm x 35.5 cm　1933　私人收藏

“现成品”的概念塑造了画框里的模特儿(图5-37)。而超现实绘画中的幻境更变成时装秀场的舞台布景，其涉入日常生活之深，无其他艺术运动可与之比拟，剖析个中道理，不外是支配古今人类行为模式与思想法则的两大元素——“荒谬”与“幻境”。

图5-35 贾德利 臀垫 1986 Cindy Palmano 摄影

图5-36 拉克鲁瓦 小提琴洋装 1951 Horst P. Horst 摄影

图5-37 比顿(Cecil Beaton) 服装摄影 1938 伦敦苏富比

陆

现代艺术中的“情感表现”

一、前言

艺术史的书写，按照各个时代风格的更替，在反叛与继承中，表现形式推陈出新，印象派的出现，不仅反抗之前的现实主义，更挑战了在欧洲行之几百年的学院派，而紧接其后的后印象派，更是对印象派的反动，后印象派的艺术家开始强调个人情感的流露，反对印象派艺术家对光影一味的追求。而这种重个人情感表现的作品，不但形塑了后印象派艺术家强烈的个人风格，更开启了艺术史中重个人情感表现的新篇章。

印象派艺术家把生活的剖切面（slice of life）作为创作的主题，让艺术的发展走向了贴近日常生活的现代性（modernity），当时的法国诗人和评论家波德莱尔便在《现代生活的画家》（The Painter of Modern Life）一文中用“现代性”来形容荷兰裔法国艺术家康斯坦丁·盖依斯（Constantin Guys）的艺术追求。但很快地，后印象派艺术家在“现代性”的基础上重起炉灶，反对印象派艺术家一味追求客观表现及户外光影的变化，主张重新回归创作者的主观情感，便是“情感表现”注入艺术创作中的最初概念。其实“表现性”（expressionist）一词早在1850年代时就已成为一个现代性的用词，是对之前自然主义的一种反动，开始强调个人主观意念的表述。而“表现主义”（Expressionism）一词要到20世纪初才被正式引用，最早表现在文学、诗歌和绘画上，尼采便是其中的先驱。他的著作《查拉图斯特拉如是说》（*Thus Spoke Zarathustra*）、美国诗人惠特曼

（Walt Whitman）的《草叶集》（*Leaves of Grass*）、俄国大文豪陀斯妥耶夫斯基（Fyodor Dostoevsky）的《卡拉马佐夫兄弟》（*The Brothers Karamazov*），以及挪威画家蒙克、荷兰画家梵高、比利时画家詹姆斯·恩索尔（James Ensor），和奥地利的精神分析学家弗洛伊德等，都是表现主义在文学、美学和社会科学门类的最佳代表。

表现主义艺术家的作品着重表现内心的情感，而忽视对对象物的外在形象摹写，往往以扭曲和抽象的手法来表现现实生活中的处境，更常用此手法来表达恐惧的情感，所以欢愉的表现主义作品是很少见的。虽然表现主义这个词被用来描述一个特定的艺术风格，但事实上并不存在一个被称为“表现主义”的运动。这个词一般用来描述19世纪末20世纪初德国反对学术传统的绘画和制图风格。尼采对古代艺术的批评在表现主义形成的过程中起了关键性的作用，在《悲剧的诞生》（*Die Geburt der Tragödie aus dem Geiste der Musik*）中，他将古代艺术分为两类，即太阳神阿波罗（Apollo）精神与酒神狄俄尼索斯（Dionysus）精神。因为希腊悲剧便是在阿波罗精神与狄俄尼索斯精神的对抗与调和下产生的，所以他认为阿波罗式的艺术是理智、秩序、规则和文雅的艺术，而狄俄尼索斯式的艺术是恶毒、混乱和疯狂的艺术。阿波罗式的艺术代表着理智的理想，而狄俄尼索斯式的艺术则来自人的潜意识。这两种艺术形式与代表它们的神一样：两者都是神的儿子，互不兼容，却又各自存在。尼采认为任何艺术作品都包含这两种形式。而表现主义的基本特征是狄俄尼索斯式的：鲜艳的颜色、扭曲的形式、漫不经心的绘画技巧、画面平坦、缺乏透视，基于感觉，而不基于理智。广义地说，表现主义是指任何表现内心感情的艺术。当然所有的艺术品都表现艺术家的感情，但是有些作品尤其强调和表达艺术家的内心感情。尤其在社会动乱的时期，这样的作品尤其常见，这体现在欧洲历史上从15世纪开始的动乱：宗教改革、德国农民战争、百年战争等，所有这些动乱和压迫均在印刷作品中留下了痕迹。虽然这些作品一般来说艺术性不高，但是透过这些作品所描述的恐怖情景，始终能够引起观众强烈的感情共鸣。

“表现”一词很难被界定，它只是现代主义众多艺术风格中的一支，与未来主义、漩涡主义、立体主义、超现实主义和达达主义纠葛不清。[①] 英国评论家理查德·墨菲(Richard Murphy)曾指出：“在某种程度上，要寻找包罗万象的定义是有问题的，因为最具挑战性的表现主义者，例如卡夫卡(Franz Kafka)、戈特弗里德·贝恩(Gottfried Benn)和德布林(Alfred Doblin)，同时也是最挑剔的反表现主义者。”[②] 表现指的是一种艺术风格，艺术家试图描绘的不是客观的现实，而是描绘对象和事件在人体内引起的主观情感和反应。艺术史学家米歇尔·拉贡(Michel Ragon)和德国哲学家瓦尔特·本雅明(Walter Benjamin)甚至将表现主义与巴洛克式的风格作比较。[③] 根据阿尔贝托·阿尔巴西诺(Alberto Arbasino)的说法，两者之间的区别在于：“表现主义不会回避因暴力而产生令人不悦的效果，有时更会抛出一些令人嫌恶的意象，然巴洛克不会。”[④]

① Sherrill E. Grace, Regression and Apacaypse: Studies in North American Literary Expressionism. Toronto: University of Toronto Press, 1989, p.26.

② Richard Murphy, Theorizing the Avant-Garde: Modernism, Expressionism, and the Problem of Postmodernity. Cambridge, Cambridge University Press,1999, p. 43.

③ Benjamin, Walter (1998). Origin of German Tragic Drama. London: Verso. ISBN 978-1-85984-899-9.

④ Pedullà, Gabriele; Arbasino, Alberto (2003). "Sull'albero di ciliegie – Conversando di letteratura e di cinema con Alberto Arbasino" [On the cherry tree – Conversations on literature and cinema with Alberto Arbasino].

二、疯癫和呐喊作为一种情感的宣泄——梵高和蒙克

在艺术的创作上，表现性甚至可以追溯至15世纪德国文艺复兴时期画家马蒂亚斯·格吕内瓦尔德(Matthias Grünewald)和17世纪西班牙文艺复兴时期画家埃尔·格雷科(El Greco)的作品，两人的肖像画皆放弃古典主义的束缚，转而追求具个人表现性的情感捕捉(图6-1、图6-2)。但表现作为一种个人情感宣泄的手法，形诸绘画，在20世纪初德国表现主义形成之前，就属荷兰画家梵高和挪威画家蒙克的艺术创作最具代表性。

图 6-1 马蒂亚斯·格吕内瓦尔德 伊森海姆祭坛画(局部) 油彩、木板 124 cm x 93 cm 1512–1516 法国阿尔萨斯州科尔马的安特林登博物馆

图 6-2 埃尔·格雷科 揭开第五印 油彩、画布 225 cm x 199 cm 1608–1614 纽约大都会博物馆

梵高，一个被上帝捉弄的艺术天才，原本背负着上帝的使命，传播福音、教化世人，但对绘画的执着，却让

他走上了一条不归路。1888年12月23日，他徜徉在法国南方阿尔勒充满金色阳光的日子，终因跟高更的激烈争吵而画下了句点。友情的撕裂，让梵高从期待转为愤怒，愤而割下自己的左耳，家族疯癫的病史至此成了他余生萦绕不去的梦魇。1889年1月，他从医院回到阿尔勒镇上的住处，画下了两幅割耳后的自画像（图6-3、图6-4）。这两幅自画像，穿着打扮一样，受伤的耳朵都缠上

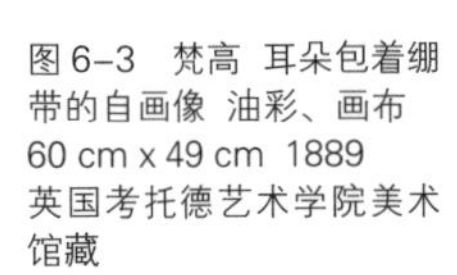

图6-3　梵高　耳朵包着绷带的自画像　油彩、画布　60 cm x 49 cm　1889　英国考托德艺术学院美术馆藏

图6-4　梵高　吸烟斗和耳朵包着绷带的自画像　油彩、画布　51 cm x 45 cm　1889　私人收藏

了绷带，是同一时期的作品。其中一张的背景出现了画架和日本的浮世绘，暗示了他受日本浮世绘木刻版画的影响，他的脸部表情铁青，眼神呆滞，清冷的色调布满了画面。另一张同样的神情，却含着烟斗，使用暖色系的橘红两色作为背景，但仍温暖不了梵高远望且空洞的神情。这是梵高在精神疾病复发后，第一次通过画笔忠实地记录自己的精神状态，这不仅是一种自我疗愈的过程，也是与高更的友谊画下句点的终极记录。画中的面无表情是他最真挚的情感流露，也是他面对未来的一种消极态度。几个月后（1889年5月），他被送进了圣雷米（Saint-Rémy）的精神病院，一待就是一年，唯一伴随他的，就是从病院房间望出去的窗外场景，他当时的心境都表现在那扭曲变形、厚涂旋转的绘画作品中，《星夜》（*The Starry Night*，图6-5）一作便是该时期心情的最佳写照。这是梵高在圣雷米时期唯一一张描写夜景的作品⑤，他在破晓之前，隔着病房里的铁栏杆远眺窗外的村庄，在初夏的6月，却感觉不到空气中一丝的温暖，蓝蓝的冷色调道尽了他铁窗内落

⑤ 在之前的阿尔勒时期，梵高有两张著名的夜景作品：《夜晚露天咖啡座》（*Café Terrance at Night*，图6-6）和《罗纳河上的星夜》（*Starry Night over the Rhône*，图6-7）。

寞的心情，加上扭曲的柏树和漩涡般的星空，内心的挣扎，只能寄望于远方几处灯光微亮的村舍，这是一种对自由的渴望，也是对家庭温暖的期待。当他满怀希望离开了精神病院来到巴黎市郊的奥维尔（Auvres），加歇医生（Dr. Gachet）似乎成了他最后的救赎，然而担心增加弟弟的生活负担而产生的愧疚感，加上病情不见起色，他在画完《麦田群鸦》（*Wheatfield with Crows,* 图6–8）一作后，便举枪自尽，结束了令人痛惜的一生。随风摇摆的金黄色的麦田，映着阴霾的天空，一时野鸦四起，布满了天际，有如乌云罩顶，预示了他生命最终的尽头。梵高以景写情，如泣如诉，道尽了他坎坷的一生，他因病而力有未逮的精神状态，却借着画笔淋漓尽致地表现了出来，这也是他一生对艺术追寻的写照。

图 6–5 梵高 星夜 油彩、画布 74 cm x 92 cm 1889 纽约现代美术馆藏

图 6–6 梵高 夜晚露天咖啡座 油彩、画布 81 cm x 65 cm 1888 荷兰库勒穆勒博物馆藏

图 6–7 梵高 罗纳河上的星夜 油彩、画布 72 cm x 92 cm 1888 巴黎奥赛博物馆藏

而被德国表现主义视为先驱的艺术家蒙克，对表现主义也

图 6–8 梵高 麦田群鸦 油彩、画布 50.2 cm x 103 cm 1890 荷兰梵高美术馆藏

产生了深远的影响。蒙克生于挪威，曾在巴黎学习艺术，并结识了高更，受到高更画风的影响，但在艺术的表现手法上，与梵高的风格较为接近。蒙克的绘画题材多描写爱情、疾病与死亡，这些题材都源自蒙克的童年经历，他的生活常混杂在疾病与死亡的痛苦当中，而当时的时代氛围，弥漫着一种世纪末的哀伤与资本主义社会的矛盾情绪。蒙克用粗的线条与曲线，造成画面的蠕动感，具有很强的艺术感染力。蒙克因长期居住在德国，在许多方面对德国表现主义艺术的影响是巨大的。他著名的画作《呐喊》（*The Scream*, 图6-9）被认为是存在主义中表现人类苦闷、焦虑的代表性作品。画中，他以扭曲且带装饰性的线条作为背景，并采用高视角，在极端情绪的痛苦中，将画中的主角简化到只剩衣衫和夸张的脸部表情。通过这幅画，蒙克实现了他所说的研究“灵魂”，也就是通过创作来研究他自己的精神状态。[⑥] 蒙克写道：“当日落时，我正和两个朋友一起走在路上；突然，天空变得跟血液一样鲜红。我停下脚步，靠在栏杆上，感到无比疲倦，顿时火舌和血液布满了黑蓝色的天空和峡湾。我的朋友们继续走着，而我却落单在后，恐惧地颤抖着。然后，我听到了大自然巨大且无止境的呐喊。”[⑦] 后来他描述了这幅画背后的个人痛苦：“几年来，我几乎发疯了……还记得我那张《呐喊》的画吗？我被拉扯到极限，大自然在我的血液里呐喊……从那之后，我放弃了可以再爱人的希望。”[⑧] 道尽了艺术家最底层的心理挣扎，内心的恐惧和形体的扭曲，把表现主义演绎到了极致。

图6-9 蒙克 呐喊 油彩、画布 91 cm x 73.5 cm 1893 挪威蒙克美术馆藏

在梵高和蒙克之后，法国画家鲁奥（Georges Rouault）和比利时画家恩索尔接续着前人的脚步，在表现主义的领域里也多有建树，堪称表现主义的先驱。鲁奥在其肖像画中惯用粗重浓厚的黑色线条、暗色系的设色，来描绘阴郁的人物表情，即使在他擅长的耶稣肖像中，仍极力凸显人物压抑的情绪和焦虑（图

⑥ Faerna, José María (1995). Munch. New York, NY: Harry N. Abrams. p. 16.

⑦ 同注⑥，p.17。

⑧ Prideaux, Sue (2005). Edvard Munch: Behind the Scream. New Haven, CT: Yale University Press.

6-10)。当时主流的评论家很难将鲁奥的作品视为完全的现代性，就连教会对他也不信任，因为从传统意义上说，他的作品并没表现出基督教的基本教义。更令他沮丧的是，他一生中的大部分时间都被教会抵制，直到他死前5年，才被当时的教宗接见。他在1922-1927年完成的《米塞雷尔》(*Miserere*)版画系列(图6-11)，更是他感情的忠实记录，记录了被他称为“艰苦生活”(the hard business of living)的痛苦。[⑨]他从一个局内人的角度作为困顿生活的参与者，而不仅仅是个观察者，正如他所言：“我内心深处充满着痛苦和忧郁，这却是我生命的历程，如果上帝允许我记录下来，我的画也只能依稀捕捉片段，毕竟这仍是不完美的表现。”[⑩]

图6-10　鲁奥　耶稣头像
油彩、画布 64 cm x 45 cm
1905　美国维吉尼亚州克莱斯勒美术馆藏

⑨ Georges Rouault, Seeing Through the Darkness, William Dyrness, Image Journal, Issue 67.

⑩ 同注⑨。

图6-11　鲁奥　米塞雷尔
铜版蚀刻版画 (set of 58)
66 cm x 50.5 cm
1922-1927　私人收藏

恩索尔的早期作品，都以阴郁的风格来描绘真实的场景，如作于1883年的《醉汉》（*The Drunkards*，图6-12），便是鲜明的例子；但后来他的调色板变得明亮起来，他越来越偏爱奇特的题材，诸如《丑闻面具》（*Scandalized Mask*，图6-13）和《骷髅战胜吊死的人》（*Skeletons Fighting over a Hanged Man*，图6-14）

图6-12 恩索尔 醉汉 油彩、画布 57 cm x 80 cm 1883 私人收藏

图6-13 恩索尔 丑闻面具 油彩、画布 135 cm x 112 cm 1883 比利时皇家美术馆藏

图6-14 恩索尔 骷髅战胜吊死的人 油彩、画布 59 cm x 74 cm 1891 比利时安特卫普皇家美术馆藏

等画作皆以怪诞面具中的人物为灵感，这些面具的灵感来自他母亲在奥斯坦德（Ostend）的礼品店里出售的嘉年华面具。面具、木偶、骷髅和梦幻般的寓言在恩索尔的作品中有着举足轻重的地位。之后，尽管恩索尔是一位无神论者，但他认为基督是被嘲弄的受害者。[11]他逐步转向宗教主题，最常见的是与基督受难相关的故事，他更将宗教主题解释为个人对世界上各种不人道举措的厌恶反应。[12]仅在1888年，他就制作了45幅与宗教主题相关的蚀刻版画以及他最雄心勃勃的画作——《基督1889年进入布鲁塞尔》（*Christ's Entry into Brussels in 1889*,

⑪ Becks-Malorny, Ulrike (2000). James Ensor. Cologne: Taschen.

⑫ Arnason, H. Harvard; Kalb, Peter (2004). History of Modern Art: Painting, Sculpture, Architecture, Photography (5th ed.). New Jersey: Prentice Hall, Inc.

图6-15 恩索尔 基督1889年进入布鲁塞尔 油彩、画布 256.8 cm x 378.4 cm 1888 洛杉矶保罗·盖蒂美术馆藏

图6-15)。这幅作品讽刺地将耶稣在棕枝主日(Palm Sunday)那天进入耶路撒冷却遭冷处理的场景嫁接到布鲁塞尔的棕枝主日庆典中予以展现,此画被认为是“20世纪表现主义的先驱”。[13]

[13] J. Paul Getty Museum. Christ's Entry into Brussels in 1889. Archived 6 February 2012 at the Wayback Machine Retrieved 18 September 2008.

三、压抑和扭曲作为一种移情作用——德国表现主义

表现主义发展于1900年至1925年间,尤其在德国。这股潮流有两个重要团体:一为创于1905年的 “桥社”(Die Brücke),另一为1911年命名于慕尼黑的“蓝色骑士画会”(Die Blaue Reiter)。1905年法国的野兽派和德国的桥社同属于表现主义的艺术风格,不同的是野兽派是对色彩与形式的解放,而桥社更多是表现艺术家内心的情感,更具表现主义的意涵。桥社是由德累斯顿工业大学建筑系的学生于1905年所发起,从民间艺术和原始艺术中得到启发,并受到荷兰画家梵高的影响,并把在学校任教的蒙克奉为精神领袖。1906年再由恩斯特·路德维希·凯尔希纳发表一份对外宣言,强调画家必须表现个人的幻想和趣味,反对一味模仿自然,不过他们的作品间或带有象征主义的色彩。桥社一反传统学院派的谨慎写实,提出艺术主观赋予物体表现力,这给当时新旧古典主义仍然稳占主流话语权的艺术界投下了一颗震撼弹。桥社的成员抱持着一股对未来乐观的态度与改革艺术的信念,结合同是对绘画感兴趣且想共同在艺术的道路上求进步的年轻学子,一起为革新欧洲的画坛做努力。然而1913年,桥社内部产生意见分歧,导致桥社彻底分裂。桥社在短短的八年中,又吸收了诺尔德、培希斯坦(Max. Pechstein)和米勒(Otto. Müller)几员大将,他们所宣扬的的画风最终得到了艺术评论家的认同。尽管桥社最终解体,但它开创的画风却长远保留了下来,并对德国乃至欧洲艺术界产生巨大的影响;最终,桥社仍成为20世纪艺术史上最重要的词汇之一。

“蓝色骑士画会”这个团体成立于1911年,最重要的代表人物为康定斯基、雅弗林斯基、马尔克和克利。蓝色骑士画会

为德国表现主义画派的成熟阶段，但早期画风仍不脱野兽派的用色（图6-16、图6-17）。在1911年，康定斯基和马克组织了《蓝骑士》编辑部，康定斯基对表现主义提出非常多的见解，他提倡画面要追求“音乐化”的效果（图6-18），并要重视精神层次的表现，扬弃再现现实形象的作品，把画面看作纯粹是点、线、面的组合。经由康定斯基的带领，德国的表现主义逐渐走向成熟的阶段。但是，“表现主义”一词一直要到1913年才确立。尽管最初主要是德国的艺术运动，并且在1910年至1930年的绘画、诗歌和戏剧中占主导地位，但该运动的大多数先驱并不是德国人。此外，也有散文、小说的表现主义作家，以及非德语的表现主义作家。虽然随着1930年代法西斯的崛起，德国的表现主义运动逐渐式微，但之后仍零星出现表现主义的作品。

图6-16 康定斯基 蓝骑士 油彩、画布 55 cm x 60 cm 1903 私人收藏

图6-17 雅弗林斯基 戴着花帽的年轻女孩 油彩、纸板 80 cm x 58 cm 1910 维也纳阿尔贝蒂娜博物馆藏

图6-18 康定斯基 即兴28 油彩、画布 112.6 cm x 126.5 cm 1912 纽约古根汉美术馆藏

表现主义指的是“一种艺术风格，艺术家试图描绘的不是客观现实，而是描绘对象和事件在人体内引起的主观情感和反应”[14]。有争议的是，所有艺术家都是富有表现力的，但是从15世纪开始，欧洲有许多艺术作品强调极端情感的表现。这种艺术通常发生在社会动荡和战争时期，例如欧洲宗教改革运动、德国农民战争以及西班牙和荷兰之间的80年战争，当时宣传活动中普遍采用了针对平民的极端暴力行为。这些在美学上通常不令人印象深刻，但往往能引起观者极端情绪的波动。随着第一次世界大战的发生，人民再

⑭ Britannica online Encyclopaedia(February, 2012).

度深陷水深火热，所引发的焦虑和恐惧，逐渐被转化在艺术的创作上；之后艺术家受到弗洛伊德精神分析和梦的解析理论的影响，展开了超现实主义的实验之路，一直到第二次世界大战结束后，曾沦为战场的欧洲大陆，百废待兴，不少欧洲的艺术家因战乱来到美国避难，美国撷取欧洲过往艺术发展的精华，加上自身崇尚的个人自由主义，趁势推出美国抽象表现主义。自此，全球的艺术发展重心，逐步由欧洲转向美国，纽约更取代了巴黎，成为战后西方艺术的发展中心。

四、下意识的情感流泻——美国抽象表现主义中的行动绘画

抽象表现主义这个词是由美国评论家哈罗德·罗森伯格在1952年所提出的[15]，标志着这批被称为纽约画派的艺术家和评论家的审美观开始对战后的艺术发展产生了重人的影响。根据罗森伯格的说法，艺术家之于画布的关系就像“竞技场里的竞技”（an arena in which to act），即使像杰克逊·波洛克（Jackson Pollock）、弗朗兹·克莱恩（Franz Kline）和德·库宁这些抽象表现主义艺术家也都同意这样的观点，但他们更认为绘画是一场艺术家与创造行为的竞技。而格林伯格则较专注于作品的“客观性”（objectness），他认为，画面上颜料的凝结和油彩的物理特性是艺术家创作时的心理反射，也是解读艺术家作品的重要线索。[16]

此运动的精神结合了德国表现主义者所强调的情感流露和自我否定，更架设在欧洲反具象美学的抽象画派上（如未来主义、包豪斯和综合立体派）。此外，它意味着一种叛逆、无政府状态、特立独行和某种虚无的形象。[17] 实际上，“抽象表现”一词涵盖了许多当时在纽约工作的艺术家，他们的风格迥然不同，甚至创作的既不是抽象画派也非表现主义的作品。就技术面和美学的观点而言，波洛克行动绘画中看似混乱且充满活力的线条（图6-19）与德·库宁《女人系列》（*Women*

⑮ Rosenberg, Harold. "The American Action Painters". poetrymagazines.org.uk. Retrieved August 20, 2006.

⑯ Clement Greenberg, "Art and Culture Critical essays", ("The Crisis of the Easel Picture"), Beacon Press, 1961 pp. 154–57.

⑰ Shapiro, David/ Cecile (2000), "Abstract Expressionism: The politics of Apolitical painting." pp. 189–190 In: Frascina, Francis (2000–1): Pollock and After: The Critical Debate. 2nd ed. London: Routledge.

Series）画作里所表现出的暴力和怪诞有所不同（图6-20），也无法跟罗斯科色域绘画中的矩形色块作比较（图6-21）。然而，这些艺术家都被归类为抽象表现主义艺术家。

图6-19 波洛克 炼金术 油彩、画布 114.6 cm x 221.3 cm 1947 纽约古根汉美术馆藏

图6-20 德·库宁 女人I 油彩、珐琅彩、碳笔、画布 192.7 cm x 147.3 cm 1950-1952 纽约现代美术馆藏

图6-21 罗斯科 黑色上的亮红 油彩、画布 230.6 cm x 152.7 cm 1957 伦敦泰德美术馆藏

其实，美国的社会现实主义（Social Realism）在1930年代一直是主流，它不仅经受了经济大萧条的洗礼，还受到了墨西哥壁画的影响，但是二战后的美国政治氛围无法忍受这些社会现实主义画家通过画笔对当时社会现状进行批判，加上战后高唱麦卡锡主义（McCarthyism），兴起了对艺术的审查制度，如果作品的主题和表现形式是完全抽象的，那么它将被视为非政治性的，相对也是安全的。所以，抽象表现主义在此敏感时刻，顺理成章变成了战后美国的主流画派。

尽管到了1940年代后期，纽约的前卫艺术仍相对不为人知，但如今大多数已家喻户晓的艺术家背后都有其力挺的批评家：格林伯格看好波洛克和色域画家克莱夫福德·斯蒂尔（Clyfford Still）、罗斯科、纽曼（Barnett Newman）和汉斯·霍夫曼（Hans Hoffmann）；而罗森伯格似乎更喜欢德·库宁和弗朗兹·克莱恩等画家，以及高尔基的开创性绘画。虽然高尔基被认为是抽象表现主义的奠基人之一和超现实主义者，但他可是纽约画派中最早使用晕染（staining）技术的画家之一。高尔基在画作中擅用生动、开放、不间断的色彩来制造宽广的画面感，尤其在其1941年至1948年间巅峰时期的代表作中，他经常使用染色的技法来创造强烈的色块，辅以流淌和滴落的油漆来描绘他为人熟知的有机生物形态（图6-22）。抽象表现主义者的作品极力强调自发性且与20世纪初期的俄罗斯艺术家康定斯基所奉行的即兴（improvisation）有许多风格上的相似之处，但往往因为作品的尺幅太大，让艺术家们在下手前不得不精心构思。就像保罗·克利、康定斯基、爱玛·昆兹（Emma Kunz）以及后来的罗斯科、纽曼和艾格尼丝·马丁（Agnes Martin）等艺术家，即使以抽象的手法来呈现他们的作品，在构思时显然也难脱形而上、下意识，甚至无意识的表达。[18]

图 6-22 高尔基 肝是公鸡的冠 油彩、画布 186 cm x 249 cm 1944 纽约水牛城奥尔布赖特－诺克斯美术馆藏

在1940年代后期，波洛克激进的绘画方式彻底改变和影响了跟他同时代的艺术创作，因为他重新定义了生产艺术品的方式。在某种程度上，波洛克意识到制作艺术品的过程与艺术品本身一样重要。就像毕加索在20世纪初，便通过立体派的实践重新演绎了绘画和雕塑的语汇，深深影响了之后发生的超现实主义、荣格的心理分析和墨西哥的壁画艺术。波洛克摆脱架上绘画和传统的创作观念，向他那个时代的艺术家以及后来的艺术家释放了改革的信息——他将未绷框的帆布直接放置在地面上，使用家用和工

⑱ Catherine de Zegher and Hendel Teicher (eds.). 3 X Abstraction. NY: The Drawing Center and /New Haven: Yale University Press, 2005.

业用的颜料，从四面八方将颜料滴、洒、画、染、刷在画布上，使艺术创作的方式超越了先前的框架。自此，抽象表现主义扩大和发展了艺术创作的定义和可能性。

虽然波洛克往往与行动绘画相提并论，但艺术评论家认为他的作品既是行动绘画，也跨到色域绘画的领域。格林伯格更进一步指出，波洛克摊在地面上的画布，与1920年代莫奈创作的大型油画作品《睡莲》（图6-23）有异曲同工之妙。评论家迈克

图6-23 莫奈 睡莲 油彩、画布 200 cm x 1276 cm 1914–1926 纽约现代美术馆藏

尔·弗里德和格林伯格都观察到，波洛克在滴画里制造出的整体感，可以被理解为是由精密的线性元素所构成的巨大面积。[19]他们指出，波洛克的作品是由比重相当的油漆，通过线性的构图，在画布上创造出充满不同颜色的画面，就像莫奈在1920年代占满整个墙面的《睡莲》，因日益严重的白内障，画家很难掌握色彩的精确度，更难清楚表现睡莲的形态，使他这一时期的《睡莲》几乎成了不同色块的堆砌。这种通过下意识的身体活动，在画布上所制造出的画面效果，就是批评家所说的，既是一种行动绘画，也是一种色域绘画。波洛克这种将色彩布满整个画幅的创作方式，替后面的纽曼、罗斯科和斯蒂尔等色域画家在画面的建构上，提供了一个珍贵的参考方向。波洛克在1951年制作了一系列半具象的黑色单彩晕染作品，1952年，他又使用不同颜色制作了晕染画，这些都是他对色域绘画的具体实践。

其他抽象表现主义者在波洛克的突破之后，又提出了自己的新突破。从某种意义上说，波洛克、德·库宁、克莱恩、罗斯科、菲利普·古斯顿（Philip Guston）、汉斯·霍夫曼、斯蒂尔、纽曼、阿德·莱因哈特（Ad Reinhardt）、马瑟韦尔（Robert Motherwell）等人的创新为艺术的多样性打开了一扇大门，随之

⑲ 同注⑯。

而来的所有艺术运动，如1960年代和1970年代激进的反形式主义运动，包括激浪派（Fluxus）、新达达（Neo-Dada）、观念艺术和女权主义运动（Femanism），都可以追溯到抽象表现主义的创新。

五、后现代里的前卫语汇——新表现主义

新表现主义（Neo-Expressionism）是1970年代末至1980年代中期，在美国、意大利、德国等地流行的具象绘画风格总称。它的发展是对1970年代概念艺术和极简艺术（Minimal Art）的一种反抗，其最大特征，是以粗犷的笔触和扭曲的形态来传达强烈情感的具象表现，令人联想到德国表现主义和抽象表现主义，因此得名。不过，这种风格的名称随着国家和地区而有所不同，英国称为新绘画派（New Painting），意大利称为意大利超前卫艺术（Transavangurdia），法国称为自由具象派（Figuration Libre），美国称为坏画（Bad Painting）或新意象画（New Image Painting）。不过，国际间广泛以德国的“新表现主义”称之。

因为新表现主义不是一个正式的运动，而是指国际上对形象的描绘（figural representation）所产生的共鸣，所以它涵盖了多种风格。总的来说，新表现主义的作品带有强烈的表现性和主观性、高质感的颜料施作、鲜明的对比色彩以及大型的叙事图像等特点。借助历史、神话和民间传说，新表现主义揭示了象征主义和原始主义的张力，并以各种不同程度的抽象手法来表现扭曲的形象。它常以紧张、疏离和模棱两可的感觉伴随着戏谑和模仿来反映后现代的世界。新表现主义者虽然主要与绘画有关，但也使用了一些像稻草、沙子、木头和陶瓷等日常物件到画布上，以创造出一种类似雕塑般的作品。尽管新表现主义被某些人批评为怀旧的、带历史性的，甚至过分地自吹自擂，但这种风格仍是非常流行和有影响力的。新表现主义的绘画作品在画面上重拾可辨识的元素，再加入具有个人、历史和典故的引申义来彰显绘画媒介的实质性，并充分表达了

创作者潜在的情感。如今，它已被认为是现代主义和后现代主义之间的重要桥梁，预示着评论家迈克尔·布伦森（Michael Brenson）所说的“从艺术的自我指涉转变为艺术对一切的指涉”。[20]

⑳ Michael Brenson, Acts of Engagement : Writings on Art, Criticism, and Institutions, 1993-2002, Rowman & Littlefield Publishers, Inc., 2004, p. 124.

新表现主义的代表艺术家，德国有乔治·巴塞利兹（Georg Baselitz）、安森·基弗（Anselm Kiefer）、约尔克·印门朵夫（Jörg Immendorff）、潘可（A. R. Penck）和马库斯·鲁珀兹（Markus Lupertz）；意大利有弗朗西斯科·克雷蒙第（Francesco Clemente）、恩左·古基（Enzo Cucchi）、山多拉·齐亚（Sandro Chia）；英国有克里斯多佛·勒布伦（ Christopher Le Brun）；法国有罗伯特·孔巴斯（Robert Combas）；美国有朱莉恩·史纳伯（Julian Schnabel）、尚-米谢·巴斯奇亚（Jean-Michel Basquiat）等人。这些艺术家的作品具有某种共通性，但并非是在风格上有显而易见的统一感。

在德国，艺术家引用了乔治·格罗斯（George Grosz）和蒙克等表现主义画家的作品来论述战后德国身份的主题。乔治·巴塞利兹以其倒立的绘画而著称（图6-24），画中有力的笔法和挑衅的图像，通常被认为是德国新表现主义的先驱。安森·基弗使用浓稠的颜料来表现德国的纳粹历史，并以日常可见的各种材料来制作出震慑人心的作品（图6-25）。意大利试图摆脱1970年代贫穷艺术（Arte Povera）运动的松散，新表现主义刚好成了过渡到前卫艺术的化身。弗朗西斯科·克雷蒙第、山多拉·齐亚和恩左·古基等艺术家利用各种艺术史、神话和流行文化的影响力来创作富有表现力且具有叙事性的作品（图6-26）。在美国，朱莉恩·史纳伯将后现代里的挪用（appropriation）和个人情感的表达丰富地融合在一起（图6-27），从而席卷了艺术界。尚-米谢·巴斯奇亚于1970年代以涂鸦艺术家的身份

图6-24 巴塞利兹
倒立的人体
油彩、画布
304 cm x 350 cm
2019 私人收藏

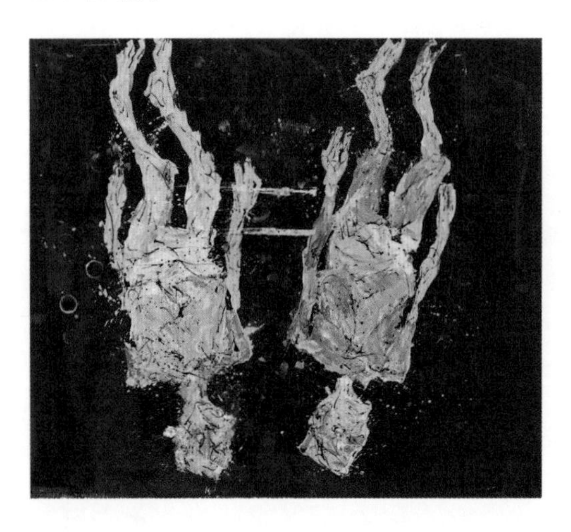

图 6–25 安森·基弗
德国人的精神英雄
油彩、画布
306.1 cm x 680.1 cm
1973 洛杉矶布洛德美术馆藏

出现，他巧妙结合了街头艺术、爵士乐、嘻哈音乐和非洲传到加勒比海的民俗意象创造出一种强烈的视觉效果而声名大噪（图 6–28）。上述这两位美国艺术家以及戴维·萨尔（David Salle）和埃里克·费斯切尔（Eric Fischl）等人都与新表现主义运动紧密地联结在一起。

这股潮流同时在各地兴起，最大的原因在于对极简艺术和观念艺术的反弹，因为许多年轻艺术家厌恶这两大艺术风格的支配性和自制性，企图恢复神话性、原始性、历史性、与情感相关和国族主义等传统主题。于是，除了强烈倾向诉诸激烈且直接的具象表现外，表现媒材都选择绘画和雕刻，而且作品都偏大型化。特别是这股潮流之所以在德国具有极大影响力，主要是因为德国原本就有浓厚的表现主义传统，再加上在纳粹政权下，许多杰出作品被污名化称之为"颓废艺术"（Degenerate Art），且在二战后，受到长期的文化压抑。

图 6–26 弗朗西斯科·克雷蒙第
比喻
油彩、刺柏纸
137 cm x 132 cm 1993 私人收藏

图 6-27 朱莉恩·史纳伯 放逐
混合媒材、木板 200 cm x 320 cm
1980 巴黎奥赛美术馆藏

图 6-28 尚-米谢·巴斯奇亚 无题
炳烯、喷漆、画布 183.2 cm x 173 cm
1982 私人收藏

六、“中国表现”——对中国当代艺术的梳理和指引

这股重个人情感表现的表现主义风，在21世纪也吹进了中国。2020年11月，华东师范大学美术学院中国表现研究中心举办了“中国表现学术研讨会”和大型展览，意在为中国当代艺术未来的发展梳理出一条可与西方对话的路线。笔者把当天的发言整理于下：

“中国表现”这个词，我觉得先不在这个词上做文章，我们先把它拆解成中国和表现。如果谈“中国表现”，我们就不能不谈中国当代艺术整个发展的过程了。就我的理解，中国当代艺术的发生分三个阶段：第一个阶段就是所谓的“85新潮”“后艺术”这个阶段，这个阶段的艺术家大部分作品主题还是不脱有关“文革”的主题；到了第二个阶段，艺术家对所处的环境多所检讨，甚至有所批判，比如刘小东的《三峡新移民》系列（图6-29），或是曾梵志的《协和医院》《面具》系列等（图6-30）；而第三个阶段就是我们所处的现在，这个阶段艺术家开始着重个人情感的流露，便形塑了所谓的个人风格。个人风格重个人情感的表现，这个阶段正好跟西方在当代艺术创作中重视个人表现主义的方向接轨了。“中国表现”里的这个“表现”不是中国人的语汇，是发生在西方的。最早可溯源至梵高的作品，把内心对疯癫的抗拒

图 6-29 刘晓东
三峡新移民（四联作）
油彩、画布
300 cm x 250 cm x (4)
2004 私人收藏

图 6-30 曾梵志
面具系列 1996 No.6
油彩、画布
200 cm x 360 cm
1996 私人收藏

与压抑表现在画布上，从那时候起，重个人情感流露的作品就出现了，之后有蒙克，例如他举世闻名的作品《呐喊》，是抒发个人情感的最佳例证。“表现”这个词一直到德国表现主义才被开始真正地在艺术史里面做比较重要的书写。“德国表现”表现什么呢？它是一种反传统、反学院的思潮，艺术家感受到第一次世界大战带来的情感压抑和扭曲的人性，摒弃对自然的描绘，开始以线条、形体和色彩来表现情绪与感觉作为艺术的唯一目的。而二战结束后美国也出现了抽象表现主义，把之前在欧洲发生的表现也带了进来，但是美国抽象表现跟之前的德国表现又不一样，因为它更重视个人情感，甚至是艺术家下意识、无意识的情感流露，例如德·库宁、罗斯科、波洛克，他们的作品代表着个人主义和美国所崇尚的自由主义精神。很多当时还在发展社会写实主义的苏联艺术家看到美国这些艺术家的作品后，认为如果不是处在一个非常强调个人情感流露的国家，不可能创造出这样的作品。在美国的抽象表现主义之后才有后来所谓的德国新表现主义，这些表现谈的都是个人情感。

到了21世纪的当代已经没有所谓的时代风格了，时代风格往往在词尾都会加上-ism。21世纪已是个人风格挂帅的年代，艺术表现形式多样，百家争鸣。而形式里面便会创造个人风格，风格越鲜明，作品的辨识度就越高，所以21世纪很少用什么主义来涵盖一种创作形式。时代风格过了，现在讲的是个人风格、个人情感的流露，所以在此时提出“中国表现”，时机就更为恰当了。它不仅对中国当代艺术过往的发展做了梳理，也通过“表现”把中国当代艺术跟西方做了嫁接，且在“中国表现”的英译上，特别采用“Chinese Expressionist Art”，而不是“Chinese Expressionism”，因为“Expresssionist Art”早已是西方艺术史的通用词汇，挂上具足东方人文底蕴的“中国”二字，搭起了与西方对话的桥梁。不管是早期的“西学中用”，或是后来我们所期待发生的“中学西用”，“中国表现”要能抛砖引玉，让西方人用他们所熟悉的语汇介入，理解中国当代艺术的发展。而且也让“中国表现”的这些艺术家能对过往中国当代艺术的发生做一个全面的梳理，也对中国当代艺术未来的发展提出一个可行的方向。也许通过“表现”这样的语汇和形式，中国的艺术家更能走向国际，西方人也更能理解中国当代正在发生什么。

以前很多人会讲我们不应该以西方的美学标准来解读中国当代艺术的发展，我们要建构一个属于中国自己的当代美学标准，不需要西方对我们指指点点，但21世纪艺术的发展已经没有所谓的文化界限了，不跟国际接轨关起门如何对话呢? 西方的概念是欧美，中国虽然作为一个泱泱大国，但在艺术的发展上我们绝不能再将其他国家视为藩邦，我们必须学习兼容并蓄、取长补短，在文化和艺术上我们必须要对话，对话才可以使彼此更加了解和明白。“中国表现”既然提出了，它也许可以指引出一条中国当代艺术未来发展的方向，但是“中国表现”所体现出来的标准是什么？一个理论基础？或仅是一种文化现象？这个我们需要再讨论。什么样的艺术家可以进到“中国表现”里面来？没被涵盖进来的艺术家如何让他们心服口服？没被涵盖进来的理由是什么？谁说了算？它的理论基础是什么？筛选标准是什么？用什么方式能让西方人介入“中国表现”？既然西方人认为“表现”是他们的词汇，那中国表现与西方表现有什么不同？中国传统文化精髓博大精深，西方人不见得懂，那就得思索如何在他们不懂的情况下用他们的语汇让他们尽量了解中国当代在发生什么。

再来就是我们要走出去，用什么方法出去？难道我们用个西方语汇就能让西方人完全理解“中国表现”是什么吗？就能让我们顺利地把中国艺术家带到国际上？所以“中国表现”只是个开端，这是中西一来一往的概念，这个桥梁由“中国表现”来搭建，我仍寄予厚望，但后头要解决和厘清的问题仍然很多。中国表现这条路是非常长的路，如果走得出来需要在座各位艺术家的智慧，这也会给中国整个当代艺术未来的发展提出一个可行的方向。

柒

现代艺术中的“美国制造”

一、跨越大西洋的抽象原念

20世纪初，在美国现代艺术运动的初期，由于本土意识作祟，根本无视欧洲的前卫风潮，即使那些曾在欧洲进修过的美国艺术家，或受到1886年印象派在纽约首展的影响，起而实验印象派笔触和色彩的画家，不是被传统的学院艺术视为激进派，而备受打压，不然就是一味模仿新奇的创作技法，而忽略了欧洲新萌发的现代主义理念。虽然从当时的“灰罐画派”（Ash Can School）[1]身上，已预见美国艺术的现代观点，但从周遭的日常生活中寻找题材，似乎也只是对学院派因袭旧法的一种微弱回应，相较于当时欧洲所盛行的现代艺术运动，如野兽派、立体派和未来主义，不论在理论基础、创作意念或技法上，皆瞠乎其后；就连之后在政治上与美国抗衡的苏联，早在1910年代初期，便已接受了前卫主义的洗礼，而有马列维奇的“绝对主义”和塔特林“构成主义”的出现。

美国对欧洲现代艺术的引介，应始于1908年由摄影家史蒂格里兹所创办的“摄影—分离小画廊”（Little Galleries of Photo-Secession，后称为“291”画廊）中定期举行的现代艺术展，其展出包括罗丹（Auguste Rodin）、鲁索、塞尚、毕加索、马蒂斯和布朗库西（Constantin Brancusi）等人首次在美国展览的作品，甚至还包括与欧洲现代大师一起在国外进修的美国艺术家，如多弗（Arthur Dove）、德穆斯（Charles Demuth）、席勒和哈特利（Marsden Hartley）等人的作品。然对美国迈向现代

① 美国的“灰罐画派”在艺术家罗伯特·亨利(Robert Henri)的领导下，于1907年至1912年的纽约蓬勃发展，代表画家有葛雷肯斯(Eugene Glackens)、陆克斯(George Luks)、埃弗勒特·辛(Everett Shinn)、史隆(John Sloan)和贝罗(George Bellows)。

艺术之路最关键的影响，应是1913年在纽约举行的“军械库展”（Armory Show），展出了当时欧洲前卫运动的代表人物如杜尚和毕卡比亚，以及年轻一辈、观念先进的美国艺术家作品；至此，欧洲的抽象艺术与前卫理念，才正式被引介到美国。虽然“军械库展”对美国现代艺术发展的重要性，曾引发褒贬不一的争论，但此展览促使美国艺术家开始极力思索、寻找属于美国自己的艺术，却是不争的事实。或者也可说是，此展览所释放出的前卫信息与抽象元素，适时提供了美国现代艺术一个可行的方向。

在欧洲的现代主义入主美国之后，在20世纪20年代更兴起一股巴黎风潮。美国的艺术家及知识分子开始迁往巴黎，争相体验及吸收欧洲现代艺术大师的气息，纵身感染风靡当时的立体派风情。就连美国本土，也刮起一阵立体旋风，如归化美国的波兰裔艺术家韦伯（Max Weber）和意大利裔的约瑟夫·斯特拉（Joseph Stella），皆着手探索立体主义与未来主义中的抽象问题；美国艺术家欧姬芙（Georgia O' Keeffe）和多弗，更尝试在具象写实的风格中，寻找他们个人的抽象形式。一场本土论与国际论的拉锯战于是展开，在30年代经济大萧条的十年里，造成了保守的本土艺术家和现代的国际艺术家在路线上的分道扬镳。中西部的艺术家如班顿（Thomas Hart Benton）和伍德（Grant Wood），则选择一味抗顽欧洲和现代的影响，隐身在大地的单纯生活中，然而这种崇尚“区域主义”（Regionalism）的孤立政策，却使得一手创立的“美国风景绘画”（American Scene Painting）[②]，很快地受到来自抽象形式的挑战；以纽约为基地的国际论艺术家，因往访大西洋两岸，且与外国的意识形态和理论接触频繁，而迫使“美国艺术”不得不在欧洲现代主义的巨大身影下重新定位。美国艺术家斯图尔特·戴维斯（Stuart Davis）在一封回给艺评家麦克白（Henry J. McBride）的信中，曾强烈质疑“是否有美国艺术”。他认为没有任何美国艺术家，在绘画上所创出的风格是独一无二，且完全摆脱欧洲的模式。他强调，“由于我们住在这里，在这里画画，最主要的是我们是美国人”。[③]戴维斯所言，虽属个人观点，但也恰好替“美国艺术”的定位下了一

② “美国风景绘画”延续“灰罐画派”对日常生活景象的描绘，是第二次世界大战前，美国反抽象、崇尚自然主义的具体实践，以哈伯(Edward Hopper)、哈特(Thomas Hart)、班顿和伍德为主要代表人物。

③ Stuart Davis, a letter reply to the critic Henry J. McBride, Creative Art, New York, VI, 2, Supp. (February 1930), p. 34.

个折中的定义。

1930年代，虽然来自大西洋彼岸的交流日趋减缓，但纽约此时已俨然发展为一个抽象艺术的中心。1933年，收藏家葛兰亭（A.E. Gallatin）在纽约成立了生活艺术美术馆（Museum of Living Art），举办了一场名为“抽象艺术的演进”（The Evolution of Abstract Art）展览。1936年，纽约现代美术馆更推出“立体主义与抽象艺术”（Cubism and Abstract Art）的展览，展出78件当时在欧洲深具影响力的抽象艺术家的绘画和雕塑作品，并出版了一本极具影响力的画册，对当时美国艺术的发展方向，具有指标性的意义。同年，一群画家以艺评家乔治·莫里斯（George L.K. Morris）为首，联手创立了美国抽象艺术家协会（American Abstract Artists Association），后于1939年，进一步成立非具象绘画美术馆（Museum of Non-Objective Painting），为纽约古根汉美术馆的前身。之后，随着欧陆大战的爆发，许多重要的超现实主义艺术家为逃离战火，相继来到纽约，承续了1913年杜尚在纽约引爆的达达和超现实主义运动，此时来到美国的艺术家包括马松、马塔（Roberto Matta）、汤吉、恩斯特、达利及布勒东，尽罗欧洲超现实主义运动的先驱和灵魂人物。1940年，蒙德里安来到纽约，更扩大了其新造型主义（Neo-Plasticism）和几何风格在美国的后续效应（图7-1），有为数不少的美国艺术家，如葛拉纳（Fritz Glarner，图7-2）、迪勒（Burgoyne Diller，图7-3）和伯洛托斯基（Ilya Bolotowsky）（图7-4），在他们的作品中皆出现来自蒙德里安的直接影响。然而，引起新一代美国画家独特兴

图7-1 蒙德里安 蓝和红的构图 油彩、画布 40.3 cm x 32.1 cm 1929 纽约现代美术馆藏

图7-2 葛拉纳 相关的绘画 #89 油彩、画布 195.6 cm x 118.7 cm 美国内布拉斯加大学Sheldon纪念画廊藏

图7-3 迪勒 第二个主题 油彩、画布 76 cm x 76 cm 1937-1939 纽约Joan T. Washburn画廊藏

图7-4 伯洛托斯基 建筑式的变化 油彩、画布 50.8 cm x 76.2 cm 1949 华盛顿国家美术馆藏

趣的是米罗、马松和马塔的自动式创作过程（automatism），并不是达利作品中的梦幻世界。虽然米罗不曾出现在纽约，他的作品却经由展览广为美国艺术家所熟知。他在画布上所擅长的生物有机造型（图7-5），暗示了写实主义与严谨几何构图之外的自由形式。而马松早在1920年代，便创造出“自动式书写”的绘画语汇，以画面上的狂乱线条来“解放”无意识的图象（图7-6）。而这种来自米罗画中超越几何的自由形式，加上马松自觉式书写笔法下所建构出的内在狂暴本质，辅以康定斯基流畅、波动的色彩，逐一融合成高尔基充满个人情感的抽象作品。如作于1944年的《肝是公鸡的冠》（*The Liver Is The Cock's Comb*，图6-22），其主题无疑受到超现实主义的影响，而画幅中有机生物的形态，清楚可见米罗的影子，至于那充满活力和鲜丽的色彩，更是充满对康定斯基的崇拜；然而画中形态上那股充满动力的相交相合，和它们相吸、相斥的力量，则是出自高尔基本身的创造。因此，有人将这位亚美尼亚裔的美国画家，视为最后一位伟大的超现实主义者，以及第一位抽象表现主义艺术家。

图7-5 米罗 杂耍的舞者 胶彩、油彩、纸 47 cm x 38.1 cm 1940 私人收藏

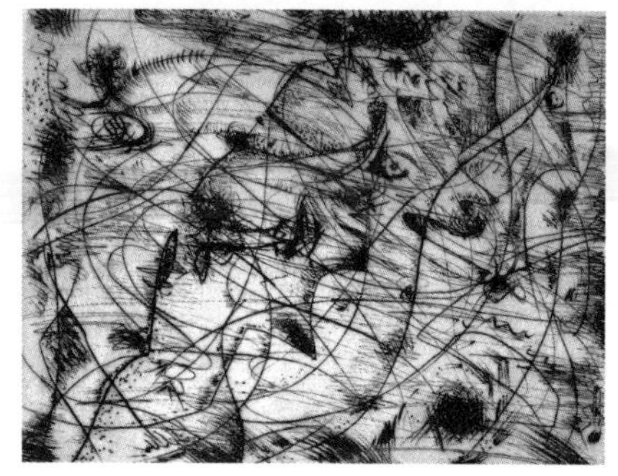

图7-6 马松 狂喜 干点画 30.8 cm x 40.6 cm 1941 纽约现代美术馆藏

除了超现实主义的影响外，尚有两位德国艺术家约瑟夫·阿尔伯斯（Josef Albers）和霍夫曼对1930年以来的美国艺术，产生重大的冲击。阿尔伯斯于1933年包豪斯关闭后移居美国，成为蒙德里安之前美国几何抽象的先驱。1949年，他开始创作《向正方形致敬》（*Homage to the Square*，图7-7）系列，试图掌握几何之内的规律形式，以及色彩间的相互关系，他相信“对色彩的每一种感知都是幻觉……我们很难了解色彩的本质，因为它会因个人不同的感知而有所改变”④。于是他尝试将一个单一色系的方形置于另一个单一色系的方形之内，企图在二度空间的画面上制造三度空间的效果。这些实

④ Anna Moszynska, Abstract Art, London: Thames and Hudson, 1990, p. 147.

验，在1950年代的“色域绘画”中获得重要的回响。而霍夫曼于1930年来到美国后，便致力于以直接意志来作画，他跳过了创作前事先的设想，强调绝对自由的创作过程，如作于1944年的《兴奋》（*Effervescence*，图7-8），便是以即兴的方式在画布上自由地泼洒与滴淋油彩。美国艺评家格林伯格曾说：“霍夫曼将画面的一种新活力带入了美国绘画中。”[5] 而这种即兴自由、“不打草稿”的创作活力，更影响了之后波洛克“滴画技术”（Drip Painting technique）的出现。

二战后的美国，在经历经济大萧条与1941年日本对珍珠港的突袭后，面对新一波的全球主义，很快地意识到军事、经济与政治的相对能量将是主导战后世界新秩序的最大本钱。相较于欧洲因大战的蹂躏而成为焦土与废墟，幸免于战火的美国本土，却趁势重整国力，在短短的几年间，一跃成为世界经济、军事强国，而纽约更取代了昔日的巴黎，成为世界前卫艺术的发展重镇。“抽象表现主义”就在此天时地利的优越环境下，在纽约生根立命，成为首次美国制造，独领世界艺坛风骚的现代艺术潮流。

图7-7　阿尔伯斯　向正方形致敬　油彩、纤维板　38 cm x 38 cm　1954　美国内布拉斯加大学Sheldon 纪念画廊藏

图7-8　霍夫曼　兴奋　油彩、画布 1384 cm x 901 cm　1944　私人收藏

二、形式与色彩的反动

“抽象表现主义”一词，其实在形容康定斯基1910年至1914年的绘画时，就已产生，但一直到了1946年用以诠释美国画家高尔基的作品时，才广为艺术界接受。“抽象表现主义”一词本身存在着许多的疑问与矛盾，它并非如字面上所言是抽象与表现的结合；相反地，它既非抽象，又非表现主义，而是抽象中带点表现，表现上存在着一些抽象。因此，此主义所涵盖的范围便有点广而杂，并非单指某一种特定的艺术风格，从纽曼

⑤ 同注④，p. 148。

的“色域绘画”到德·库宁对人物狂暴的速写，甚至戴维·史密斯（David Smith）的雕塑、亚伦·西斯凯（Aaron SisKind）的摄影，皆可一一列入。由于抽象表现主义运动的核心分子，主要活跃于纽约，因此又有“纽约画派”之称。而诗人兼艺评家罗森伯格在1952年又提出“行动绘画”一词，用以强调抽象表现绘画着重自由创作的过程，而非创作结果，他说道：“行动绘画强调物理性运作的重要性和全然投入的态度，因此促使艺术家捕捉真正自我的过程，并非来自一件作品的完成，而是来自创作行为本身。”⑥ 然而无论何种专有名词，其实皆无法对此派艺术一言以蔽之，尤其是艺术家重个人意志的创作理念，使他们的风格更因人而异。他们反对附和既有的风格和陈腐的技巧，试图以自发性、个别性来挑战传统的美学观念，而这种打破形象和反形式的艺术运动，所发展出的即兴的、动感的、具生命力的、充满自由意志的创作过程，实与欧陆的抽象原念息息相关。

⑥ Harold Rosenberg, “The American Action Painters”, Art News (New York), LI (December 1952), p. 23.

1939年，艺评家格林伯格对抽象表现主义中的形式问题，曾提出他的见解，他指出：“此时的前卫艺术家或诗人，往往将形式窄化，或干脆将形式视为一种全然的‘表现’（expression），以维持他们作品的艺术‘品味’（taste）。因此，‘艺术为艺术’与‘纯诗’（pure poetry）再度出现，作品的主题（subject matter）和内容（content）变得有如瘟疫一般，使创作者避而远之……而内容已完全被融在形式之中。”⑦ 格林伯格这种对形式的看法，其实可以在波洛克1946年后的滴画作品中得到印证。波洛克的滴画舍弃传统的画笔和颜料，改采油漆与刷子来作画，他让沾满油漆的刷子近距离悬在画布上，随着身体的移动使油漆很自主地滴洒在画布上（图7-9）。格林伯格将此技法的实践称为“非常接近画布表面”的完美掌控。他认为，这种通过滴洒颜料且“画笔”不与画面直接接触的创作方法，更能强调画面的“平坦性”，也就是说，让色彩独立于形式之外，以凸显形式在创作“过程”中的重要性；如此不仅颠覆了形式在创作“结果”中

⑦ Francis Frascina, Pollock and After: The Critical Debate, Paul Chapman Publishing Ltd., London, 1985, p. 23.

图7-9 波洛克作画过程（Photo: Hans Namuth, 1950）

的地位，更抛弃了传统绘画中空间透视的原理。然而，艺评家罗森伯格对此却有不同的看法。他反对以“形式”挂帅作为一种维持艺术“品味”的手段，认为此种“品味”所形成的多数认同，将严重威胁评论者的客观良知，有反基本的评论价值。[8]对罗森伯格而言，格林伯格的论点已逾越了艺评家与艺术家（或作品）间所应保持的距离，因为格林伯格涉嫌以艺评家的身份将“形式”定位在风格形成之前；他更反对仅以作品的“形式”来探究一件艺术品或一种艺术风格，而完全忽略对艺术家精神层面与对作品“内在性”（interiority）的探讨。他质疑，如此一来，艺术品与“装饰品”又有何差别？罗森伯格的质疑，确实头头是道，但对格林伯格和抽象表现主义艺术家，其实是贬多于褒。再且，当我们了解到，罗森伯格所提出的论调，也能轻易地用来解释现代艺术的其他风格时，我们不禁要问：他是否忘记了“抽象”之所以能在现代艺坛上站稳革命脚步，主要在于它对传统美学标准的反叛？

⑧ Pam Meecham & Julie Sheldon, Modern Art: A Critical Introduction, New York: Routledge Publishing, p. 156.

而这种“形式”上的反叛，在波洛克20世纪50年代的作品中，更清楚可见，因为此时滴流或泼洒油彩的行动已不仅仅是绘画的过程，更是一种结果。他作于1950年的《紫色的雾》（*Lavender Mist*，图7-10），整幅作品在地板上完成，其巨幅的画面则满布交织的油彩，毫无分隔，而这种没有视觉焦点、悖离传统构图的手法，被称之为“满布绘画”（all-over Painting）。在此阶段，波洛克似乎已了解到，图象已完全不重要，如何在创作过程中掌控油彩，才是作品真正的主题与内容。这种观点，实已推翻了早期抽象的概念，因为它已没有米罗画中有机形态的指涉，没有马塔空间退缩的幻觉，更没有康定斯基预先设计的造型。至此，波洛克创造出了一种前所未有的“画面统一”的绘画风格。为此，艺术史家瑞特克里夫（Carter Ratcliff）曾说

图7-10 波洛克 紫色的雾 油彩、珐琅颜料、画布 221 cm x 299.7 cm 1950 华盛顿国家美术馆藏

道："此种没有章法的秩序，在绘画的实践上几乎不可能存在，但它却出现在美国这个一切皆可能发生的国家里。"[9] 而波洛克的"满布绘画"不但深深地影响了之后的美国艺术家，更对观者提出不同的要求。由于他的作品多为巨大尺幅，无法让人一眼纵览，于是观者在观看作品时，被要求参与其中，以便体会创作者在创作过程中所释放出的巨大能量。波洛克在1950年接受一项电台访谈时，曾建议观者"不要在画中寻找可能的主题，而要被动地去观看，且尝试去接收画作本身所给予的信息"[10]。

⑨ Carter Ratcliff, "Jackson Pollock and American Painting's Whitmanesque Episode", Art in America, February 1994, p. 65.

⑩ "Jackson Pollock interview with William Wright", Art in Theory 1900-1990: An Anthology of Changing Ideas, ed. Charles Harrison & Paul Wood, Blackwell Publishers, 1992, p. 574.

波洛克的绘画与马松的自动式创作法则，其实同出一辙。两者作品的成功与否，取决于画家在创作过程中与画布之间的沟通程度。尤其波洛克偏爱在地板上作大尺幅的创作，根本无法事先打底稿或演练，只能通过对自由意志的掌控与画布作心灵上的沟通。因此，为了构图的完整性，他必须身体与心灵同时真正地"进入画中"，从经验中学习掌控油彩的流动性。由于这种创作需要精确的判断与机敏的身体语言配合，所以波洛克否认他的技法主要靠意外，他强调，他是通过选择（choice）而不是随机，来决定创作的每一个步骤。[11] 波洛克在创作过程中的这种"动势"（gesture），却赢得了罗森伯格的青睐，认为是一种最真实的艺术表现。但他强调这种真实是来自创作中的"行动"（act），而非格林伯格所指的"经验"（experience）。[12]

⑪ 同注④，p. 152。

⑫ 同注⑧，p. 157。

与波洛克同被视为美国新抽象画派领导人之一的荷裔美国画家德·库宁，更喜欢在不同的抽象风格中游移，但他并不把抽象视为唯一的选择，因此在他的抽象绘画中经常包含对形象的响应，如作于1950年的《挖掘》（*Excavation*，图7–11），充满对人体部位（如肩、胸、头等）的指涉。但想要在这不寻常的画面空间中辨识这些形象，并非易事，必须对他之前的具象绘画与素描有所了解。而他画中粗黑且杂乱的轮廓线，造成色区与非色区的重叠与交会，使整个画幅缺乏对空间明

图7–11 德·库宁 挖掘 油彩、画布 206.2 cm x 257.3 cm 1950 芝加哥艺术中心藏

确的界定，不但挑战了立体派的表现形式，更颠覆了几何形式的严谨界线。1950年之后，德·库宁开始从事一系列对女人正面形态的处理，他花了两年在1952年完成了《女人一号》（*Woman I*, 图7-12）的创作，其利落、狂暴的线条、怪异的造型、大胆及粗率的用色，除了延续了之前的形式与色彩，在笔触上更添加了前所未有的炽烈能量，其狂暴挥洒所勾勒出的人物轮廓，似乎只是一种存在，一种界于抽象与具象之间的存在。

图7-12　德·库宁　女人一号　油彩、画布　192.7 cm x 147.3 cm　1950–1952　纽约现代美术馆藏

德·库宁笔下的女人，乍看之下似乎隐约可见毕加索立体派的身影。就像20世纪30、40年代的美国年轻艺术家对毕加索的崇拜，德·库宁借由美术馆的收藏与毕加索的回顾展[13]，仔细品读毕加索的画中世界。在美国抽象表现主义画派后来倾向完全排斥立体派的影响时，德·库宁独排众议，保留了毕加索描写人体及女性的立体风格，成了毕加索在女人主题上的最大继承者。对毕加索而言，一个充满原始野性的女人，最能挑起男性观者的内在情欲，就如作于1907年的《亚维侬姑娘》（图0-6），五位搔首弄姿的风尘女郎，在立体分割的画面中，其撩人的形态虽支离破碎，然这种隐约中的美感，却更摄人魂魄。而德·库宁的女人，虽不见立体派分割画面的手法，但"獠"人的面目却转借自毕加索在画中赋予女性的那股原始与野蛮，有蛇发女妖美杜沙（Medusa）的阴森恐怖和莎乐美（Salome）艳舞下的荡妇风情；艺术史家罗森伯伦（Robert Rosenblum）曾说："现代艺术史上，有不少艺术家模仿毕加索画笔下的女人形态，但唯有德·库宁才能具体展现毕加索笔下的女人风情与所暗示的情欲世界。"[14] 而德·库宁之所以能达此造诣，除了毕加索的前导外，他那独特的狂暴笔触与自由意志下所释放出的动能，才使得他的"女人"能在现代艺术史中傲视群"雌"。

克莱恩是继波洛克之后，另一个以油漆刷子作大尺幅创作

⑬ 当时的纽约以现代美术馆与纽约大学的葛拉亭收藏品（Gallatin Collection），对毕加索的作品收藏最丰；而1939年由Alfred Barr策划的毕加索世纪回顾展，在纽约举行，是大西洋两岸有史以来最大的毕加索作品展。

⑭ Robert Rosenblum, "The Fatal Women of Picasso and de Kooning", On Modern American Art: Selected Essays, Harry N. Abrams, Inc., New York, 1999, p. 87.

图 7-13 波洛克 黑与白第五号 油彩、画布 142 cm x 80 cm 1952 私人收藏

的艺术家，但他在色彩的实践上却局限于黑、灰、白三色。波洛克（图7-13）、德·库宁（图7-14）、葛特列伯（Adolph Gottlieb，图7-15）和莱因哈特（图7-16）等抽象主义艺术家，在20世纪50年代皆曾从事一系列黑与白的绘画，这与艺术家对大战后的国际政治形势、军事竞争所产生的忧虑，不无关系。[15] 而克莱恩于1950年的首次个展，也是以黑与白的绘画来作为主要呈现，其中的《酋长》（*Chief*，图7-17），其形式抽象，然笔触却继承了波洛克与德·库宁的"动势"——在毫不修饰的线条中凝聚力能，而看似"背景"的白色，其实与黑色同样厚实，在黑白交融之处，打破了画幅的空间限制。而马瑟韦尔作于1953年的《西班牙共和国挽歌》（*Elegy to the Spanish Republic*，图7-18），

⑮ 在二战后的几年间，笼罩在武器竞争的阴影下，艺术家面对着海外的冷战，包括柏林危机（1948）与朝鲜战争（1950–1953），及美国境内猖獗的麦卡锡主义。

图 7-14 德·库宁 无题 珐琅颜料、纸 558 cm x 762 cm 1950–1951 华盛顿国家美术馆藏

图 7-15 葛特列伯 黑与黑 油彩、画布 185 cm x 200 cm 1959 私人收藏

图 7-16 莱因哈特 黑色绘画第三十四号 油彩、画布 153 cm x 152.6 cm 1964 华盛顿国家美术馆藏

图 7-17 克莱恩 酋长 油彩、画布 148.3 cm x 186.7 cm 1950 纽约现代美术馆藏

图 7-18 马瑟韦尔 西班牙共和国挽歌 亚克力、铅笔、炭笔、画布 208 cm x 290 cm 1953 纽约古根汉美术馆藏

虽展现相同的黑、白对比效果，然在抽象的形式之外，少了克莱恩那种飞动的笔触，取而代之的却是静谧、深沉的“色区”，也许这样的表现形式才能适当呼应“挽歌”的主题。至此，“动势绘画”似乎已完全超越了来自欧洲的传承，在形式上的反动也逐渐转为对色彩的关注，以罗斯科和纽曼为首的“色域绘画”，便开始专注于颜色的明暗度，探究色彩与线条对立下的表现性和视觉效果。

塞尚曾指出：“色彩最饱满时，形式也就最完整。”[16]色域画家将此奉为圭臬，但替以绝对抽象的形式来呈现色彩的张力。他们认为，即使是最细腻差别的色彩之间，也可产生强烈的对比，因为同一画幅上不同的色域，将在相互制衡下产生间歇性，借以达到最大的空间共鸣。罗斯科作于1951年的《第十二号》（*Number 12*，图7-19），便是一例。画作中的色彩在橘、红的间歇中游移，一种戏剧性与亲密感，出现在具延展性的画面与饱满的色彩上，似乎暗示着油彩实质性之外的某些事物或符号。罗斯科这种因色彩本身的互动而产生的画面张力，不同于斯蒂尔作品中对画面张力的安排。如斯蒂尔的《绘画》（*Painting*，图7-20），由大幅平坦的暗色域所构成，再以泼洒出的鲜丽颜色打破焦滞停顿的画面，制造出一种刹那间的动感，这与罗斯科画面上的静态张力大为不同。在色彩的感知上，罗斯科执着地认为，色彩只是他绘画的手段而非目的，且唯有通过色彩将复杂的思想作单纯的表达，才能建立艺术与人类的新沟通语汇。

⑯ Hans Hofmann, “On Light and Color”, cited in Herschel B. Chipp, Theories of Modern Art: A Source Book by Artists and Critics, University of California Press, 1968, p. 543.

图7-19 罗斯科 第十二号 油彩、画布 145.4 cm x 134.3 cm 1951 私人收藏

图7-20 斯蒂尔 绘画 油彩、画布 237 cm x 192.5 cm 1951 底特律艺术学院藏

罗斯科除了展现对色彩的完美掌控外，在他的作品中更注入了一种宇宙共通的悲剧性格，有如古希腊悲剧或贝多芬命运交响曲中的悲怆，使观者在专注于巨幅画面上的色彩时，超脱周围的环境，进入色彩所赋予的精神空间，探索着另一种与自己心灵沟通的语汇。他的晚期作品如《海语》（*Seagram*，图7-21）壁画系列，尺寸增大且色彩变得沉暗，一种超卓之感与死亡的暗示交织在一起，使观者在观画之时，不自觉地走入自己的悲情世界中而无法自拔。而罗斯科画中的这种悲剧性格，在纽曼的观点里，更被提升到“美”与“崇高”的层次。

图 7-21 罗斯科 海语 油彩、画布 1958 43 cm x 156 cm 美国华盛顿国家美术馆藏

对纽曼而言，美国艺术家最能接近悲剧情感的源泉，因为他们不像欧洲的同侪，必须承受来自古典文化的负担。他认为，即使印象派画家已对文艺复兴以来的传统美学概念，发动了第一次革命，然而他们却被迫在自己的美学价值中作挣扎。相反地，美国艺术家却没有这些包袱，可以明白地否认艺术与美的问题有任何关联。他问道：“如果我们活在一个没有可称之为崇高的传奇或神话的年代，如果拒绝承认在纯粹的关系中有某种崇高，如果我们拒绝活在抽象中，那么我们要如何创造崇高的艺术？”[17]也就是说，美国艺术家拥有另立美学标准的优势，而取道“反美学”之路，才有创造崇高艺术的可能。就在此时，纽曼创作了首件所谓“拉链”式的作品《一体》（*Onement I*，图7-22），一片平坦的单一色面，被一条垂直的线条从中剖开。这与斯蒂尔《绘画》中的

⑰ Barnett Newman, "The Sublime is Now", cited in Herschel B. Chipp, Theories of Modern Art: A Source Book by Artists and Critics, University of California Press, 1968, p. 552.
在纽曼的该篇文章中，他提到印象派受够了自古希腊、古罗马以降的古典文化负担，开始在画面上坚持某种丑陋的笔触，来发起一场破坏既有美学词汇的运动。

那种破坏感恰好相反，因为这条单一的线条统合并掌控了画面可能的混乱。就形式而言，构图被理性化了，画面区域呈现出统一的色彩，而拉链被对称地放置，形成居中的观看位置。这种安排，有如罗斯科画中色彩间由相互制衡而彼此互动。拉链作为一种对立物的统合，不也暗示着一种补偿？它既是破坏画幅的中线，更是一种秩序的代表。

在美国抽象表现主义短短十年的发展中，形式与色彩的反动，主导着不同风格的改变，不仅使美国的艺术进程由传统推向现代，其中，形式可以是无形式、色彩可以是一种巨大能量的观念，更影响了20世纪后半个世纪前卫观念的形成。而这种着眼于自由意志表现下的艺术运动，之所以能在大战后的美国生根立命，与当时冷战时期的政治环境更是息息相关。所谓的时势造英雄，用在美国抽象表现主义的身上，再贴切不过了。

图 7-22 纽曼 一体 油彩、画布 41 cm x 69 cm 1948 私人收藏

三、抽象表现主义在冷战时期的政治语汇

抽象表现主义之所以能在第二次世界大战之后异军突起于世界艺坛，与美国冷战时期的文化政策不无关系。美国在经历20世纪30年代的经济大萧条后，在国内开始出现一股倾慕苏维埃乌托邦社会主义的左翼思潮，加上1950年朝鲜战争爆发，一时国内外风起云涌。为了有效清除左翼势力，麦卡锡主义（McCarthyism）[18]开始泛滥，不仅在政治上掀起波澜，更使得各行各业在这股“白色恐怖”下，人人自危。国家认同在此时有其迫切的必要性，为了因应新的世界秩序以及应对内部逐步成长的经济力量，此时美国的文化政策，除了脱离不了作为另一种政治要求的角色，似乎更需要一种能反映自己国家及新世界的艺术，一种独立于欧洲模式之外的艺术，以作为美国对外的文化商标。而当时执行文化政策的重担，主要落在纽约现代美术馆（MoMA）及美国中情局（CIA）的身上。两者的角色与功能性虽

⑱ 1950年代初期，美国威斯康辛州参议员麦卡锡（Joseph, McCarthy）所发起的反共“十字军运动”，又称为“麦卡锡主义”，但事实上它是美国历史上最可怕的一次白色恐怖大整肃。国务院的外交官、大学校园里的教授、实验室里的科学家、好莱坞的演艺人员，不计其数的人都被卷入这场恐怖的政治风暴中。许多人更因为麦卡锡的莫须有指控被弄得家破人亡。

有不同，但主事者的背景与在位时所主导的文化事务，却多所重叠且目标一致。因此，在整个文化政策的形成动机和执行过程上，便脱离不了预设的政治目的，就如林勒斯（Russell Lynes）在所著《近身侧写纽约现代美术馆》（*Good Old Modern: An Intimate Portrait of the Museum of Modern Art*）一书中所言："在冷战时期，任何由纽约现代美术馆所主导的国际文化计划，终不离政治议题，其目的不外是向美国以外的国家，尤其是欧洲国家，宣示美国在艺术创作上的自由与成就。"[19]

[19] Eva Cockcroft, "Abstract Expressionism, Weapon of the Cold War", Artforum, vol. 15, no. 10, June 1974, p. 40.

冷战时期的MoMA，处处嗅得到一股浓浓的政治硝烟味，这与它的成立背景与人事主导息息相关。1929年，MoMA在约翰·洛克菲勒夫人（Mrs. John D. Rockefeller）的兴资下得以创立，且在往后的三四十年间，洛氏家族的经营理念更不时左右着美术馆的政策与方向，其运作模式俨如洛克菲勒家族庞大资产下的一支。1939年，尼尔森·洛克菲勒（Nelson Rockefeller）开始接掌MoMA，其间（1940–1946）曾外调出任罗斯福总统的美国内部事务办公室主任及主管拉丁美洲事务的国务院助卿等职位。于1946年回任美术馆后，便积极投身文化外交政策的推动，意图将MoMA打造成冷战时期的文化堡垒，且延聘历届卸任的国务卿，接续推动一连串以美国利益为最大考虑的国际文化事务，佐以洛氏家族雄厚的财力为后盾，逐步主导着美国冷战时期的文化政策与方针。

一向中立的美术馆，在此政治非常时期所扮演的角色，确实值得争议，尤其在对展出的艺术家与其作品的选择标准上，往往少不了政治背景的考虑。而抽象表现主义的作品之所以能脱颖而出，除了它创作中的自由元素可为美国自由精神的代表外，更有其意识形态上的考虑。如依此推论，现在为我们所熟知的抽象表现主义画家，可能只不过是符合当时政治标准的时代宠儿，对于那些在20世纪30年代崭露头角的抽象画家，却不知有多少人在此政治洪流中被牺牲掉，而沦为艺术史上的孤魂野鬼。然而更讽刺的是，一向标榜以"自由"对抗"铁幕"的美国，却任凭麦卡锡主义恣意横行，强力打压在政治上有"不良记录"的艺术家，就连美国用作宣传的抽象表现主义艺术家，也有多人名列黑名单，让美国在民主之路上的努力徒留笑柄。因此，在1930年代后期，抽象艺术的政治性格之所以逐渐鲜明，可以说部分是因为美术馆政治立场的介入，加上艺评家格林伯格与罗森伯格对现代艺术理念的宣扬。罗森伯格曾说："以前致力于描绘我们'社会'的艺术家，有许多是马克思主义的信徒，这与另一群执着于描绘'艺术'的艺术家，其实做的是同样一件事情。只是当关键的那一刻来临时，画笔下所呈现的便被赋予不同的注释……抽象表现主义画家'为画而画'的欲望，正好符合了此时政治、美学与道德的价值观。"[20] 也就是这种"为画而画"的欲望，把抽象艺术家与社会写实主义者分了开来。作为马克思主义追随者的罗森伯格，在此时都得见风转舵，不管是真为抽象表现主义执言，还是向当时的政治权势靠拢，"为画而画"的观点却脱离不了它的社会性与政治意涵。

法国哲学家萨特（Jean-Paul Sartre）和西蒙娜·德·波伏娃的存在主义，对美国抽象表现主义绘画也造成不小的影响。存在主义哲学论者相信人生的意义是在荒谬的现实中作理性的选择。也就是说，即使"存在"是一种荒谬，但它却是我们无法改变的事实，唯有忠于自己的选择，才是存在的本质。抽象表现主义画家所选择的自由意志，便是忠于自己的表现。而这种与现实世界对比下的存在价值，确实替抽象表现主义的政治操作提供了一个合理的解释。更重要的是，这种对自由意志的选择，更是"前卫"对抗"传统"、"民主"对抗"极权"的最佳范例。当艺术作为一种政治手段时，它的本质就必须符合政治要求，以免造成以子之矛攻子之盾的窘境。因此，当美国的抽象表现艺术开始往国外输出时，对这些代表国家文化认同的艺术作品，便不得不严加审核。而抽象表现主义在体质上虽有欧洲现代主义的血统，但它却是在美国"民主"奶水的孕育下发展和茁壮，因此在外在形式上，有其政治层面的存在价值，而其内在又忠于自己意志的选择，两相依存所发展的艺术"正义"与"正统"，实不啻为冷战时期的最佳统战利器。

[20] Harold Rosenberg, "The American Action Painters", cited in Herschel B. Chipp, Theories of Modern Art: A Source Book by Artists and Critics, University of California Press, 1968, p. 570.

四、抽象表现主义的历史定位及其影响

究其本质，“抽象表现主义”也不过是现代艺术史中的一个名词而已，在此之后的艺术家或艺术团体都不曾以抽象表现主义作为他们宣示风格的旗帜。因为他们了解到，抽象表现主义中各种不同的表现形式，是一种个别风格的拼凑，使它不像是个有组织的艺术运动，甚至有人质疑它只是个以纽约为基地的地方性画派，无怪乎有人将之称为“纽约画派”。再且，被纳入此画派的艺术家，也不见得有任何人以此主义为名，在当时提出类似达达般的宣言（manifesto），反倒是由艺评家来扮演统合及推手的角色。试想，假如没有格林伯格对波洛克的推崇，没有罗森伯格对“行动绘画”一词的拍板定案，波洛克这种反传统画架、画笔的创作技巧，将无法在欧洲现代大师集结于纽约的年代掀起任何波澜，也将无法具体地向世人解释这个号称“美国制造”的美学运动何足以为傲。因为事实证明，杜尚的现成品、达达的荒谬与超现实主义的幻境，在形式与风格的实验上，超越了抽象表现主义在色彩与形式上的反动所能突破的界限。更讽刺的是，抽象表现主义所标榜的反动势力，却多建立在欧洲现代主义的基础上，就连自己风格形成之时，仍摆脱不了来自欧洲大师的阴影，如此还硬冠上“美国制造”之名，便显得有点大言不惭了。唯一不可否认的是，此派的领导艺术家，确实是地地道道“由美国制造”的美国人。而这里所谓的“由美国制造”，指的是政治力操作下的艺术活动。当抽象表现主义作为一种国家认同或文化宣传的角色时，“由美国制造”便成了一种意识形态上必要的考虑，就像是选模范生一样，要选出最具代表性、品行最优、血统最纯正的人选，而这人选当非“由美国制造”不可，这也解释了为何唯独此派艺术不见同期欧洲大师的身影。即使是与此派艺术相关的艺评，也不见同期欧洲艺评家的只言片语。是战后欧洲的艺术环境变化，丧失了它先前的优势？还是战后在政经上一跃而起的美国，掌控了所有的艺术资源？或者是抽象表现主义确实有它存在的理由与价值？对于这些问题，实在很难找到单向的回答，但事

实也许就在问题当中。

没有人否认，抽象表现主义所造成的影响力。但当我们试图厘清抽象表现主义与“美国制造”的关系时，所应着眼的事实已不是图象的意义或技法的运用，而是彼此间互为依存的张力程度。我们很难断论哪一个艺术家，或哪一件特定作品，在哪一段时期主导着“美国制造”或受“美国制造”的支配，但他们同时存在却是个不争的事实，而唯一可能的辩证关系，应是意识形态上的问题。在艺评由美国艺评家主导的情形下，我们确实很难知道美国之外，尤其是欧洲对此议题的反应，如硬冠以剽窃之名，又何以证明剽窃之实？殊不知，艺术无国界，继承或反叛只在一念之间。在20世纪的现代艺术进程中，风格可以再创造，然形式却不可能独立于前所未有之外。因此，抽象表现主义的历史定位，并不在于是否真为“美国制造”，而在于它的历史使命。也就是说，它在形式、色彩、技法、构图或其他方面所掀起的革命，其反动力量必须足以影响下一场革命的发生。然而，这种影响力，应是被动而非主动，因为当时的艺术家在酝酿自己风格的过程中，根本无法也无心预测或主导在自己之后的艺术风格。抽象表现主义画家在继承与反叛间所凝聚的反动能量，以及自主于画布上及画布外的全然投入，其实已为发源于欧洲的现代主义作了一个“美国式”的宣示。

美国抽象表现主义在形式与色彩上的探索，对20世纪50年代之后下一波艺术风格的形成（如波普艺术），其影响并不显著，反倒是当时几位非主流艺术家，放弃原先的风格转而皈依抽象表现主义。其中有汤林（Bradley Walker Tomlin）早期带点抒情的表现性笔触，但也就是这种抒情、诗意的成分，让他一直无法跃登抽象表现主义的大雅之堂。汤林40年代后期作品中的表现形式（图7-23），其实也是一种“自主”下的随笔，有马松“自动式书写”的痕迹，更接近葛特列伯的“绘画文字”（pictograph，图7-24）。古斯顿是汤林的好友，在50年代初期曾醉心于一种抽象形式的印象主义，但于60年代后期，却又回到表现性强烈的具象画中（图7-25）。而波洛克之妻克拉斯纳（Lee Krasner）与

图 7–23　汤林 第五号 油彩、画布 177.5 cm x 96.2 cm 1949 私人收藏

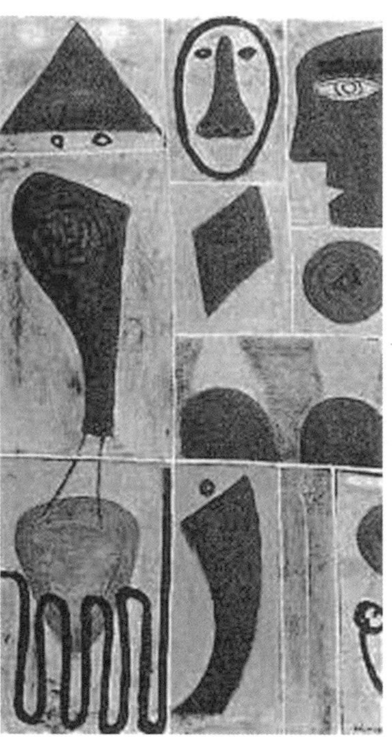

图 7–24　葛特列伯 航海者之归来 油彩、画布 96.2 cm x 75.9 cm 1946 纽约现代美术馆藏

图 7–25　古斯顿 画室 油彩、画布 122 cm x 107 cm 1969 纽约 McKee 画廊藏

斯塔莫斯（Theodore Stamos）皆是40年代初期抽象表现主义的入室弟子，但斯塔莫斯的风格，仍带有超现实主义的强烈色彩，如*Mistra*（图7-26），抽象中存在着梦幻。而50年代后，他的作品主题更与古希腊神话紧密结合，把超现实以表现性的手法融合在古典的神话故事中。而克拉斯纳绘画上的风格，更受到波洛克的影响，就连晚期的作品都保有亡夫40年代的风格。[21] 如作于1964年的《伊卡洛斯》（*Icarus*，图7-27）和波洛克1946年的《闪烁的物质》（*Shimmering Substance*，图7-28），皆以短而如刺的笔触，通过重复地着色，来制造漩涡般的韵律。克拉斯纳画中的这种“动势”，很明显地得自波洛克的风格，而在相隔20年之后，又重现此风格，除了是一种对亡夫的悼念之情，画中杂乱的构图，更侧写了面对死亡时的心灵悸动。70年代之后，克拉斯纳更扩大了抽象表现主义原有的形式，进一步

图7-26 斯塔莫斯 *Mistra* 油彩、纤维板
76.2 cm x 70 cm 1949 私人收藏

㉑ 波洛克在1956年的一场车祸中丧生，享年44岁。

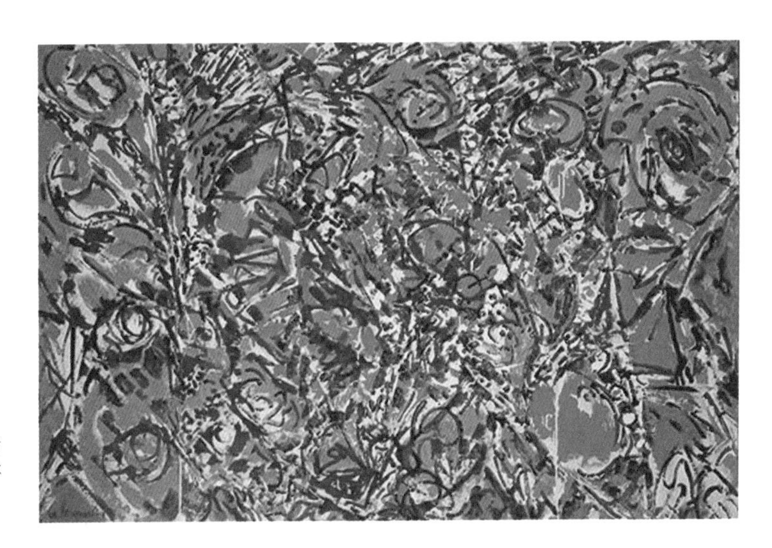

图7-27 克拉斯纳 伊卡洛斯
油彩、画布 116.8 cm x 175.3 cm
1964 私人收藏

结合了她早期的画风和立体派的拼贴手法，作于1976年的《不完美的暗示》（*Imperfect Indicative*，图7-29），便是一个融合过去、现在，暗示未来的范例。为此，她说道："我不轻易妥协于任何形式……我只能让我的作品在摇摆不定中寻找它的未来，而回到过去可能是一个不错的选择……对我而言，改变才是唯一的永恒。"[22]克拉斯纳所言，被视为抽象表现主义走入穷途末路的一种预警，在她之后，也许该是替抽象表现主义画上句号的时候了。

㉒ Stephen Polcari, Abstract Expressionism and the Modern Experience, Cambridge University Press, 1991, p. 336.

图 7-28　波洛克 闪烁的物质
油彩、画布 77 cm x 63 cm
1946 私人收藏

图 7-29　克拉斯纳 不完美的暗示
炭笔、纸、麻布，拼贴 198 cm x 182.8 cm
1976 私人收藏

捌

现代艺术中的“大众文化”

一、以“流行”作为艺术命题的源起

“流行”（popular）不外是一种大众共同认知下的偏好，一种“次级文化”的凸显与再制造，其所涉及的一切现象，不但与日常生活息息相关，而且是最直截了当的生活呈现。它并无特定的要求，无艰涩难懂的语汇，更无复杂的社会功能。因此，“流行”虽非主流，却因时制宜，蔚为风尚，举凡流行音乐、通俗文学、服装，甚至e世代的自创语汇，都可能架构出另一波的时代风潮。但“流行”在理论基础上，却有着鲜明的地域区隔，居处不同地域的人，由于背负着不同的族群结构与文化色彩，在“流行”的认知上，便产生不同的记忆符号与解读机制，引导出迥然不同的“流行”趋势。但由于“流行”的外放性格，加上信息的快速传导与全球性的市场营销策略，“流行”的信息跳跃了自省的阶段与地域的框围，参与了更多元的文化互动，不但带动了商机，更制造了另一波因“流行”而起的“附属文化”。如流行乐，迈克尔·杰克逊（Michael Jackson）与麦当娜（Madonna）的个人魅力和所带动的流行曲风，甚至MTV中的舞蹈动作，不但宴飨美国当地的乐迷，更令世界乐迷所痴狂而大加模仿；哈利·波特（Harry Potter）的历险世界，并不为英国读者所独享，它广纳了全球青少年读者的共同参与；Gucci的服饰、手表，以至于皮包款式，引领着一股全球性的女饰流行风潮，更暗示了高质品味的抬头；就连互联网的新沟通语汇，不但缩短了人际间的距离，更造就了e世代的来临。而这种以“大众文化”为基础的流行风，运用在艺术的表现上，便形成所谓的“大众艺术”。“大众艺术”并非是制造流行的一种艺术，而是撷取流行元素的一种艺术风格，也就是将“现成”的流行元素作为创作题材的一种艺术再造，一战后的“达达”与“现成品”和二战后的“波普艺术”，便是以此种“大众文化”为取材标准的艺术活动。

西方艺术的发展，自文艺复兴以降，便不时受到传统学院派的影响，所描绘的主题不外是神话、寓言或圣经中的题材，即使是静物或人物肖像，也极为讲究光影和色彩的对比公式。对日常生活景物的描绘，除了17世纪于荷兰盛极一时的风俗画（genre painting）外，并无太多着墨，直到19世纪中叶，以库尔贝为首的写实主义兴起，对中、下阶层劳动者的日常描绘，才渐趋抬头，但作品中不时透露出的人文关怀，却仍夹杂着一股浓浓的古典余风。而之后的印象派画家，其作品主题虽与日常生活多所关联，但多半强调捕捉瞬间光影的自然写生或人物特写，与所谓的以“大众文化”为取材标准的艺术创作，尚有一段距离。换句话说，“写实主义”和“印象派”艺术家对现实生活的描写，只不过是一种日常生活的间接取样，并不能完全实践以“现成”的流行元素作为创作题材的一种艺术“再制”，这种情形持续编织着19世纪后半个世纪的艺术史。直到20世纪初“立体派”“拼贴”艺术的出现，以日常生活物品或与商品广告结合，作为创作主题的例子，才逐步成型。如毕加索作于1913年的《优良商场》（*Au Bon Marché*，图8-1），便是一件直接以女性内衣的商场广告为主题，辅以日常剪报的拼贴作品，而其中的“广告”与“剪报”，不也就是日常生活中最直接的“大众”材料？虽说此件作品的表现手法新颖且大胆，然主题却无新意，但在刚刚脱离学院派掌控的年代，此一撷取“大众”元素的表现手法，除了呼应波

图8-1 毕加索 优良商场 油彩、贴纸于纸板 23.5 cm x 31 cm 1913 私人收藏

图8-2 毕加索 静物与松饼 铅笔素描 20.1 cm x 48.2 cm 1914 私人收藏

德莱尔的“现代性”观点外，更开启了写实主义以降，另一波“艺术”与“生活”的结合。而作于次年的《静物与松饼》（*Plate with Wafers*，图8–2），毕加索更以颠覆性的手法，将日常生活的食品直接入画，取代了传统静物画以水果、花束或人物上半身雕像为主的布局。立体派之后，杜尚的“现成品”如《在断臂之前》（图5–3）、《喷泉》（图0–12）及战后的“达达主义”运动，更是直接承续了这股“大众文化”的风潮，将日常器物通过符号的重组，再现新意。战后，德国汉诺威达达主义的创始人修维达士（Kurt Schwitters），所创作的一系列“Merz”① 相关的作品（图8–3、图8–4），更清楚可见以日常题材作为拼贴艺术的手法。其后，1947年，修维达士更将连环漫画运用在《给卡德》（*For Käte*，图8–5）的拼贴作品中，此举无异预告了十年后“波普艺术”的到来。

① “Merz”是随意从报纸上取来的单词，和“达达”一词一样无意义，只是用来标示其艺术特质的一种象征性用语。

图8–3 修维达士 樱桃图片 拼贴 191.8 cm x 70.5 cm 1921 纽约现代美术馆藏

图8–4 修维达士 Merz231. Miss Blanche 拼贴 15.9 cm x 12.7 cm 1923 私人收藏

图8–5 修维达士 给卡德 拼贴 9.8 cm x 13 cm 1947 私人收藏

波普艺术的出现，在之前的半个世纪里，其实早已埋下了伏笔，除了上述立体派的“拼贴”艺术、“现成品”和“达达”运动以外，就连“超现实主义”的翘楚基里科，在他早期的创作中，也出现以“toto”牌子的图片搭配饼干或火柴盒的作品。而另一位超现实主义画家马格里特，更索性把“烟斗”作为整件作品的独立主题（图8–6）。事实上，波普艺术是十分混杂的，就如艺评家露西·李帕德在谈

图8–6 马格里特 图像的背叛 油彩、画布 60 cm x 81 cm 1929 洛杉矶郡立美术馆藏

到波普艺术的发生时说："波普的起源，事实上和欧洲的各种艺术流派并没有直接的关联，它是一种由巨大的、无聊的、缺乏思辨能力的陈腔滥调所产生的艺术现象。"[②] 而这个所谓的"巨大的、无聊的、缺乏思辨能力的陈腔滥调"，也就是波普极力强调的：艺术要面对人们所看、所知的生活环境，以大家所熟悉的形象表现出来。至于波普的起源，如果说和欧洲的各种艺术流派没有直接的关联，那只是就当时战后的艺术环境而言，认为波普是为逃避都市的文明而生，是反机械、是非人性消费文化的反扑。但在反叛的同时，往往却是另一种形式的继承。很明显地，波普艺术仍无法免俗地受到之前艺术流派的影响，因为这是现代艺术进程中的不变定律，"无中生有"或"完全独立"，并不适存于20世纪纷扰且互动频繁的艺术环境。然波普艺术在继承前者的过程当中，虽撷取了许多与波普的"大众化"要求不谋而合的"原型"作品，但作品背后所蕴藏的底层意识与美学形式，却有明显的"内敛"与"外放"之分。而这种现象，在二战后，随着商品的引介与消费主义的高涨，更使波普艺术的创作与商品、广告作了密切的结合，一路由英国延烧至美国纽约、洛杉矶，在现代艺术中形成一股独特的"流行"风潮

② Lucy R. Lippard, Pop Art, Thames and Hudson Ltd. London, 1970, p. ii.

二、拼织"波普"的大众彩衣

"波普"（Pop）由"流行"一词的缩写而来，泛指二战后的"流行文化"。虽然"波普"一词与艺术的相关定义，最早出现在英国艺评家劳伦斯·欧罗威于1958年2月发表在《建筑设计》（*Architectural Design*）杂志一篇题为《艺术与大众媒体》的文章中，但"波普"与"流行"结合的概念，从20世纪40年代后期便开始在英国发轫，其间经过50年代的摸索期，在60年代风靡美国，不时跃上《时代》（*Time*）、《生活》（*Life*）及《新闻周刊》（*Newsweek*）等重要杂志的封面，可说是在英国"制造"，在美国"发展"的一种与"大众"元素密切结合的"流行文化"。而第一件被视为波普艺术的作品，首推英国艺术家理查德·汉密尔顿（Richard Hamilton）作于1956年的拼贴——《是什么使今日的家庭变得如

图8-7　汉密尔顿　是什么使今日的家庭变得如此不同，如此地有魅力？　拼贴　311 cm x 293.4 cm　1956　私人收藏

此不同，如此地有魅力？》(*Just What Is It That Makes Today's Home So Different, So Appealing?* 图8-7)。汉密尔顿是杜尚的学生，因此作品中不失“现成品”及“达达”的“荒谬”与“诙谐”本色。如上述作品，在以月球表面的照片作天花板的狭小房间内，电视机、录音机、家具充塞其间，墙壁上新旧对峙的现代海报与传统肖像，加上坐在沙发上姿势夸张的裸女，与手执印有“POP”字样巨型棒棒糖的健美先生，所有的一切看似对称又极不协调，蕴藏着一股百参不透的玄思，加上那冗长而略带讽刺意味的作品名称，不禁让观者嗅到一股“达达”复活的味道。③汉密尔顿在来年曾提出对波普艺术的看法：“艺术应该是一种为大众所欢迎的作品，富有年轻的气息，充满性感和花招，具有普遍性，价格低廉又迷人，是属于一种可以量产的大众文化企业。”④如此说来，观者在面对波普作品时的苦思，其实是一种庸人自扰的行为，因为波普艺术只不过是艺术家对大众文化的一种正面、直接且积极的响应，并不存在过于深奥或深具哲思的精神内涵。

对于“波普”一词的出现，有人怀疑可能取自汉密尔顿上述作品中印有“POP”字样的棒棒糖，其实在汉密尔顿这件作品问世之前，英国艺术家爱德华多·包洛奇(Eduardo Paolozzi)早在1947年在《我曾是有钱人的玩物》(*I was a Rich Man's Plaything*，图8-8)的拼贴作品中，把“POP”一词作为描绘枪声的符号。这说

③ 波普艺术在创立之初，有人将之称为“新达达”“新写实”或“大众写实”。

④ “Pop Art”, The Prestel Dictionary of Art and Artists in the 20th Century, Presel Verlag, 2000, p. 261.

图 8-8 爱德华多·包洛奇 我曾是有钱人的玩物 拼贴 1947 私人收藏

明了"波普"在艺术创作中的运用与出现，实可溯源于更早，而汉密尔顿的作品与欧罗威的"波普"论述，只不过是"波普"在艺术上的具体实践和一种自我定位而已。因此，英国波普艺术真正的初步行动，理应从1940年代开始。当时，二战方歇，美国商品开始打入英国市场，刺激了英国低迷已久的艺术环境，促使艺术家开始挑战传统的创作媒材，开始在作品中纳入来自"拼贴""现成品"或"达达"的创作概念，大量结合大众传播媒体，衍生出如包洛奇作品中的"波普"雏形，就连表现主义画家弗朗西斯·培根（Francis Bacon）也开始在一系列尖叫的头像作品中（图8-9）大量采用照片与电影片段（图8-10）。这种对大众传播媒体素材的引用方式，着实影响了之后的英国波普艺术家，虽然培根本身并不是波普艺术家，但其对摄影资料的引用与转化，却是波普艺术往后发展的重要因素。

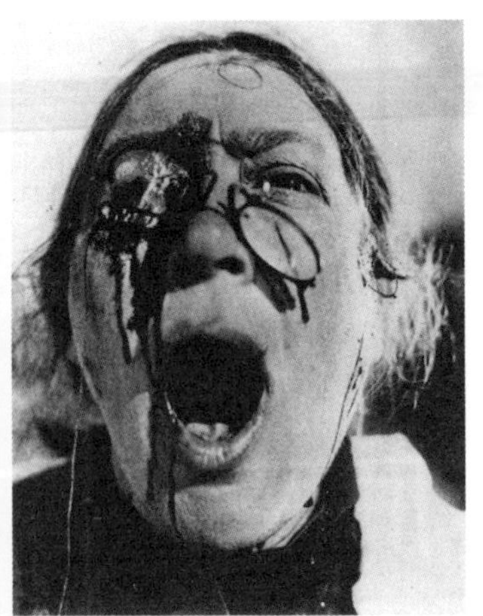

图 8-9 弗朗西斯·培根 头VI 油彩、画布 93 cm x 77 cm 1949 英国艺术评议会藏

图 8-10 《波坦金战舰》定格剧照，1925

1953年，在伦敦当代艺术中心（The Institute of Contemporary Art）一场名为"生活与艺术同步"（Parallel of Life and Art）的展览中，便出现大量引用照片数据的作品，如具压缩效果的照片、人类学资料、X光片及高速照片等。这些与摄影结合的作品爆炸似的悬挂在画廊的墙壁上，自天花板而降，像

帘幕一样紧紧地围住观众，其中所释放出的艺术与媒体结合的信息，自不待言。此次展览的策展人——艺术家包洛奇、摄影家奈杰·汉德生（Nigel Henderson）及建筑师艾里森（Alison）和彼得·史密森（Peter Smithson）兄弟，都成了后来探究英国波普文化的相关人物。而当时的伦敦当代艺术中心，便成了这群年轻艺术家的集会地及展览场，更是后来第一支波普团体——“独立艺术群”（Independent Group）在1952年成立的据点。欧罗威曾忆述1954年由自己所召集的集会，说道：“我发现我们都有一种共同的本土性文化，这种文化超越任何一种我们所有人可能具有的美术、建筑、设计或艺评上的特别兴趣或技巧。这种文化所探触的领域是一种量产的‘大众文化’，如电影、广告、科幻小说、流行音乐等等。……通过一连串的讨论，我们发现高知识分子并不排斥商业文化，反而尽情地‘消费’这种商业文化。”[5]至此，“波普文化”（Pop Culture）不再逃避“流行”，不再是一种轻浮的娱乐，而成为一门严肃的艺术。有了此项共同认知，再加上1958年欧罗威发表在杂志上有关艺术与媒体的论述，使波普更具体地朝向艺术与大众媒体结合的方向发展，尤其是1961年由一群伦敦皇家艺术学院（Royal College of Art）的学生所举办的“当代青年艺展”（Young Contemporary Exhibition），不但实践了欧罗威对波普的论调，更迫使英国民众在巨大的冲击之下，从面对到接受此一新型的艺术形式。包括戴维·哈克尼（David Hockney）、艾伦·琼斯（Allen Jones）、德瑞克·波希尔（Derek Boshier）、彼得·菲利普斯（Peter Phillips）、基塔伊（R.B. Kitaj）和后来加入该展览的帕特里克·考菲德（Patrick Caulfield）与彼得·布雷克（Peter Blake）在内的艺术家，打着“皇家学院风格”（Royal College Style）的旗帜，引导英国正式走入一个完全属于“大众”的艺术创作领域。而1962年11月，在大西洋彼端的纽约，一群美国艺术家在席德尼·杰尼斯（Sidney Janis）画廊举办“新写实主义艺术家”（The New Realists）展览，适时地揭开了波普艺术在纽约的序幕，更使波普艺术的发展形成纽约与伦敦两地隔海同步较劲的局面。

⑤ Lawrence Alloway, “The Development of Pop Art in England”, Art Journal, spring, 1977.

美国波普艺术的发展，可说是从抽象表现主义慢慢地蜕变而来，与英国波普最初的反传统美学、反抽象表现主义有自身历史背景与艺术史定位上的不同。尤其美国是大众文化、都会文明的大本营，在条件上应比英国更能寻觅到波普的真正内涵，但美国的波普之路不但比英国起步晚，在最初的五年更是走得坎坷。20世纪四五十年代的美国艺术，仍沉浸在抽象表现主义及行动绘画的激情中，因此在过渡到波普艺术的过程中，便不时嗅得到前者的余味，如赖利·里弗斯（Larry Rivers）作于1956年的《欧洲第二》（*Europe II*，图8-11），画中强而有力的笔触和狂暴的表现形式，不禁让人联想到荷兰裔美国抽象表现主义画家德·库宁的绘画语言。至于此画的构图，即使观者在缺乏信息的情形下，也不难看出这是一张由家庭照片（图8-12）“翻制”而来的油

图 8-11 赖利·里弗斯 欧洲第二 油彩、画布 137.1 cm x 121.9 cm 1956 私人收藏

图 8-12 赖利·里弗斯的波兰家人照片 1928

画作品。此种创作方式虽与拼贴艺术的直接取样有所不同，但不也呼应了培根对摄影资料的引用与转化？其实在美国艺术史中，这种从生活中取材的例子，之前在美国艺术家墨菲（Gerald Murphy）、戴维斯及“灰罐画派”艺术家哈伯20世纪二三十年代的油画作品中（图8-13、图8-14、图8-15）早已出现过，而里弗斯这种意在重现过去生活片段与记忆的表现手法，不外是一种对先前作品的呼应与继承，更替波普在美国的发展奠下根基。之后，加上罗伯特·劳森伯格（Robert Rauschenberg）及琼斯在纽约艺坛的努力，才使波普艺术在美国逐步被接受，取代了原有的抽象表

现主义，开发出包容性比英国波普更为宽广的波普热潮。

图8–13　墨菲 剃刀 油彩、画布 81.3 cm x 91.4 cm 1922 美国达拉斯美术馆藏

图8–14　戴维斯 Odol 油彩、画板 61 cm x 45.7 cm 1924 私人收藏

图8–15　哈伯 星期天的清晨 油彩、画布 88.9 cm x 152.4 cm 1930 纽约惠特尼美术馆藏

琼斯可说是倡导美国波普艺术最有力的艺术家，他从1954年开始，以美国国旗、靶、数字、文字及地图等为题材，制作了一系列绘画与实物合一的作品。本来绘画乃是三度空间的幻想，杜尚是第一个使用实物进行艺术创作的艺术家，目的在于反艺术、仇恶现代文明，但琼斯的作品，既是绘画，也是实物，他成功地把原本对立的幻象和实物合为一体。在一次访谈中，他强调：“我的观念总是存在绘画中，因为观念的传达是通过看的方式来进行，我实在想不出有任何方法可以避开此种方式，而且我也不认为杜尚可以做得到……”[⑥] 其著名的《靶与石膏雕像》（*Target with Plaster Casts*，图8–16），在红底靶上放置了人五官、手足的石膏细部浮雕，开启了绘画就是实物，既可观看又可触摸的现代艺术新思潮。琼斯的另一件作品《旗子》（*Flag*，图8–17），观者第一眼便看出这是一幅美国国旗，但进一步思索后，观者不禁要问：在这平凡无奇的旗子背后，画家到底有何意图？就是因为

⑥ Walt Hoppers, “An Interview with Jasper Johns”, Art Forum, March 1965, p. 35.

图8–16　琼斯 靶与石膏雕像 蜂蜡、拼贴于画布、石膏雕像 130 cm x 111.8 cm x 8.9 cm 1955 私人收藏

图8–17　琼斯 旗子 油彩、拼贴、画布、夹板 107.3 cm x 153.8 cm 1955 纽约现代美术馆藏

观者的这层反思，旗子便衍生出了许多可能的意涵。而这种交互式思考的创作，也许可回溯到“现成品”或“达达”的创作概念，因为两者都使用了最易于让人接受的现成物品或简单意象（如杜尚在《在断臂之前》中的铲子与琼斯的美国国旗）。[7]但面对波普的作品，观者的这层反思，似乎是多此一举了，因为琼斯作品的切入点是一种直接且单一信息的释放（如一目了然的作品名称），并不像杜尚作品中所堆砌出的符号，沉重且难以咀嚼。为此异同，艺术史家露西·李帕德曾就杜尚与琼斯的作品提出她的观点：“杜尚把‘现成物品’作为一种艺术创作，而现在琼斯则走得更远，把‘实物’放入绘画中，挑战主流的‘拼贴’传统，缝合了生活和艺术间的隔阂。”[8]换句话说，达达的反艺术与无厘头，在之后波普艺术的撷取过程中，早已去芜存菁，所剩下的只是来自日常生活元素的直接取样而已。

⑦ 1958年，琼斯在纽约卡斯泰利(Castelli)艺廊举办个展，此时“新达达”(Neo-Dada)的名称应运而生。

⑧ Lucy R. Lippard, Pop Art in New York, Thames and Hudson Ltd. London, 1970, p. 43.

琼斯在完成《旗子》的当年，遇见了劳森伯格，之后两人一起在纽约的Pearl街赁屋和创作，因此，两人的创作风格难免互为影响，同样是走绘画与实物结合的路线。然而，在表现形式上，劳森伯格的作品却更大胆地加入抽象表现主义、具象绘画及照片的混成，在1955年至1959年间创造出了著名的“集合绘画”（*Combine Painting*，图8-18、图8-19）。之后，又开发出了综合写实性三度空间物体和抽象表现的综合体。琼斯曾受此影响，在1960年代初期创作出“加彩铜雕”（Painted Bronze）系列作品（图8-20、图8-21）。但后来琼斯还是选择离开了他的好伙伴，以远离劳森伯格的影响。1966年，劳森伯格设立了“艺术与科技实验室”（Experiments in Art and Technology），尝试艺术与现代科技结合的任何可能性，开始以绢印、照片拓印及多重复制等技巧来从事创作（图8-22），对日后美国波

图8-18 劳森伯格 床 集合绘画 191.1 cm x 80 cm x 41.9 cm 1955 纽约现代美术馆藏

图8-19 劳森伯格 黑市 集合绘画 124.5 cm x 149.9 cm 1961 科隆路德维希美术馆藏

普大师安迪·沃霍尔的创作，影响甚巨。

美国的波普运动进入1960年代，便开始出现不同的面貌。1962年，又爆发反抽象表现主义的浪潮，但这种反抽象表现主义的观点，通常是被艺评家热心地夸张，或是过度简化地说成是波普艺术家的意见。而实际上，这些反对声浪大部分却是基于对抽象表现主义运动的一种倾慕和尊敬，因为他们认为抽象表现主义运动已达巅峰，无法再创佳绩。[⑨] 虽然如此，“抽象”仍是当时的美学标准。因此，当老一辈的抽象表现主义画家逐渐隐退之时，波普便顺势而起，就连盛行当时的纽约画派，也强烈感受到波普的主题。1962年至1964年间，是美国波普艺术的全盛期，其间名家辈出，在表现形式上很少再现先前拼贴艺术的技法。加上受到琼斯与劳森伯格作品中实物与绘画结合的影响，发展出一种新的“日常写实重现”形式，通过传统媒材或混合媒材，甚至照片、绢印或装置，来表现完全属于美国日常生活所见、所用及所需的大众主题。如奥丁堡的《糕饼橱柜》（*Pastry Case I*，图8-23）、卫塞尔曼（Tom Wesselmann）的《静物 #24》（*Still Life #24*，图8-24）、席伯德（Wayne Thiebaud）的《五根热狗》（*Five Hot Dogs*，图8-25）、利希滕斯坦的漫画作品《订婚戒指》（*Engagement Ring*，图8-26）、安迪·沃霍尔的《康培浓汤罐头》（图0-15）、罗森奎斯特（James Rosenquist）的油画《线痕深深地刻入她的脸庞》（*The Lines were Etched Deeply on the Map of her Face*，图8-27）及以文字、数字与符号为表现主题的波普艺术家——罗伯特·印第安纳（Robert Indiana）的“符号绘画”（Sign Painting）——*The Demuth American Dream #5*（图8-28）。很明显地，此时

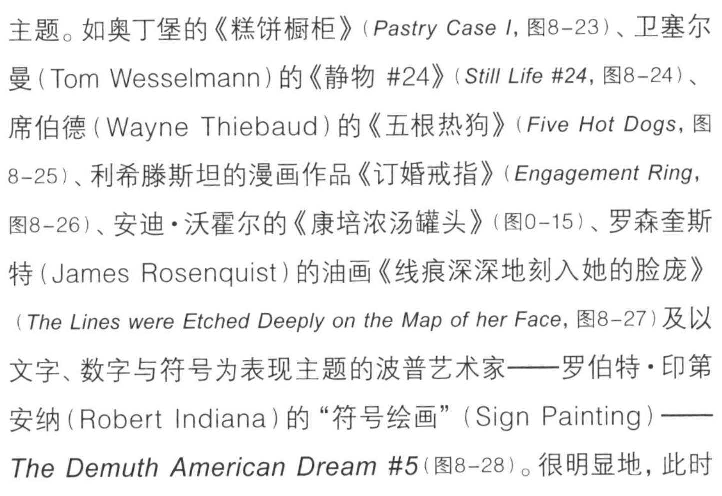

图 8-20　琼斯　加彩铜雕　加彩青铜　高 34.3 cm、半径 20.3 cm　1960　私人收藏
图 8-21　琼斯　加彩铜雕 II- 麦酒罐　加彩青铜　14 cm x 20.3 cm x 11.4 cm　1964　私人收藏

图 8-22　劳森伯格　追溯　绢印、画布　213.4 cm x 152.4 cm　1964　私人收藏

⑨ 同注⑧，p. 67。

图 8-23 奥丁堡 糕饼橱柜 珐琅彩、石膏、玻璃橱窗 52.7 cm x 76.5 cm x 37.3 cm
1961-1962 纽约现代美术馆藏

图 8-24 卫塞尔曼 静物 #24 混合媒材、拼贴、集合物于板上 121.9 cm x 152.4 cm x 17.1 cm 1962
美国堪萨斯奈尔森 - 艾肯士美术馆藏

图 8-25 席伯德 五根热狗 油彩、画布 45.7 cm x 61 cm
1961 私人收藏

图 8-26 利希滕斯坦
订婚戒指 油彩、画布
172 cm x 202 cm
1961 私人收藏

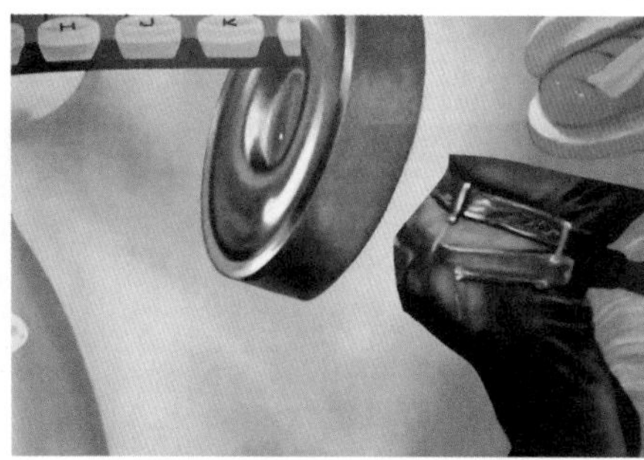

图 8-27 罗森奎斯特
线痕深深地刻入她的脸庞
油彩、画布
167.6 cm x 198.1 cm
1962 私人收藏

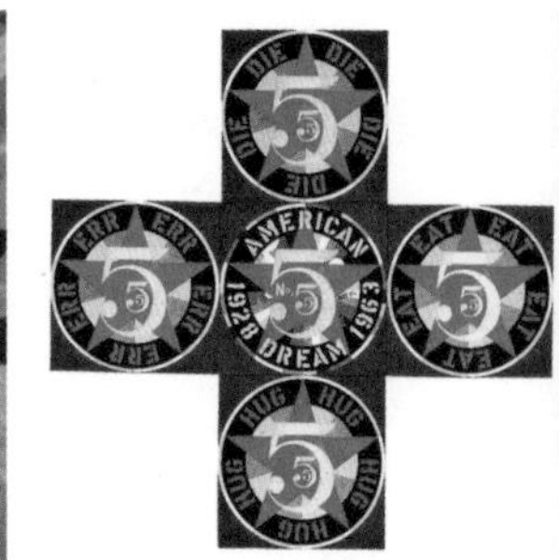

图 8-28 罗伯特·印第安纳
The Demuth American Dream #5
油彩、画布
365.8 cm x 365.8 cm
1963 多伦多美术馆藏

的美国波普艺术对主题的选取，已走向一种广阔且即取即用的方向，而此种方向，毫无疑问地来自全体美国人对通俗意象的共享经验。因此，举凡脚踏车、棒球赛、汽车旅馆、汽车电影院、热狗、冰激凌和连环漫画，在当时皆代表着一种“通俗”的事实。更重要的是，这些波普艺术家的作品，除了受到民众的欢迎外，更获得了主流收藏家的接纳，一扫之前受艺评责难的阴霾。[10]

如果说波普艺术的贡献，在于把艺术导向一种使人容易看懂，令人觉得有趣、轻松的浅显标准，那么对上述的波普艺术家似乎稍嫌不公，因为他们不断在提醒大众，他们是“艺术家”，而不单单只是一个“波普艺术家”而已。卫塞尔曼曾于1963年抱怨

⑩ 1958 年，琼斯在纽约卡斯泰利艺廊的个展，遭致艺评家里欧·史坦柏格的批评：“依我所见，琼斯的作品好像是把德·库宁和伊夫·克莱因的画，放入林布兰特与乔托（Giotto）的锅内，把它们炒在一块，成为一锅艺术的大杂烩。”- Leo Steinberg, Other Criteria : Confrontations With Twentieth-Century Art, Oxford University Press, 1975, P. 23。

说："一些波普艺术最坏的作品都是来自波普的仰慕者所作。这些仰慕者总是以一股怀旧的心情来创作波普的东西，他们的确也很崇拜玛丽莲·梦露和可口可乐，但他们把某些日常东西视为特定艺术家的使用专利，是自大且不恰当的……我使用广告和广告牌的图案，是因为它是真实的，但并不代表我作品中的东西全来自广告和广告牌，主要是因为广告中的意象使我感到兴奋，它并不像表面上所看到的那样'通俗'。"[11]之后，罗森奎斯特在一次访谈中更坚称："对我而言，波普艺术的作品不是通俗的意象，一点也不是。"[12]波普艺术家在此刻虽发出不平之鸣，似乎难挽艺术史将"波普艺术"与"流行文化"并置的定位，一场高、低艺术之争，就此拉开序幕，对20世纪后半个世纪的艺术史，有着极深远的影响。

⑪ G.R. Swenson, "What is Pop Art?", Art News, LXII, No. 7, November 1963.

⑫ Edward F. Fry, essay from exhibition catalogue: James Rosenquist, Ileana Sonnabend Gallery, Pairs, June 1964.

三、高、低艺术之争

纽约现代美术馆曾于1990年秋天推出"高与低：现代艺术和流行文化"展（High and Low: Modern Art and Popular Culture），试想替高、低艺术之争作一总结，就如此展览策展人柯克·瓦内多于展览论文集中所言："身处20世纪末，我们对'现代文化'一词在视觉艺术上的定义早已不具存疑，举凡连环漫画、广告牌，及报纸头条的拼贴，这些曾被视为不登大雅之堂的创作元素，皆已俨然成为现今艺术创作语汇的一部分。然这其间的转化，不但经历了一连串的争议与同侪的排挤，更见证了艺术界长久以来的高、低正统之争。"[13]然而此项展览却被《纽约时报》评为"一场时间、地点皆不合宜的展览"[14]，且进一步提出质疑："既然'现代文化'一词在视觉艺术上的定义早已不具存疑，又何须选在波普艺术兴盛后的二十年，替高、低艺术之争画上句号？"[15]《纽约时报》的质疑确实直指问题核心，但我们仍不禁要问：到底艺术有无一套固定的美学标准，来作为衡量高、低的依据？如果艺术有一套固定的美学标准，又由谁来订立这个标准？又该由谁来评断它的高、低？也许这就像政治的位阶与排序，掌权者永远有形或无形地支配着底下人的意识

⑬ Kirk Varnedoe & Adam Gopnik, ed., Modern Art and Popular Culture: Readings in High and Low, New York: Harry N. Abrams, 1990, p. 12.

⑭ Webb Phillips, "High Art, Low Art", The New York Times, Arts & Leisure, Sec. 2, Oct. 12, 1990.

⑮ 同注⑭。

形态，说有形是上对下的明白昭示，说无形隐涉下位者对上意的揣摩。换句话说，艺术的高、低标准往往取决于创作当时、当地的主流意识与美学价值观——在学院派当头的年代，一切以学院派的标准为标准，如有异议，重者论斩或遭流放，如多位印象派画家被排除在沙龙评选之外，永不入主流；轻者，为其罗织罪名，终被人群唾弃，残了余生、没没以终者，不在少数。而这种君权般的思想结构，不但建构了19世纪及之前的艺术生态，在20世纪初的辩证环境里，仍免不了另一番的口舌与意识形态之争。

在20世纪初，高艺术代表了贵族及知识分子的艺术领域，又被称为“纯艺术”（fine art），而低艺术即所谓的“大众文化”或“流行文化”，在当时充其量也只不过是被用来作为低下阶级的商业娱乐。一般而言，高艺术常与知识文化、社会地位及优质品味画上等号，是一种具有细腻、高雅的感情的表现方式，它没有地域的隔阂，经得起时间的考验，且是达到艺术成就的最佳典范，与低艺术的粗劣、非具思考意义、大量化及迎合大众口味的表现方式，形成强烈的对比。虽然早在写实主义大师库尔贝的创作中，便开始从大众文化及生活中寻求创作的主题，但其笔触、设色、光影及构图仍不脱古典的余味。直至立体派、达达及超现实主义艺术家有系统地将大众文化引进艺术的领域，高、低艺术之间的差异便成了一个模糊地带，而60年代波普艺术的风行，更是在20世纪中后期的艺术进程中，掀起了高、低艺术的论战，动摇了高、低艺术的原始定义。即使是后现代主义中不同流派的艺术家，也备受影响，如尚-米谢·巴斯奇亚及杰夫·昆斯（Jeff Koons）的作品，虽处于后现代的创作年代，却与“大众化”的主题紧密结合。

值得讨论的是，这种先前被视为“低艺术”的流行与大众文化，在艺术的进程中一旦跃居主流，“低艺术”的位阶可否一跃而成为“高艺术”？或者这种低贱的出身早已命定，已无转寰的余地？再者，如果一门艺术结合了高、低艺术的特性，又从何判断它的“高”或“低”呢？就像前面述及的波普艺术家所强调的——他们是“艺术家”，而不单单只是“波普艺术家”而已，此话颇有此地无银三百两的意味，不知是艺术家们心虚而亟欲划清界限？或是波普艺术中还有高、低之分？艺术流派纷杂，尤以20世纪的艺术为最，如有高、低之分，试问有哪个艺术家愿意舍高而求低？早期高、低艺术的界定，有时间与历史背景上的特殊定位，并不能将之套用在以后的艺术发展中。须知“旧思想”不除，便窒碍“新观念”的形成，20世纪艺术新观念的形成，不外是反叛“旧思潮”后的创新，但在创新中却又挥不去“旧思潮”的影子，这便是反叛中的继承。就像波普的身影背后，混杂着立体派以来与生活相关的主题，但没有人会在它们之间画上等号，更不会有人将立体派、达达或超现实主义的作品视为“低艺术”。

在20世纪，一种艺术潮流的形成，除了理论基础外，更有背后的支持因素，早期“为艺术而艺术”的口号，尤其在20世纪中叶以后的艺术环境中，早已成为呓语。少了艺评家的肯定、大众的支持及收藏家的青睐，艺术也只不过是艺术家的一种单一自省，无法引起共鸣，更遑论肩负社会改造的功能。纯艺术固然高尚，但大众艺术更不低俗，也正是由于此种观念的确立，让艺术的进程，在走过波普年代之后，仍朝着与“大众生活”相关的方向迈进。因此，高、低艺术的议题只不过是一个因时因地制宜，且涉及主流与非主流意识形态的问题，不应沦为纯意识形态的枷锁。

四、新“波普”的预知纪事

随着20世纪60年代波普艺术在美国的蓬勃发展，大西洋彼岸的英国波普艺术家开始造访美国波普艺术的大本营——纽约，并在美国波普热情的洗礼下，多少沾染了一点美国波普的大众风情。如艾伦·琼斯作于1969年的《椅子》（*Chair*，图8-29）和《桌子》（*Table*，图8-30），便带有强烈的美国色彩，逐渐脱离了先前以传统媒材创作的保守风格，可说是最接近美国风的英国波

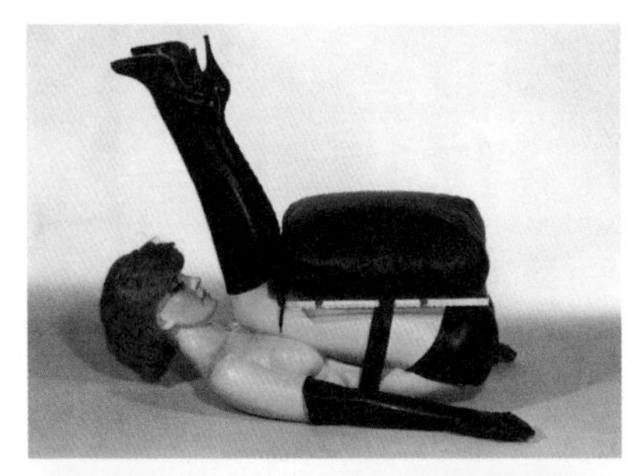

图8-29 艾伦·琼斯 椅子 玻璃纤维、混合媒材 77.5 cm x 57.1 cm x 99.1 cm 1969 伦敦泰德美术馆藏

图8-30 艾伦·琼斯 桌子 玻璃纤维、皮革、头发、玻璃 61 cm x 144.8 cm x 83.8 cm 1969 私人收藏

图8-31 彼得·菲利普斯 Mosaikbild 5x4 /La Doré 油彩、画布 200 cm x 150 cm 1975 私人收藏

普艺术家。其晚期的作品，常以女性的大腿、胸罩、吊带袜等作为主题，甚至以合成树脂等材料做成立体作品，来探讨性与女性间的关系。英国另一位波普艺术家彼得·菲利普斯，于1964年至1966年居于纽约，同样感染了美国波普的流行文化色彩，其离开美国后的作品，在诉说波普纪事的同时，仍带着一股浓浓的美国腔。如作于1957年的***Mosaikbild 5x4 /La Doré***（图8-31），虽是一张油画作品，但有如照相写实般（Photo Realistic）的技法，分格呈现当下的流行商品与庸俗文化的面片。菲利普斯从1967年至1988年，迁居瑞士苏黎世，对英国以外欧洲波普艺术的发展，不无影响。70年代之后，英国的波普热潮逐渐地冷却，或者说是淹没在后现代过度自主性的艺术洪流中。

美国波普艺术在1965年之后的发展，仍不减当年的狂热，比起抽象表现主义花了二十几年的时间，才获得大众普遍的认同，波普艺术却在短短的两三年间，获得美国民众广泛的回响，这种情况的确替美国艺术发展史写下了新章。1965年，波普巨匠安迪·沃霍尔在一次巴黎的个展上宣布放弃绘画（painting）的创作，他说道："当我翻阅着此次展览目录的图片，我为达成波普的阶段性任务而感到满意，现在该是我自绘画的领域隐退的时候了。"[16] 虽然沃霍尔不再从事纯绘画性的创作，但在此之前，他在绢印上的成就，早已有目共睹，如作于1962年的《玛丽莲·梦露》（*Marilyn Diptych*，图8-32），

---

⑯ Warhol & Hackett, "POPism", Pop Art: Images of the American Dream, Ed. John Rublowsky, New York, 1965, p. 115.

便是以绢印的手法印刷在画布上，再以亚克力颜料，造成大小异同的复数绘画。而此绢印手法，更在1965年沃霍尔宣布封笔后，成为他的创作重心，其间不乏多件至今仍为大众所传颂的作品。而美国的另一位波普艺术大师利希滕斯坦却不改初衷，仍钟情于粗质网点漫画的表现形式，把连环漫画的单元格放大到画布上，用粗颗粒的印刷网点，来表现没个性又不存在的漫画人物，欲与日常所见的单调环境形成对比。利希滕斯坦于1974年所作的《红色骑士》（*The Red Horseman*，图8-33），虽技巧性地保留了连环漫画中的网点，却亟欲在二度空间的平面上，营造出骑士驾驭马匹往前冲刺的连续动作，打破了传统漫画的平面布局，另创三度空间的视觉效果。

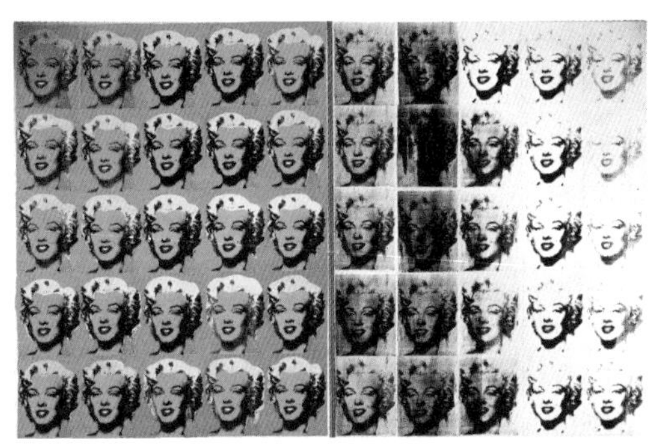

图8-32 安迪·沃霍尔 玛丽莲·梦露 绢印于画布（两版） 208.3 cm x 289.6 cm 1962 伦敦泰德美术馆藏

图8-33 利希滕斯坦 红色骑士 油彩、画布 213.3 cm x 284.5 cm 1974 维也纳现代美术馆藏

美国的波普艺术在经历了1960年代的巅峰后，走入70、80年代的“新波普”（Neo-Pop）时期，昔日的那股湍急洪流，如今已逐渐化为涓涓水滴。美国民众在经历十余年的波普激情后，对日后艺术的憧憬，出现了一种反璞归真的心态，对波普文化中的享乐主义与漫不经心，开始采取一种消极的应对态度，而部分艺术家也开始寻找各种背离“通俗文化”的可能性，其中盛行于70年代的“极限艺术”，就是这种可能性的最低实践。因此，波普艺术在备受逆流挑战之下，初尝落寞的滋味，除了先前几位波普创始年代的艺术家仍持续波普原始风格的创作外，后继者为挽颓势，在形式表现上便不得不出新，甚且放纵想象于神秘的题材或与艺术家自身心理状况相关的主题。然唯一的坚持却是一成不变的“生活重建”，如杜安·汉森（Duane Hanson）的《超级市场的购物者》（*Supermarket Shopper*，图8-34），或约翰·德·安德里（John de Andrea）作于1976年描写艺术家创作心理的《穿

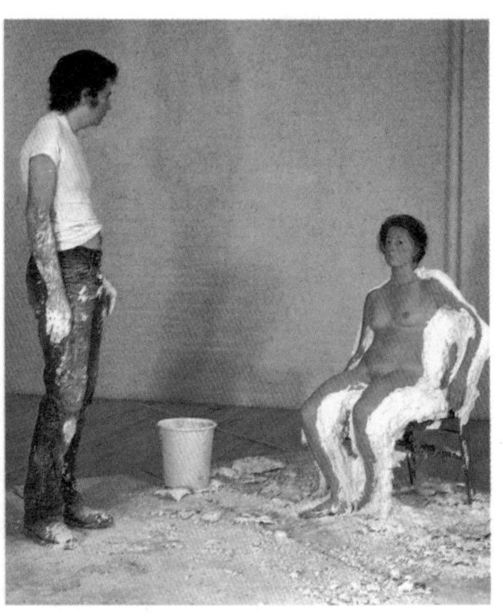

图 8-34 杜安·汉森 超级市场的购物者 玻璃纤维 高 166 cm 1970 Neue Galerie-Sammlung Ludwig, Aachen

图 8-35 约翰·德·安德里 穿着衣服的艺术家和模特儿 油彩、合成树脂 真人实体大小 1976 私人收藏

⑰ 乔治·塞加的雕塑，所使用的材料以石膏为主；而汉森和安德里却使用合成树脂、人造纤维等人造化学物质，尤以对人皮肤的塑造，几可乱真。

着衣服的艺术家和模特儿》(*Clothed Artist and Model*，图8-35)，两件作品皆是真人实体大小的人体雕塑。较之活跃于60年代初期的波普艺术家——乔治·塞加(George Segal)的雕塑作品(图8-36、图8-37)，汉森和安德里除占有材料上的优势外[17]，以“照相写实”手法展现真实生活片面的企图，与塞加作品中的粗糙特质或未完整性所释放出的“真实”与“幻觉”，有时空上的落差与解读上的不同。这是因为汉森和安德里从真人写实中制造出的幻觉，多了一分艺术家的“自主意识”与对所处社会的“自省”。

图 8-36 乔治·塞加 正在刮腿毛的女人 石膏、瓷器、刮刀、金属 160 cm x 165 cm x 76.2 cm 1963 芝加哥当代美术馆藏

图 8-37 乔治·塞加 电影院 石膏、铝板框、塑料玻璃、金属 477.5 cm x 243.8 cm x 99 cm 1963 纽约水牛城欧布莱特-那克斯艺廊藏

而这股“自省”意识，更支配着之后的波普创作，如维克多·柏根（Victor Burgin）的《占有》（*Possession*，图8-38）、芭芭拉·克鲁格（Barbara Kruger）从“我思，故我在”所取得的灵感——《我购物，故我在》（*I shop therefore I am*，图8-39），及珍妮·霍尔泽（Jenny Holzer）的《生存系列：捍卫我想要的》（*The Survival Series: Protect Me From What I Want*，图8-40）等，皆是对物欲社会的沉沦提出一种“自省”式的思考。

图8-38 维克多·柏根
占有 海报
118.9 cm x 84.1 cm 1976

图8-39 芭芭拉·克鲁格
我购物，故我在
照相绢印、合成塑料
282 cm x 287 cm
1987 纽约玛丽·波恩艺廊藏

图8-40 珍妮·霍尔泽
生存系列：捍卫我想要的
纽约时报广场广告牌

五、结语

纵然波普的光环在21世纪初的艺术环境中已不复见，但波普艺术以“大众文化”为基调的各种生活呈现，却仍是当代国际艺术大展策展人的最爱。举凡人类对未来的期盼与恐惧、对环境保护的呼吁、对全球政经形势的反映、对人类生存与灭亡的反思、对种族与性别问题的探讨，甚至网络与多媒体科技对人类沟通模式所造成的冲击，皆是当今艺术策展的重要主题，而这些主题所欲呈现的终极目标，不外是波普所一贯强调的“生活文化”。因为“艺术”就是一种“生活”的片面呈现，而“生活”不也是一门活生生的“艺术”吗?

第49届威尼斯双年展的主题——“人类的舞台”（Plateau of Humankind）、第六届里昂当代艺术双年展的主题——“默契”（Connivance），甚至现今国际各大现代或当代美术馆的展览，皆与广义的“生活”脱不了关系。2000年台北双年展中的作品，如泰国艺术家苏拉西·库索旺（Surasi Kusolwong）的《通通20元》(*Everything NT$20*, 图8-41)与美国艺术家丽莎·露(Liza Lou)的《后院》(*Back Yard*, 图8-42),皆清楚地承续了来自波普的“文化议题”与“生活语言”。

艺术的进程一旦走入21世纪,除了继往更须开来。因此,艺术家在埋首创作之余,更得肩负另一层的社会责任,除了满足观者的感官需求外,在作品意象的开发上,更须有“服务生活”的知性关怀。将先前“为艺术而艺术”的信条暂抛脑后,以生活中一分子的角色,来思索艺术的新方向,才能在21世纪另一波艺术洪流中,另创新局。

图8-41 苏拉西·库索旺 通通20元 综合媒材 2000 美国Deitch Projects艺廊藏

图8-42 丽莎·露 后院 玻璃珠、木材、金属线、树脂 1800 cm x 2800 cm 1995-1997 美国Deitch Projects艺廊藏

玖

现代艺术中的“极简问题”

在西方现代艺术史中，共出现两次与“极简”相关的艺术运动。首次发生在第一次世界大战期间，以俄国艺术家马列维奇为首的“至上主义”，及受该运动直接影响的“风格派”的设计理念和建筑风格；第二次便是20世纪60年代在美国生根立命，以几何形雕塑为主要要求的“极简主义”（Minimalism）。虽说以上两种运动相隔将近50年，且在形成的时空背景与美学基础上，有着极大的差异性，但两者在“至上”与“极简”之间，却架构了一种共通的语汇，那就是以“几何”（geometry）构图来诠释艺术中的“简约”（simplicity）之美。

图9-1　毕加索　裸女　碳笔　48 cm x 31 cm　1910　纽约大都会博物馆藏

一、“至上”在现代艺术中的文本

“至上主义”是艺术史上第一个将绘画“约化”成纯几何构图的一种抽象运动，与盛行于当时的立体派分割与拼贴艺术颇有关联。1910年至1911年间，立体派画家曾将绘画的表现形式，由保有物体形象的画面分割，导向非物象结构的几何模式，如毕加索作于1910年的《裸女》（*Nude*，图9-1），已全然不见如《亚维侬姑娘》（图0-6）画作中尚称具体的裸女形态，取而代之的却是由直线和弧形所建构出的几何画面。虽然此种倾向几何构图的表现方式，并不被后来的立体派艺术家推崇而传承，但在当时热衷于追求“前卫”艺术理念的俄国，却激起了不少涟漪。1910年左右的莫斯科，从期刊和俄国收藏家谢尔盖·希楚金（Sergei Shchukin）的藏品中[①]，对西欧立体主义的发展情形，已有颇深的了解与掌握。加上1912年由杰克钻石团体（the Jack of Diamonds Group）所举办的立体派画展，展出毕加索、雷捷、葛利斯（Albert Gleizes）和傅康尼耶（Le Fauconnier）等人的作品，使立体派的风格很快地融入了俄国的前卫运动中。其中马列维奇作于1911年的《伐木工人》（*Woodcutter*，图9-2），便是承袭自立体派的早期作品。之后，马列维奇深受雷捷的影响，在立体派的风格中加入浓厚的机械色彩，如作于1912年的《磨刀机》（*The Knife Grinder*，图4-14），大可将其归类为未来主义的画作。从1913年开始，马列维奇受到俄国前卫诗人赫列勃尼科夫（Khlebnikov）和克鲁乔内赫（Kruchenykh）对文字解放的启发[②]，一心一意想将两位诗人实验中的抽象语汇，运用到绘画的创作上。他试图抛开立体派的束缚，或说将立体派约化成非物象的方块与线条，转而追求一个极为简约的几何面象，最后创造出现代艺术史上第一个极简绘画语汇——“至上主义”。然而艺术史学者罗森伯伦却将“至上主义”的出现视为“一种突如其来的知识革命，而非先前绘画体系的延续或反叛”[③]。此立论点看似一笔抹杀了马列维奇先前受立体派影响的事实，但深究“至上主义”的本质，如马列维奇在其著作《非具象世界》中所言：“至上主义者捐弃对人类面貌与自然物象的真实

① Sergi Shchukin 当时藏有近50张毕加索的作品。

图9-2 马列维奇 伐木工人 油彩、画布 94 cm x 71.4 cm 1911 阿姆斯特丹市立美术馆藏

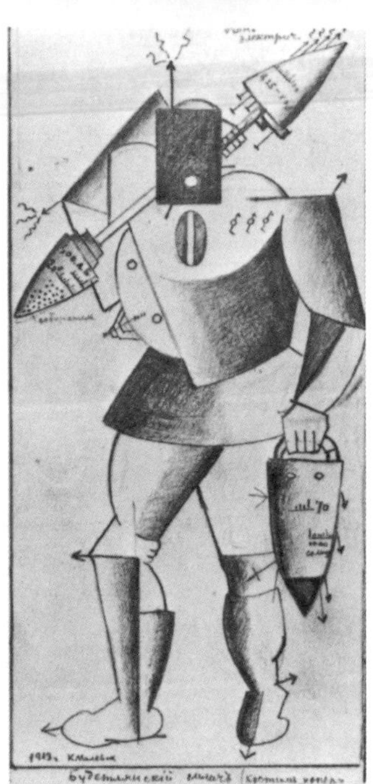

图9-3 马列维奇 “战胜太阳”服装设计 铅笔、纸 16.2 cm x 7.9 cm 1913 莫斯科文学美术馆藏

② Khlebnikov和Kruchenykh尝试解放一般文字的字面意义，企图通过字母的拆解与重组，净化旧字，另创新意(zaum)。

③ Robert Rosenblum, Cubism & Twentieth-Century Art, New York: Harry N. Abrams, 2001, p. 246.

描写，而以一种新的象征符号，来描述直接的感受，因为至上主义者对世界的认知，并非来自观察与触摸，而是全凭感觉。"这种全凭感觉的非物象描写，其实早已抽离了立体派特有的抽象元素，更与拼贴艺术撷取日常生活事、物的拼凑，划清了界限。再者，就至上主义的构图而言，其不同色系的方块与线条，错置于停滞且平坦的背景上（图0–16），与立体主义分割且三维空间延伸的背景（图4–13）又大相径庭。因此，如将"至上主义"硬说成是立体派的延伸（不管是反叛还是继承），也只能牵强回到毕加索1910年的《裸女》画作上来讨论，但谁也无法举证马列维奇的"至上主义"仅仅是架设在此张画作的基础上。

马列维奇早期对"至上主义"的追求，可溯源至1913年他为舞台剧《战胜太阳》（*Victory over the Sun*）所设计的服装与背景，他应用了不同形状的几何图形来勾勒服装（图9–3），且以一黑一白两个三角形，组成一个正方形，来表现舞台的布幕（图9–4）。虽然布幕的安排，已略见"至上主义"的雏形，但服装的设计，却仍明显地取自未来主义的"机械"构图。迟至两年后，马列维奇才较为明确地提出"至上主义"的观点，且在此观点上，有较多的具体实践。他在一项名为"0. 10未来主义的最后一场展览"（0. 10 The Last Futurist Exhibition）的目录中，为自己35件非具象的参展作品辩解道："艺术应以创作为最终目标，不应受限于自然的形象，才能臻至于真实（truth）……真正的形式，可以从各种不同的方面取得，就像我的非具象绘画，所营造出的纯图象画面，完全与自然的形象无关。"[④] 如从参展作品《黑色和红色方块》（*Black Square and Red Square*，图9–5）和《黑色方块》（图1–7），来印证马列维奇上述所言，不难理解前

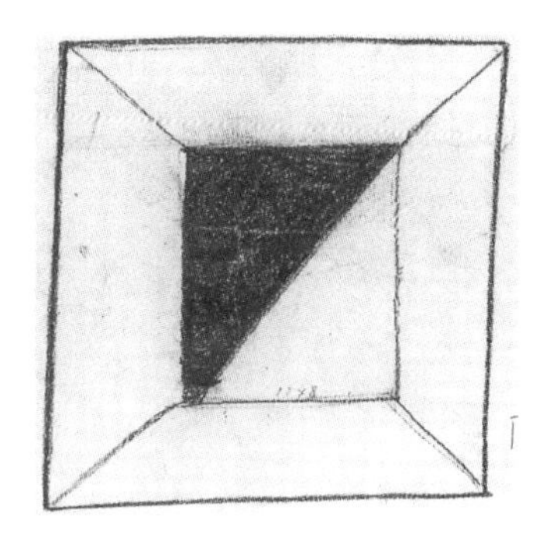

图 9–4　马列维奇　"战胜太阳"舞台设计　铅笔、纸　21 cm x 27 cm　1913　圣彼得堡剧场与音乐美术馆藏

图 9–5　马列维奇　黑色和红色方块　油彩、画布　71.1 cm x 44.4 cm　1915　纽约现代美术馆藏

④ 原为马列维奇展览目录中的文章 – "From Cubism to Suprematism in Art, to New Realism in Painting, to Absolute Creation"，次年（1916）增订内容，重新定名为"From Cubism and Futurism to Suprematism: The New Realism in Painting"，由 T. Anderson 翻译成英文。

图 9-6 马列维奇
绝对第五十六号
油彩、画布
80.5 cm x 71 cm
1916 圣彼得堡俄罗斯美术馆藏

卫色彩浓厚的“至上主义”此时所奠立的美学基础，已无法再以任何立体主义或未来主义的相关语汇来加以诠释。

随着马列维奇一连串的参展与宣言，“至上主义”在俄国的前卫艺术中逐渐崭露头角，吸引了不少年轻的追随者，如版画家李西茨基（El Lissitzky）、画家兼雕塑家罗德钦寇、帕波瓦（Lyubov Popova）及罗扎诺瓦（Olga Rozanova）。对于当时的盛况，可从俄国艺评家普宁（Nikolai Punin）的一段文字中略窥一二：“……至上主义在莫斯科的每个角落，正如火如荼地展开。从海报、展览到咖啡店，都是非常至上主义的。”[⑤] 此后的几年，马列维奇至上主义的作品，逐渐趋向三维空间的发展，且开始运用重叠的色差，来制造形体的浮凸感，如作于1916年的《绝对第五十六号》（*Supremus No.56*，图9-6）及1918年的大胆尝试《白中白》（图1-1），皆是以多重或单一色差作为实验三维空间构图的最佳范例。1920年，马列维奇综合了过去的创作，在任教的新艺术学院（Vitebsk Unovis）工作室，举办了他告别绘画创作的最后一场展览——“至上主义：三十四张画作”（*Suprematism: 34 Drawings*，图9-7）。他在开幕致词中表示，抛弃绘画创作是为了致力于艺术理论与教学方法的钻研[⑥]，但马列维奇的此项决定，其实是为了争取更多的时间，来迎战在当时已对“至上主义”造成威胁的“构成主义”。

以塔特林为首的“构成主义”，在1913年和马列维奇的“至上主义”一起发迹于俄国，其宗旨在于将艺术从真实

⑤ 原文刊载在普宁发表于 *Iskusstvo kommuny* 杂志上的文章。Quoted in Serge Fauchereau, Malevich, New York: Rizzoli International Publications, 1992, p. 28。

图 9-7 “至上主义：三十四张画作”展出现场

⑥ Serge Fauchereau, Malevich, New York: Rizzoli International Publications, 1992, p. 28.

世界或个人情感中解放出来，企图以另一种元素、内在结构、空间性的张力和能量，来重新建构一个实用但纯化的空间。其理念虽与“至上主义”互有重合，但在形式的追求与表现方法上，却较“至上主义”形而上的要求，更为实际。塔特林的空间建构观念，不时与盛极当时的“至上主义”互别苗头，他曾经将“至上主义”定义为：“过去错误的总和，只不过是另一种应用或装饰艺术而已。”[7] 对于塔特林的挑衅，马列维奇隐忍已久，1915年，他将《至上主义绘画》（*Supremätist Painting*，图9-8）一作，一五一十地运用到舞台设计上（图9-9），此举透露出准备与塔特林一较高下的

⑦ Nikolai Punin, “About New Art Groupings”, quoted in K.S. Malevich, Écrits II, p. 167. Translation from L. Zhadova, op. cit., vol. I, pp. 127-28.

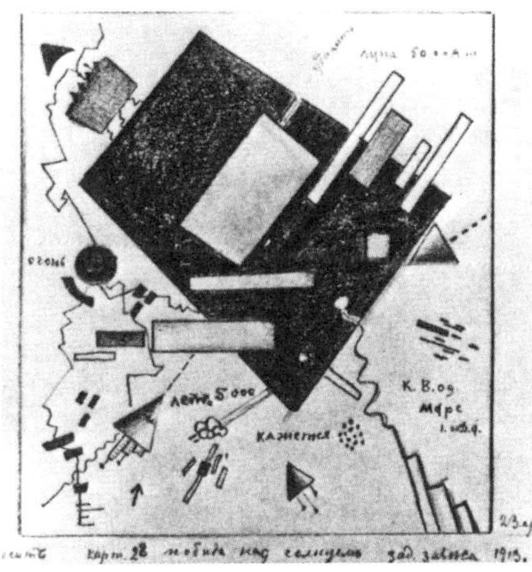

图 9-8 马列维奇 至上主义绘画 油彩、画布 101.5 cm x 62 cm 1915 阿姆斯特丹市立美术馆藏

图 9-9 马列维奇 “战胜太阳”第二版舞台设计 铅笔、纸 11.3 cm x 12.2 cm 1915 莫斯科文学美术馆藏

意味。直到宣布放弃绘画创作的那一刹那，马列维奇才将三维空间的实物创作，逐一具体实践在一连串的舞台设计与建筑物蓝图上，如1923年至1924年间所设计的“未来理想住屋”（*Future Planits for Earth Dwellers*，图9-10）、“飞行员的住屋”（*The Pilot's House*，图9-11）及1926年以石膏塑成的建筑模型Beta（图9-12），虽皆仅止于蓝图或模型，但以黑、白为主色，以水泥和玻璃为主要建材的积木造型，正是至上主义绘画在三维空间上的具体延伸。

1920年代后期，随着俄国政治局势的变化，俄国前卫艺术的发展空间日趋紧缩，标榜实用路线的“构成主义”顿时销声匿迹，而其后的追随者只好将兴趣转至家具、楼梯设计和印刷上。碍于情势，马列维奇于1928年重拾“至上主义”的画笔，30年

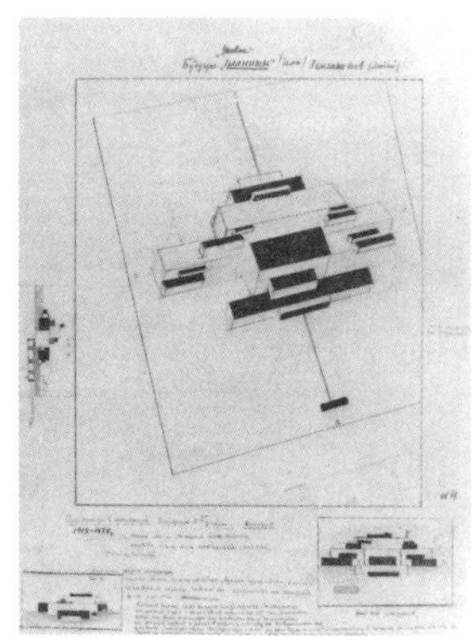

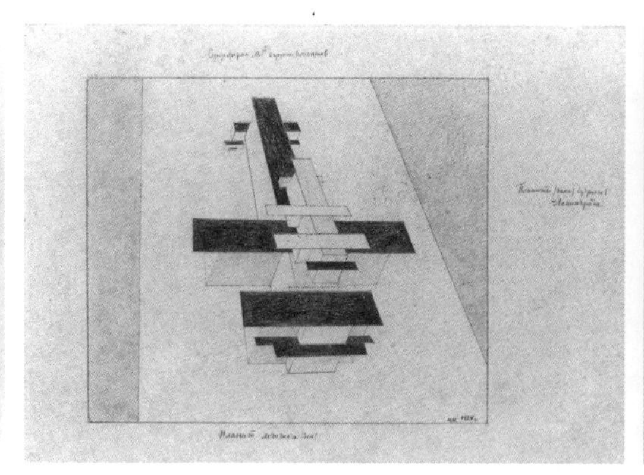

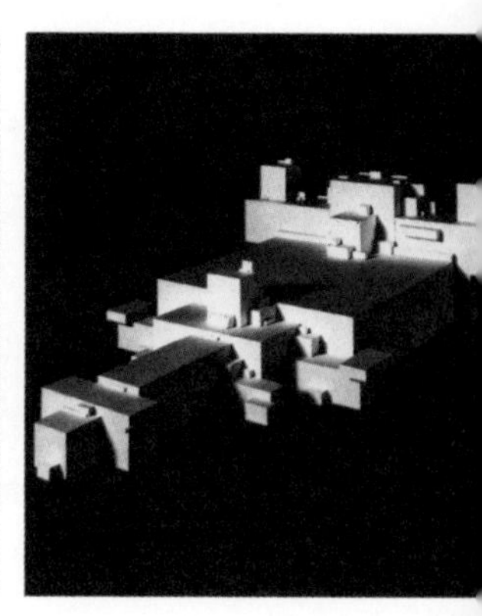

图 9-10 马列维奇 未来理想住屋 铅笔、纸 39 cm x 29.5 cm 1923-1924 阿姆斯特丹市立美术馆藏

图 9-11 马列维奇 飞行员的住屋 铅笔、纸 30.5 cm x 45 cm 1924 阿姆斯特丹市立美术馆藏

图 9-12 马列维奇 Beta 石膏 27.3 cm x 59.5 cm x 99.3 cm 1926 巴黎国立现代美术馆藏

代，他更转身投入人像艺术（figurative art）的创作。至此，“至上主义”和“构成主义”正式走入了历史，但两者对当时及之后俄国以外的艺术风潮，却有着不可磨灭的影响力，如蒙德里安“风格派”中非具象几何元素的构图、罗斯科的色域绘画，以及风靡美国1960年代的“极简艺术”，皆隐约可见“至上”与“构成”的身影。

二、“几何”与“原色”的结合

1917年，兴起于荷兰的“风格派”，是受同时期“至上主义”与“构成主义”影响，在俄国之外所形成的另一股艺术风潮。“风格派”一词的出现，来自蒙德里安及其妻都斯博格所创办的同名杂志，其宗旨在于替绘画、雕塑和建筑，营造一个类似乌托邦的单纯创作机制，其表现形式融合了“至上主义”与“构成主义”中“非具象的简约之美”，其美学基础建立在对感官世界及个人主观意识的排斥上，企图将“风格”局限在直线、直角及三原色（红、黄、蓝）的应用中，标榜唯有通过纯色与水平、垂直线条的搭配，才能臻至艺术的真实。神论家苏恩梅克尔（M.H.J. Schoenmaekers）在《新视界》（*New Image of the World*）杂志中曾替“风格派”的出现作了引言，他指出：“我们居住的地球，主要由两个最基本且完全相反的元素所构成，那就是牵动地球环绕太阳的并行线，与由太阳中心释出阳光到地球的垂直线。”[8]而这种由平行与垂直交构出的宇宙不变定律，更是蒙德

⑧ Robert Atkins, Art Spoke, Abbeville Press, 1993, p. 92.

里安所一贯追求的创作理念，作于1914年的《码头和海洋》（*Pier and Ocean*，图9-13），画中的平行与垂直线条互为交错，在象征宇宙的圈围中，闪烁着生命的律动，其几何形的排列与表现方式虽与主题相去甚远，但承袭自立体派的抽象观点，却完美地融合了“至上主义”的几何构图与“风格派”所一贯追求的视觉解放。在色彩的掌握上，蒙德里安更提出所谓“通用原色”（universal nature of color）的概念，他认为色彩的表现不在于本身所具有的色相，而在于不同色彩间的互动关系[9]，这种观点在1920年蒙德里安发表“新造型主义”的文章后，更将色彩的使用严格限制在红、黄、蓝三原色与黑、灰、白非色系的搭配上，如作于1921年的《红、黄、蓝和黑的构图》（*Composition with Red, Yellow, Blue, and Black*，图9-14），以黑色线条分割截然不同的色块，构图虽稍嫌僵硬，却不失色彩对比下的动感。而这种色彩互动下的韵动，在蒙德里安于1940年搬至纽约后的作品中，发挥得更为淋漓尽致，如作于1942年的《纽约市》（*New York City*，图9-15）与《百老汇爵士乐》（图4-27），皆是受纽约大都会多元的生活形态而启发的作品。而蒙德里安这种方格填彩的表现技法，更影响了20世纪40、50年代现身于美国的纽约画派与色域绘画，如罗斯科的《黄、红、橘于橘上》（*Yellow, Red, Orange on Orange*，图9-16）与纽曼的《*Vir Heroicus*

图 9-13　蒙德里安　码头和海洋　碳笔、水彩、纸　87.9 cm x 111.7 cm　1914　纽约现代美术馆藏

⑨ “Mondrian”, The Prestel Dictionary of Art and Artists in the 20th Century, Prestel Verlag, 2000, p. 224.

图 9-14　蒙德里安　红、黄、蓝和黑的构图　油彩、画布　59.5 cm x 59.5 cm　1921　海牙 Haags Gemeente 美术馆藏

图 9-15　蒙德里安　纽约市　油彩、画布　119 cm x 14 cm　1942　巴黎蓬皮杜现代艺术中心藏

图 9-16　罗斯科　黄、红、橘于橘上　油彩、画布　292 cm x 231 cm　1954　私人收藏

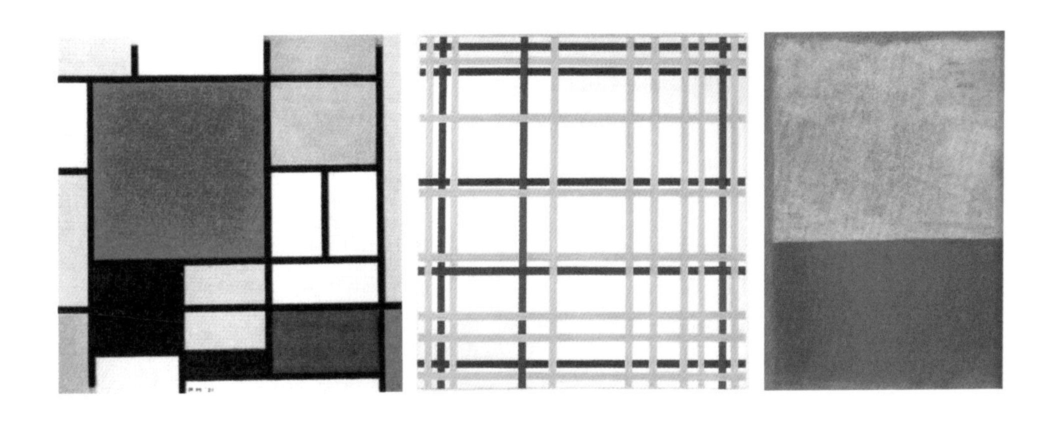

Sublimis》(图9-17)等。

图9-17 纽曼 Vir Heroicus Sublimis 油彩、画布 241.3 cm x 541.2 cm 1950-1951 纽约现代美术馆藏

"风格派"除了在绘画上的表现，更由建筑师李特维德将三原色与块状几何的概念，由平面运用到三维空间的可用实物上，如作于1917年的《红、蓝、黄三原色椅》(图4-19)，意在扩大"风格派"艺术语汇的同时，进一步融合艺术与生活，而这与"构成主义"重实物、讲求功能性的路线，更是不谋而合。1923年，都斯博格和建筑师埃斯特恩(Cornelis van Eesteren)更将此观念实践在房子的设计蓝图上(图9-18)。之后，李特维德于1924年完成了第一间以"风格派"为基调的建筑实物——席勒德屋(Schröder House，图4-18)，就连屋内的设计，也不脱它既定的基调(图9-19)。而同一时期，蒙德里安正造访德国魏玛的包豪斯，在七年的造访时间里，他更逐步将"风格派"几何抽象的理念，散播到绘画、雕塑与设计的创作上，深深地影响了包豪斯日后的风格与发展。

图9-18 都斯博格和建筑师埃斯特恩 Maison Particulière 蓝图 铅笔、水彩、纸 1923 荷兰建筑文件博物馆藏

其实早在"风格派"将几何抽象的理念具体实践在建筑物上之前，活跃于20世纪初期的美国建筑师莱特(Frank Lloyd Wright)，其建筑作品中便已强烈透露出方块几何的构图理念，只不过少了"风格派"所强调的原色运用。莱特完成于1902年的早期作品威廉·弗立克屋(William

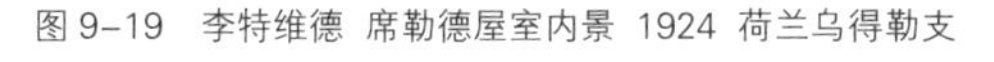
图9-19 李特维德 席勒德屋室内景 1924 荷兰乌得勒支

图9-20 莱特 威廉·弗立克屋 1901-1902 美国伊利诺伊州 Oak Park

G. Fricke House，图9-20）与完成于1939年的中期杰作“瀑布屋”（Fallingwater, House for Edgar J. Kaufmann，图9-21），皆不脱方块几何的造型，甚至晚年的代表作——纽约古根汉美术馆（Solomon R. Guggenheim Museum, New York，图9-22），更推几何在建筑上的运用于极致。如进一步将这些建筑物的内部格局（图9-23）与家具设计（图9-24）和席勒德屋的屋内设计（图9-19）作比较，其间的类同性，不难看出来自莱特的深刻影响。莱特于1909年至1910年的访欧，对欧洲当时的建筑、设计理念不无影响，加上俄国“至上主义”和“构成主义”在平面及三维空间上

图9-21 莱特 瀑布屋 1935-1939 美国宾夕法尼亚州 Bear Run

图9-22 莱特 纽约古根汉美术馆 1955-1959 美国纽约市

图9-23 莱特 Unity Temple 1904-1907 美国伊利诺伊州 Oak Park

图9-24 莱特 Freerick C. Robie House 室内景 1906-1909 美国伊利诺伊州芝加哥市

对几何与简约理念的应用，使得“风格派”在吸取各家精华之余，再行加入以纯色为基调的创作要求，另辟艺术发展的新境。即使该风潮在1931年结束之后，对主导20世纪艺术史下40年的抽象表现主义与极简主义，更有举足轻重的影响。

三、1+1= 0的“极简主义”

自“至上主义”“构成主义”及“风格派”以降，所追求的艺术理念，不外是跳脱真实世界中的本位主义与具象元素，让艺术的创作归于原点，也就是说，艺术必须排除任何流派或运动的既定法则，且和可见世界中的物体断绝任何关系，如此一来，艺术创作便能避免物质世界的一切污染，创作者再也不受某个艺术家的影响，使创作单纯地源自创作者的心中，只遵循普遍的原则，以心智来建造艺术品，将艺术还原为一个绝对独立的实体。而这些艺术家们相信，所有一切精炼过的普遍原则，唯有艺术和几何的结合，才是完美关系的最佳典范。但由于这种艺术所指并非生活所见，而且暗示人和环境之间可以获得一种新的、理想的和谐，因此，在作品中便预留了许多解释的空间，对不具该运动美学基础者造成解读上的困难，从而有两极化的反应：一说，着眼于创作“结果”的简易性，认为一般人皆有能力执行或完成该作，无视作品身后的底层思想与创作“过程”中的美学基础，完全是一种主观意识的自我投射；或说，任凭自己潜意识中相对应的符号，来解读看似简单，却百参不透的作品意涵，甚至来冥想作品中的未知，这便是一般解读抽象艺术“从简”与“从难”的“相对论”。然而，“解读”并不适用于此类的作品，艺术家所要诉说的语言，只不过是一种几何与色彩随机搭配的“纯化”现象而已，并无企图解释或暗喻方块或线条的个别意义。至于后来“风格派”对“原色”的坚持，其实与上述所提的普通原则同出一辙。无可讳言地，色彩的运用是艺术家个性的一种体现，但在强调捐弃个人情感与跳脱感官束缚的要求上，带有个别风格的色彩，便成了对艺术的一种亵渎，唯有将色彩视为一种

“纯”元素，回到“原色”的基础上，且把色彩本身视为形式和主题，才能不失艺术的“本色”。当艺术去除了个人风格的色彩，又以几何来表现物质世界中的普遍原则，艺术不再有感性的联想，而只是一种纯知性的体会，这种观念出现在1960年代的美国，左打“抽象表现主义”的强烈个性叙述，右骂“波普艺术”过度奉承大众文化的低俗，这就是标榜艺术标准化、工厂化的“极简艺术”。

以雕塑作为主要要求的“极简艺术”（或称“极简主义”），除了承袭上述几何抽象的理念，艺术家更跳跃了亲自参与艺术品的制作过程，把制作的工作，完全交给工厂，艺术家只负责作品的设计，以求将“个性”排除在作品之外，此举无异把“至上主义”“构成主义”及“风格派”所强调的“非情感”元素，执行得更为彻底，更把艺术中的“简约”之美，推向不能再简约的极简。这群雕塑家甚且在作品展出之时，抛弃传统台座的使用，将作品置于地上或空中，以避免台座（外在物质）扭曲作品的单纯性。他们认为作品就是一件物体，它本身有其存在的权利，不需要艺术家进一步的叙述。其实这种抛弃外在形式的观点，也可以从“抽象表现主义”中找到，虽然极简主义反对“抽象表现主义”中强烈的个性叙述，但二战后以波洛克为首的美国“行动绘画”，也是企图把艺术的焦点集中在画家所创作的行动上，而非作品最终的创作结果。但对于作品中色彩的处理与表现方式，“行动绘画”所走的路线并不如“抽象表现主义”的另一派——“寂静派”（Quietist）[10]来得更接近“风格派”的理念。因此，“行动绘画”或“寂静派”充其量也只不过是沾上了一点与“极简”相关的横向血缘关系，但缺少纵向的直接影响或传承。也就是说，“极简主义”的出现，其实跳过了来自先前“抽象表现主义”的影响，直接延续了“至上主义”“构成主义”及“风格派”以降的几何与纯化理念。

⑩ 抽象表现主义运动，后来分裂为两个支派，一为以波洛克为首的“行动绘画”，另一为以罗斯科、纽曼为代表的“寂静派”。

虽说“极简主义”的主要要求以雕塑为主，然在极简主义于1963年正式兴起之前，弗兰克·斯特拉（Frank Stella）所发明的“造形画布”（Shaped Canvas），也许可将之视为极简主义的前身。斯特拉作品的造形常以单色的"圆弧"或"L""V"等几何形体构成(图9-25),而画布完全配合其造形,架在造形一致的画框上,厚得从墙壁上凸出,造成一种浮雕或立体雕刻

图9-25 斯特拉 印第安皇后 画布、金属颜料 195.58 cm x 568.96 cm 1965 纽约现代美术馆藏

的效果,如进一步把这种"造形画布"三维空间化,便是如假包换的极简艺术。极简艺术之前的艺术家,往往极力凸显所要描绘的对象与其他对象不同的特征,依其个人主观,以期呈现对象的特色;但极简主义的艺术家恰与此相反,他们以单一或连续呈现对象的相同性,来保有对象固有的真实与美感,除此之外,别无其他意图。1963年,罗伯特·莫里斯(Robert Morris)和贾德的展览为极简主义揭开了序幕,但"极简艺术"一词却延到两年后才首次在哲学家理查德·沃尔海姆(Richard Wollheim)的文章中出现,他认为当时的艺术欠缺了一种"内部的差异"(internal differentiation),使得艺术创作趋向"等同"(generality)[11]。然而,"极简主义"一词却自始至终没有明确的定义或宣言,整个运动只是一群以莫里斯、贾德、安德勒(Carl Andre)、索尔·勒维特、弗莱维(Dan Flavin)和特鲁伊特(Anne Truitt)为首的艺术家,对"抽象表现主义"的一种反扑,转而对艺术"极简"的探求。早在安德勒发表于1959年推崇斯特拉的文章《为线条绘画作序》(Preface to Stripe Painting)中,便大加赞扬斯特拉勇于将绘画的元素降至最低的极简。自此,引发了一场又一场对艺术极简的争论,在短短的几年间,便累积了有如恒河沙数的著作与论述[12],就连艺术家本身也扮演了自己作品评论者的角色。[13] 因此,专精于"极简主义"研究的艺术史学者兼艺评家梅尔(James Meyer)曾说:"'极

⑪ Richard Wollheim, "Minimal Art." Arts Magazine (January 1965): 26-32.

⑫ 当时重要的评论家包括Mel Bochner, Rosalind Krauss, Lucy R. Lippard, Annette Michelson, Barbara Rose 和 Robert Smithson。

⑬ 如极限主义艺术家弗莱维、贾德、莫里斯及索尔·勒维特都曾在《*Arts Magazine*》和《*Artforum*》发表与"极限主义"相关的文章。

简主义’可说是一半建立在艺评上，一半建立在作品的实践上。”[14]而部分对极简主义持反对意见者甚至认为，极简艺术中少之不能再少的表现元素，也只能靠大量的文字评论来弥补它的“极简”。而这种盛极一时的评论现象，除了试图替这个新兴的艺术运动，寻找一个适切的诠释语汇外，更是直接受到美国重量级艺评家格林伯格艺评角色的影响[15]，艺评家希望能在日益重要的艺术环境中，占有一席之地，加上商业艺术杂志的多元化[16]，更使得重要的艺评左右着艺术市场的脉动。

艺术家身兼艺评者的角色，在之前的艺术进程中，虽不多见，但仍有例可循，如“纽约画派”艺术家纽曼与莱因哈特在艺术创作与写作上的成就，便是有目共睹。而这群擅于雄辩的极简主义艺术家，都具有雄厚的学术背景，如拥有哥伦比亚大学哲学与艺术史双学位的贾德，在1960年代之初，便开始为*Arts Magazine*执笔写稿，在其多篇具震撼力的评论中，他曾明确地指出其美学偏好倾向于那种设计简单、明朗、一成不变的安排及接近纽曼或诺兰作品中的色彩，他大肆评击德·库宁、弗朗兹·克莱恩和其他年轻抽象表现主义画家暗示性语汇强烈的作品，更大肆批评后期立体派雕塑家戴维·史密斯和安东尼·卡罗（Anthony Caro）作品中的晦暗不明。[17]通过如此一连串的论述与辩证，贾德在1963年开始展出自己的作品时，对如何诠释自己的作品，便早已胸有成竹。1960年代中叶，对极简艺术的论述，已达到了巅峰，而艺评家贝考克在1968年所出版的《极简艺术：评论文集》（*Minimal Art: A Critical Anthology*）中，更将“极简”的讨论范畴扩大到雕塑之外的绘画、音乐、舞蹈、小说、设计和电影上。[18]至此，“极简主义”一词取代了先前出现的“ABC艺术”“抗拒艺术”（Rejective Art）、“酷艺术”（Cool Art）或“原创结构”（Primary Structure）等词汇，而成为通用的艺术语汇。

四、“极简”的实践年代

极简主义初期的发展与理论基础，不离两大方向：一、大量

⑭ James Meyer, Minimalism: art and polemics in the sixties, Yale University Press, 2001, p. 7.

⑮ 格林伯格的艺评在之前曾左右了抽象表现主义在美国艺坛的地位。

⑯ 当时重要的艺术杂志包括《*Arts Magazine*》(New York)，《*Art International*》(Lugano)，《*Studio International*》(London)和《*Artforum*》(New York)等等。

⑰ James Meyer, Minimalism, Phaidon Press Ltd., 2000, p. 17.

⑱ 如Yvonne Rainer的舞蹈、Philip Glass和Steve Reich的音乐、Ann Beattie和Raymond Carver的小说及John Pawson的设计，甚至近来有纽约的艺评人将中国台湾电影导演蔡明亮的作品，视为极简主义的电影。

删除艺术上的创作元素，力求极简；二、降低艺术家在创作过程中的劳动力，以工厂制造取代人工生产。其中关于工厂制造的部分，其实与“构成主义”和“现成品”的理念不无关系。构成主义为了讨好无产阶级的观众，刻意以“冷感”“无情”的机械形态来掏空作品应有的效果与独特性，如塔特林的《第三世界纪念碑设计模型》（图4-15），冰冷无情的铁架，随着时间的进程而有不同的旋转速度，就如一辆时光列车，即将搭载社会主义的观众，开往马克思主义的新社会。虽然“构成主义”发展的时空背景与“极简主义”大为不同，但两者却同样强调“非创作者的主观参与”，希望借由作品本身的“原始张力”，达到与观者的互动。而杜尚的“现成品”更是以“完全工厂制造”来表达一种意念，根本不假艺术家的手来创作，如“发表”于（非“作”于）1914年的《酒瓶架》（*Bottlerack*，图9-26），便是一例。然而现成品似乎缺少作为一个艺术品最基本的“程序正义”，而极简主义至少在这一点上仍保有由艺术家“参与设计”的过程。极简主义的艺术家中，首推贾德、安德勒和弗莱维的作品与“工厂制造”的理念息息相关：贾德的作品常以不锈钢制造同样的单一立方体，做反复的连续，如作于1965年的《无题》（*Untitled*，图9-27），便是经过艺术家设计后，交由工厂制作的作品。贾德从1956年开始创作这种垂直堆积的立体方块，每一个方块，都是标准化，摒弃了创作者的个性叙述；虽然这种作品结构在技术上应属于立体浮雕（sculptural relief）的一种，但贾德却不认为这种需架设在墙壁上的三维空间作品是一种绘画或雕塑，他将之称为“特殊对象”（Specific Objects）。另一艺术家弗莱维作于1963年初试“极简”啼声的作品《五月二十五日的对角线》（*The Diagonal of May 25*，图9-28），是一件受雕塑家布朗库西的《无尽之柱》（*Endless Column*，图9-29）所启

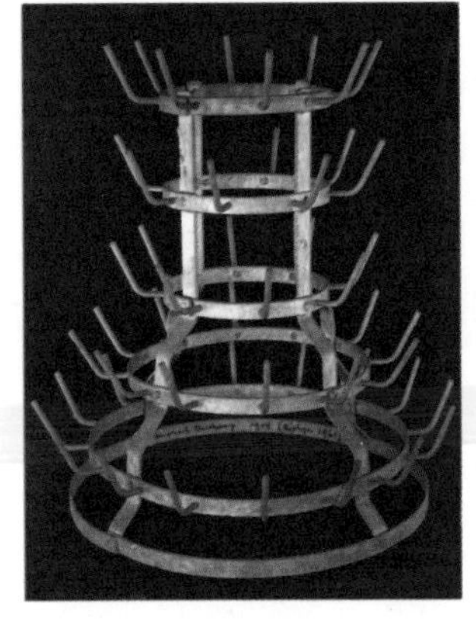

图9-26 杜尚 酒瓶架 镀锌铁皮 高64.2 cm 1914（此为1964年复制） 日本京都国立近代美术馆

图9-27 贾德 无题 铝、树脂玻璃 每单一立方体 15 cm x 68.5 cm x 61 cm 1965 纽约现代美术馆藏

发的作品，一支由“工厂制造”长达240厘米长的灯管，经45度角斜放在墙上所构成的“单一”结构，创作者不仅将传统的创作媒材降至“极简”，更欲借由灯管的光晕所造成的延长效果，来打破传统对象本身的“极简”问题，而这种直接取自现成物品的创作理念，如剔除“现成品”的谐谑本色，与现成品的创作模式，应不谋而合；弗莱维在此之后的作品，不脱与灯管相关的装置，在白色之外又添加了不同的颜色，如1974年的大型装置（图9-30），他曾写道：“居处其间，你将为捕捉光的极简，而放纵于它的绚丽当中。”[19]这也许就是极简主义者在情感解放后，所欲追求的“空零”境界。至于安德勒的作品，早期以建筑用的方形木块为主要材料，后改采金属或石材，以最基本的几何形体来实践极简艺术，其作于1964年的《木块》（*Timber Piece*，图9-31），便是一种单纯几何的堆积，如同直接、明朗的作品名称一样，没有过多的符号或引申义，将作品的媒材、表现的主题与形式，减到不能再减的最低限度，就连他晚期的作品《铝和锌》（*Aluminum and Zinc*，图9-32），更是以直接的语汇来叙述铺在地面上的铝片和锌片，务求保有对象本身的原始与真实。

索尔·勒维特的作品与上述三人的作品风格，略有不同。索

图 9-28 弗莱维 五月二十五日的对角线 白色灯管 灯管长 240 cm 1963

[19] Ingo F. Walther ed., Art of the 20th Century: Painting, Sculpture, New Media, Photography, Taschen, 1998, vol. II, p. 528.

图 9-29 布朗库西 无尽之柱 不锈钢 高 3935 cm 1937 罗马尼亚 Tirgu-Jiu

图 9-30 弗莱维 荧光灯管装置 荧光灯管 1974 科隆美术馆藏

图 9-31 安德勒 木块 木材 213 cm x 122 cm x 122 cm 1964 科隆路德维希美术馆藏

图9-32 安德勒 铝和锌 铝片、锌片 183 cm x 183 cm 1970 前为英国沙奇美术馆收藏

图9-33 索尔·勒维特 三个不同种方块上的三种变化 钢 123 cm x 250 cm x 40 cm 1967

尔·勒维特明显受到“构成主义”“风格派”及“包豪斯”的影响，经常以黑色、白色，木材或金属，来重复呈现有如数学公式般的复杂运算，如作于1967年的《三个不同种方块上的三种变化》（*Three Part Variations on Three Different Kinds of Cubes*，图9-33），通过白色的金属片建构了一个纯几何的空间，整件作品着眼于探讨形式的构成问题与逻辑的运用，形式虽简约却饶富“观念”意识，重在意念的表达，而非对象的选取，与极简主义以对象原始条件为考虑的要求，有点不同，因此，又有人将之称为“观念艺术”。之后，索尔·勒维特为试图扩大极简主义先天的局限性格，更加入大量有关符号学、女性主义及大众文化等元素，逐渐脱离了极简主义对对象的基本定义。1968年以后，索尔·勒维特更将这种三维空间的形式问题，转嫁到壁画及绘画的平面创作上，将极简主义的基本教义远远地抛诸脑后。而另一位极简主义艺术家莫里斯的作品，虽没偏离极简主义的脚步，但与贾德、弗莱维与安德勒作品中的单一性相比，莫里斯对媒材的选取，似乎又复杂了一点，他的作品中经常同时出现不同的媒材，或将相同的材料作不同的排列、组合，如作于1963年的《无题》（*Untitled*，图9-34），结合了柔软的绳索与僵硬的木雕，颠覆了传统的雕刻形式，建立他所谓的“反形式”（anti-form）风格。1980年以后，莫里斯更将这种“反形式”运用在人像艺术上，而接着其后的铜版画作品，都掀起了艺评界不少的讨论。

图9-34 莫里斯 无题 木材、绳索 14 cm x 38 cm x 8 cm 1963

在极简主义的艺术家当中，唯以特鲁伊特钟情于色彩的运用。他与当时色域画派艺术家颇有往来，因此经常在铝制或木质的直立作品上，添加带状或块状的色彩，

图9-35　特鲁伊特　武士传统　加彩木材　152 cm x 152 cm x 30.5 cm　1963

图9-36　特鲁伊特　Forge河谷　加彩木材　154 cm x 152 cm x 30.5 cm　1963

企图在立体空间上制造色彩的平面感，如作于1963年的《武士传统》（*Knight's Heritage*，图9-35），简直就是色域绘画的三维空间作品。另一件作于同年的《Forge河谷》（*Valley Forge*，图9-36），利用红色的深浅色系来分割木块，且以带状与块状的色差来塑造几何形状的空间效果，达到他所谓的“颜色与形体的对位”（counterpointing of shape and color）。但如从作品的名称判断，两件作品都投入了创作者个人的情绪或记忆，如红、黄、黑勾起了创作者对欧洲中古武士旗帜的联想，而《Forge河谷》取名自当年独立战争时华盛顿督军的驻地，因此红色的选用，影射了征战时的腥膻。特鲁伊特对色彩的掌握，虽与“至上主义”“风格派”或“色域绘画”偶有关联，但却背离了“极简主义”所强调的“非涉个人情感”的路线，这也说明了为什么特鲁伊特很少与前述极简主义艺术家相提并论的原因。

虽说极简主义的艺术家大体上秉持着相同的创作理念，但每个艺术家的创作路径与着眼点却多所不同，所塑造出的作品风格，虽不涉个人（personal）情感，却非常地“个人化”（individualized）；也就是说，现代艺术史上无所谓风格一致的极简主义，只有不同的、重叠的极简主义。

五、“极简”问题的思辨

当代雕塑家理查德·塞拉（Richard Serra）曾说道：“艺

术家的责任是要借由所开发的理念，来重新定义所居处的社会。”[20]如以此来审视极简主义与社会的关系，不禁要问：极简主义的出现是否凝聚了一种新的社会价值？而我们又该从何着手去了解，进而接受此一新的社会价值？且在我们接受此一新的社会价值后，又该如何转换此一价值对意识形态所造成的冲击？诸多类似的疑问，都将回到极简主义与观者之间的沟通问题上，而检视所使用的语汇与符号是否适切，更是回答此一问题的关键。

⑳ Harriet Senie, “The Right Stuff”, Art News, March 1984, p. 55.

极简主义艺术家所强调的以工厂制造、作几何形体的呈现，无疑是想利用工业与科技作为当时文化制造者的优势，来为自己的艺术语汇定位，也唯有以此“假借”优势文化的方式，才能在“波普艺术”光芒普照之时，将此文化优势转嫁到自己身上，加上大力排斥“抽象表现主义”作品中过分涉入的个人情感，更是欲借“清流”之姿，暗贬波普艺术与抽象表现主义间的暧昧关系，予人反对者的角色，以便博得更多的同情与支持。然而值得进一步讨论的是，极简主义的作品是否真的如同该主义所强调的，完全抛弃个人情感，不赋予作品任何的联想与暗示？在1965年一场名为“形体与结构”(Shape and Structure)的展览中，安德勒一件巨大且沉重的木块组合作品，差点压垮了展览场的地板，但安德勒却义正词严地发表了声明：“此件作品的意图无异是想要侵袭(seize)及占有(hold)整个展览空间，而不仅是把它放进来展示而已。”[21]艺术家的声明已明确地道出了答案：木块不再是木块而已，即便是作品的大小与重量，皆攸关作品所欲呈现的内部价值与社会意义。那么莫里斯作于1963年的《无题》(*Untitled*，图9–37)，其架设在墙上一凹一凸的加彩木雕，搭配

㉑ Anna C. Chave, “Minimalism and the Rhetoric of Power”, Arts Magazine, vol. 64, no. 5, January 1990, pp. 44-63.

图9–37 莫里斯 无题
加彩木材 1963
纽约 Leo Castelli 艺廊藏

两个烙在作品上与性相关的字眼（cock/cunt，阳具/阴唇），即使创作者无意声明，但浓厚的性暗示，却也远远超出极简主义“跳脱感官世界”的基本教义。但如以此为例，走火入魔地将所有极简主义的作品硬与暗示串连，那又未免有失公正。一个艺术家在完成作品的创作时，当然不能也不需预设观者的立场，更无法钳制观者对作品的联想，但当艺评家作为观者的角色时，其审视作品的角度就需比一般观者更为专业，且不能容许将自己的专业建立在凭空的想象与猜测上，如弗莱维《五月二十五日的对角线》（图9-28）中，由左下向右上斜45度角的灯管，就曾被女性主义艺评家雀芙（Anna C. Chave）指为“男性生殖器勃起的象征”[22]。她进一步指出：“弗莱维对科技制品的依赖，其实只是欲借物权的优势来掩饰自己在创作上的无力感。”[23]这种单从女性主义角度切入的观点，不但是一种狭隘的艺术抹黑，与政治权欲滥用下的伪体结构更是同出一辙，而1965年开始的越战，便是这种结构下的错误示范，而美国境内的反越战，之后的民权运动、女性运动及同性恋运动，亦皆是此权欲不当操纵下所造成的内部矛盾。而极简主义便是在这种“时势造英雄”的时机下，借由自我定位而趁机茁壮的机会主义者。安德勒在一次访谈时说道：“我的艺术并不是用来反映政治的感知，而是借政治来反映我内心的生命。保有对象的原貌，不作其他联想，这便是我的政治立场。”[24]然而讽刺的是，站稳脚步后的极简主义并不急于扮演社会改造者的角色，相反地，它却远远地避开与政治、商业，甚至个人情感相关的议题。

虽然用来描述极简主义的语汇，不外是“纯一”（purity）、“原样”（primacy）与“直接”（immediacy），但这种颠覆传统艺术语汇的叙述方式，却引发了“什么才是现代艺术？”或“现代艺术应是什么？”的争议。就连美国艺评界的翘楚格林伯格都不免要拿极简主义开铡，他说：“包括一扇门，一张桌子，或一张空白的纸……这种几乎是无艺术成分的艺术，在此时似乎很难让人面对与接受。而这着实是个严重的问题。极简主义总以观念挂帅，除了观念以外，却一无所有。”[25]但格林伯格之后却为此缓

㉒ 同注㉑。

㉓ 同注㉑。

㉔ “Carl Andre: Artworker”, interview with Jeanne Siegel, Studio International, vol. 180, no. 927, November 1970, p. 178.

㉕ Clement Greenberg, “Recentness of Sculpture”, 1967, reprinted in Minimal Art, ed. Battcock, p. 167.

㉖ 同注㉑。

颊，他认为这些不具艺术成分的对象，得以在艺术史的洪流中幸存下来，便不能将它拒绝在“现代”的门外，因为这些作品代表了艺术史中一种无法避免的可能性，且唯有在此条件的论述下，这些作品才能被视为一种艺术品。[26]这种退而求其次的条件说，无异于自圆其说，不但有损艺评者的专业形象，更打破了一般观者对艺廊、美术馆展品的迷思，因为观者往往将这些地方解读为“艺术”验身的关口，一旦身处该地，便不得不屈服于专业策展人与艺术经理人的权威之下，即使对展品内容一头雾水，也只能怀着困顿的心情，把心中的疑问与不解，归咎于自己的无知。然而矛盾的是，极简主义的作品所呈现的是物体的“原样”，并非一种“符号”或“象征”，观者对作品所传达的直接信息应不致造成太多理解上的困难，但事实并非如此，究其原因有二：一是，当观者首次接触此类作品时，潜意识里不愿接受如此简单的信息，只好说服自己用过去的经验来解读眼前的作品，但又碍于有限的美学基础，只好自认无知，转而依恃艺评或专业解说；不幸的是，艺评家在厘清一个前卫理念之前，往往避免不了一场论战，最后由多数意见来决定论战的输赢，但这种多数如果是专业意见的滥用，其结果将偏离作品的事实观点，对一般观者产生误导，这是第二点。而20世纪60年代的极简主义在兴起之初，创作者甚至扮演了艺评者的角色，占尽了投手兼裁判的优势，让专业艺评人无法以更中立的角度来思考新观念所隐藏的问题，因此“教育者”成了“被教育”的对象，艺评终沦为艺术创作的附庸。

如果格林伯格的条件说成立，那么什么样的艺术必须以此条件说来规范，其标准又在哪里？如依照塞拉所言，艺术家必须借新开发的观念来重新定义所居处的社会，试问：20世纪的艺术进程中，又有多少运动能达到此一标准？也许塞拉所言，只不过是艺术家的一种自我期许罢了。居处21世纪初的艺术环境，回首20世纪百年来的艺术纷扰，确实有许多荒腔走板的演出，即使“极简”已为“现代”画下句号，但超越“极简”的“后现代”，却又破解了“极简”的箍咒；因此，在艺术进程向前迈进一步之时，为免重蹈覆辙，作为一个艺术家在介绍新理念的同时，必须更加深切地了解自己所扮演的社会角色，以期能更清楚地执行自己所应负起的社会责任；而艺评家或艺术专业人士，在尝试解读一种新兴的理念时，更必须了解所扮演的角色，是艺术的仲裁者而非媒介，如此才能凝聚出具正面意义的社会价值，且将此价值转化为艺术再造的动力，如能有此深思，才是极简问题思辨后的正面响应。

附　录

专有名词中西文对照

A

absolute reality　绝对的真实

Abstract Expressionism　抽象表现主义

Abstraction　抽象

Action Painting　行动绘画

acute-angled photographs　准角度照片

aesthetic response　美学对应

aesthetic value　美学价值

Albers, Josef　约瑟夫・阿尔伯斯

Alison　艾里森

all-over Painting　满布绘画

Alloway, Lawrence　劳伦斯・欧罗威

American Abstract Artists Association　美国抽象艺术家协会

American Pop Art　美国波普艺术

American Scene Painting　美国风景绘画

Analytical Cubism　分析立体主义

Andre, Carl　安德勒

Andrea, John de　约翰・德・安德里

anti-form　反形式

Anti-rationalism　反理性主义

Apollinaire, Guillaume　阿波利奈尔

Aquinas, Thomas 阿奎纳
Armory Show 军械库展
Arp, Jean 阿尔普
Art Brut 原生艺术
art criticism 艺术批评
Art for Art’s Sake 艺术为艺术
Art into Production 艺术生产路线
art nègre 黑人艺术
Art of Noises, The 杂音艺术
art movement 艺术运动
Arte Povera 贫穷艺术
Aryan beauty 亚利安美感
Ash Can School 灰罐画派
assemble 拼装
Atkins, Robert 阿特金斯
Aurier, Albert 欧瑞尔
authenticity 真实性
automatic drawings 自觉式绘画
automatic writing 自觉式书写
automatism 自动式创作过程
autonomous thinking 自主性思考
autonomy 自主性
avant-garde 前卫、前卫主义

B

Bacon, Francis 弗朗西斯·培根
Ball, Hugo 波尔
Balla, Giacomo 巴拉
Baroque 巴洛克
Basquiat, Jean-Michel 尚－米谢·巴斯奇亚
Battcock, Gregory 贝考克
Baudelaire, Charles 波德莱尔

Bauhaus　包豪斯
Beaton, Cecil　比顿
Beauty of Machines, The　机械之美
Beauvoir, Simone de　西蒙娜·德·波伏娃
Bell, Clive　贝尔
Bellows, George　贝罗
Benjamin Walter　瓦尔特·本雅明
Benn, Gottfried　戈特弗里德·贝恩
Benton, Thomas Hart　班顿
Berger, John　伯格
Bergson, Henri　伯格森
Beuys, Joseph　约瑟夫·博伊斯
biomorphic abstraction　抽象的生物形体
Blake, Peter　彼得·布雷克
Boccioni, Umberto　薄丘尼
Bolotowsky, Ilya　伯洛托斯基
Bonaparte, Napoleon　路易·拿破仑
Bonapartist　拿破仑主义者
Bosch, Hieronymus　波希
Boshier, Derek　德瑞克·波希尔
Botticelli, Sandro　波提切利
Bouguereau, William-Adolphe　布奎罗
Brancusi, Constantin　布朗库西
Braque, Georges　布拉克
Brecht, Bertholt　布莱希特
Brenson, Michael　迈克尔·布伦森
Breton, André　布勒东
Bretteville, Sheila de　布莱特维尔
Bullough, Edward　布洛
Burgin, Victor　维克多·柏根
Byron　拜伦

C

Cabaret Voltaire, the 伏尔泰酒店

Cage, John 约翰·凯吉

Calder, Alexander 柯尔达

California Institute of the Arts 加州艺术学院

call to order 秩序重建运动

Caro, Anthony 安东尼·卡罗

Carrà, Carlo 卡拉

Caulfield, Patrick 帕特里克·考菲德

Cézanne, Paul 塞尚

Chagall, Marc 夏加尔

chance music 机会音乐

Chave, Anna C. 雀芙

Chicago, Judy 朱迪·芝加哥

Chirico, Giorgio de 基里科

CIA 美国中情局

Cicero 西塞罗

Civil Right movement 民权运动

Clark, Kenneth 克拉克

Collage 拼贴

Color-Field Painting 色域绘画

Combine Painting 结合绘画

Communist Manifesto, The 共产主义宣言

Conceptual Art 观念艺术

Connivance 第六届里昂当代艺术双年展的主题——“默契”

Courbet, Gustave 库尔贝

Constructivism 构成主义

Cool Art 酷艺术

counterpointing of shape and color 颜色与形体的对位

Cubism 立体派、立体主义

cultural intervention 文化仲裁

D

Fluxus　激浪派
Formalism　形式主义
Foucault, Michel　福柯
Fowlie, Wallace　傅利
Freud, Sigmund　弗洛伊德
Fried, Michael　弗雷德
Fry, Roger　傅莱
Futurism　未来主义

G

Gallatin, A.E.　葛兰亭
Gauguin, Paul　高更
generality　等同
genre painting　风俗画
geometry　几何
German Expressionism　德国表现主义
Giacometti, Augusto　贾科梅蒂
Giorgione　吉奥乔尼
Giotto　乔托
Glarner, Fritz　葛拉纳
Gleizes, Albert　葛利斯
Godard, Jean-Luc　高达
Godley, Georgina　贾德利
Goldwater, Robert　罗伯特·高华德
Gombrich, Ernst H.　贡布里希
Gorky, Arshile　高尔基
Gottlieb, Adolph　葛特列伯
Goya, Francisco de　戈雅
Greenberg, Clement　格林伯格
Gropius, Walter　古皮尔斯
Guston, Philip　菲利普·古斯顿
Guys, Constantin　康斯坦丁·盖依斯

H

Hamilton, Richard　理查德·汉密尔顿

Hanson, Duane　杜安·汉森

Harry Potter　哈利·波特

Hartley, Marsden　哈特利

Heizer, Michael　迈克尔·黑泽尔

Henderson, Nigel　奈杰·汉德生

Henri, Robert　罗伯特·亨利

high art　高艺术

highly abstract　完全抽象

History Painting　历史画

Hockney, David　戴维·哈克尼

Hofmann, Hans　汉斯·霍夫曼

Holzer, Jenny　珍妮·霍尔泽

Hopper, Edward　哈伯

Huelsenbeck, Richard　胡森贝克

I

ideal form　完美形式

ideative　观念性

the idealized heroic male nude　理想化的裸体英雄

immediacy　直接

Impressionism　印象派

Improvisation　即兴

Indiana, Robert　罗伯特·印第安纳

indirect communication　间接沟通

individualized　个人化

Ingres, Jean-Auguste- Dominique　安格尔

internal differentiation　内部的差异

interiority　内在性

intuitive　自觉式反应

Irigaray, Luce　伊利格瑞

J

K

Kuspit, Donald　古斯毕
Kustodiev, Boris　古斯托第夫

L

Lacroix, Christian　拉克鲁瓦
Lautréamont, Compte de　洛特雷阿蒙
Léger, Fernand　雷捷
Levine, Sherrie　勒凡
LeWitt, Sol　索尔・勒维特
Lichtenstein, Roy　利希滕斯坦
Lippard, Lucy R.　露西・利帕德
Lissitzky, El　李西茨基
Living Sculpture　活体雕塑
Long, Richard　理查德・朗
Lou, Liza　丽莎・露
Luba　大洋洲鲁巴族
Luks, George　陆克斯
Lynes, Russell　林勒斯

M

machine aesthetics　机械美学
machine dynamism　机械动感
Madame le Roy　乐洛伊夫人
Madonna　麦当娜
Madonna and Child　圣母与圣婴
Magritte, René　马格里特
Marka Mali　马卡马里族
Malevich, Kasimir　马列维奇
Manet, Edouard　马奈
Manichini　人偶
Manzoni, Piero　马佐尼
Marey, Etienne-Jules　马瑞

Maria, Walter De　沃尔特・德・玛利亚
Marinetti, Filippo Tommaso　马里内蒂
Martin, Agnes　艾格尼丝・马丁
mass culture　大众文化
Masson, André　马松
materialized　物化
Materialism　唯物论
materiality　物质性
Matisse, Henri　马蒂斯
Matta, Roberto　马塔
Maxism　马克思主义
McBride, Henry J.　麦克白
McCarthyism　麦卡锡主义
mechanthropomorph　机械拟人化
Medici, Giuliano de'　尼莫斯公爵吉利安诺・麦第奇
Meyer, James　梅尔
Michelangelo　米开朗基罗
Minimal Art　极限艺术，极简艺术
Minimalism　极简主义
Miró, Joan　米罗
modern art　现代艺术
Modernist Primitivism　现代原始主义
Modernism　现代主义
modernité　现代性
modernity　现代性
Modigliani, Amedeo　莫迪利亚尼
Moholy-Nagy, László　莫荷利・聂基
Mona Lisa　蒙娜丽莎
Mondrian, Piet　蒙德里安
Monet, Claude　莫奈
montage　蒙太奇
Montaigne, Michel de　米歇尔・德・蒙田

Morisot, Berthe　莫里索
Morris, George L.K.　乔治 · 莫里斯
Morris, Robert　罗伯特 · 莫里斯
Motherwell, Robert　马瑟韦尔
motion　动作
Müller, Otto　米勒
Munch, Edvard　蒙克
Murphy, Gerald　墨菲
Muybridge, Eadweard　缪布里几

N

naked　裸露
Nationalism　军国主义
Naturalism　自然主义
ne signifie rien　达达——不具语言符号意涵的东西
Nead, Lynda　尼德
Neo-Classicism　新古典主义
Neo-Conservative　新保守派
Neo-Dada　新达达
Neo-Expressionism　新表现主义
Neo-Impressionism　新印象主义、新印象派
Neo-Plasticism　新造型主义
Neo-Pop　新波普时期
New Criticism　新批评
New Machine Age　新机械年代
new standards　新标准
New York School　纽约画派
New Wave　法国“新浪潮”
Newman, Barnett　纽曼
Nietzsche, Friedrich　尼采
Nihilism　虚无主义
nobility of poverty, the　高贵的贫穷

noble savage, the 高贵的野蛮人
noise machines or intonarumori 杂音机械
Noland, Kenneth 诺兰德
Nolde, Emil 诺尔德
non-objective 非具象
non-Western 非西方
novelty 新奇
nude 裸体

O

objectness 客观性
O'Keeffe, Georgia 欧姬芙
Oldenburg, Claes 奥登伯格
originality 原创性
overall decay of civilization, the 一种极尽腐败的文明
Ozenfant, Amédée 欧珍方

P

Painted Bronze 加彩铜雕
Paolozzi, Eduardo 爱德华多 · 包洛奇
Papini, Giovanni 帕匹尼
Parker, Rosika 帕克
Pearl Harbor 珍珠港
Phillips, Peter 彼得 · 菲利普斯
Photo Realistic 照相写实般的技法
Picabia, Francis 毕卡比亚
Picasso, Pablo 毕加索
Pissarro, Camille 毕沙罗
Pittura Metafisica 形而上绘画运动
Plato 柏拉图
Pollaiuolo, Antonio del 波拉约洛
Pollock, Griselda 格里塞尔达 · 波洛克

Pollock, Jackson 杰克逊·波洛克
Pop Art 波普艺术
Popova, Lyubov 帕波瓦
Popular Art 大众艺术
Popular Front Government 共产政府
Post-Impressionism 后印象派
post-modern 后现代时期
Post-Modernism 后现代主义
Post-Post Modernism 后后现代主义
Precisionism 精确主义
primacy 原样
Primary Structure 原创结构
primitive 原始
Primitivism 原始主义
Productivism 制造主义
Programme of the Productivist Group 生产主义路线
propaganda art 宣传艺术
propagandist 宣传者
psychic distancing 精神距离
Psychoanalysis 精神分析理论
Punin, Nikolai 普宁
pure color 纯色
pure poetry 纯诗
Purism 纯粹主义
purity 纯一

Q

Quek, Grace, aka Annabel Chong 钟爱宝
Quietist 寂静派

R

Ragon, Michel 米歇尔·拉贡

Raimondi, Marcantonio　雷蒙迪
Rambrandt, Van Ryn　林布兰特
Raphael　拉斐尔
Ratcliff, Carter　瑞特克里夫
Rationalism　理性主义
Rauschenberg, Robert　罗伯特・劳森伯格
Raven, Arlene　亚琳・雷玟
Ray, Man　曼・雷
Rayographs　雷氏摄影风格
readymade　现成品
Realism　写实主义
realist style　写实风格
Regionalism　区域主义
Reinhardt, Ad　阿德・莱因哈特
Rejective Art　抗拒艺术
Renaissance　文艺复兴
Ren é , Alan　亚伦・雷奈
Renoir, Jean　尚・雷诺
Richards, I.A.　理查德斯
Rietveld, Gerrit　李特维德
Rivera, Diego　瑞斐拉
Rivers, Larry　赖利・里弗斯
Robocop　机器战警
Rockefeller, Nelson　尼尔森・洛克菲勒
Rockefeller, Mrs. John D.　约翰・洛克菲勒夫人
Rockefeller Brothers Fund　洛克菲勒兄弟基金
Rodchenko, Aleksandr　罗德钦寇
Rodin, Auguste　罗丹
Romanesque　罗马式
Romanticism　浪漫主义
Romanov dynasty　罗曼诺夫王朝
Rosenberg, Harold　哈罗德・罗森伯格

S

Shelley, Mary　玛丽·雪莱
shift of perception　一种感知的转变
Shinn, Everett　埃弗勒特·辛
Sign Painting　符号绘画
significant form　重要形式
silence　空白
simplicity　简约
SisKind, Aaron　亚伦·西斯凯
sketchy　速写
slice of life, a　生活片面
Sloan, John　史隆
Smith, David　戴维·史密斯
Smithson, Peter　彼得·史密森
Smithson, Robert　罗伯特·史密森
Social Realism　社会现实主义
Soffici, Ardengo　索非西
Solomon, Deborah　所罗门
Spartacus　斯巴达克斯
Specific Objects　特殊物件
St. Augustine　圣·奥古斯汀
Staining　晕染
Stamos, Theodore　斯塔莫斯
Stein, Gertrude　斯坦
Steinberg, Leo　列奥·施坦柏格
Stella, Frank　弗兰克·斯特拉
Stella, Joseph　约瑟夫·斯特拉
Stepanova, Vavara　斯特帕洛瓦
Stieglitz, Alfred　史蒂格利兹
Stijl, De　风格派
Still, Clyfford　斯蒂尔
Stonehenge　英国的史前石柱群
stream of consciousness　意识流

style　风格
subject matter　主题
subjective　主观性
super reality　超越的真实
Suprematism　绝对主义
Surrealism　超现实主义
Symbolism　象征主义
symbolist　象征性
synthetic　综合性

T

Tahiti　大溪地
Tanguy, Yves　汤吉
Tarabukin, Nikolai　塔拉布金
Tatlin, Vladimir　塔特林
Thiebaud, Wayne　席伯德
Titian　提香
Tolstoy　托尔斯泰
Tomlin, Bradley Walker　汤林
Toulouse-Lautrec, Henri de　罗特列克
Transavangurdia　超前卫艺术
tribal art　部落艺术
Trotsky, Leon　托洛斯基
Truitt, Anne　特鲁伊特
Tzara, Tristan　查拉

U

Ukiyo-e　日本浮世绘
Ulysses　尤利西斯
United States Information Agency　美国咨情局（简称USIA，为美国中情局的前身）
universal nature of color　通用原色

UNOVIS 新艺术联盟

V

Varnedoe, Kirk 柯克 · 瓦内多

van Gogh, Vincent 梵高

Venturi, Lionello 文杜里

virtual reality 情境写实

Vitebsk Unovis 新艺术学院

Vlaminck, Maurice 乌拉曼克

Volta 非洲渥塔族

W

Warhol, Andy 安迪 · 沃霍尔

Weber, Max 韦伯

Webster’s 韦伯词典

Wesselmann, Tom 卫塞尔曼

Whitman, Walt 惠特曼

Wollheim, Richard 理查德 · 沃尔海姆

Wood, Grant 伍德

Wright, Frank Lloyd 莱特

X

Xenocrates 赞诺芬尼司

Y

Young Contemporary Exhibition 当代青年艺展

Z

Zola, Emile 左拉

图索引

关键词索引

A

B

C

D

E

F

G

H

I

J

K

L

M

N

O

P

Q

R

S

T

V

W

X

Z